Le cueilleur de fraises

MONIKA FETH

Le cueilleur de fraises

Traduit de l'allemand
par Sabine Wyckaert-Fetick

L'édition originale de ce roman a paru
en langue allemande sous le titre :
Der Erdbeerpflücker

© Monika Feth, 2003.
© cbt/C. Bertelsmann Jugendbuch Verlag, München, 2003,
a division of Verlagsgruppe Random House GmbH München, Germany.

© Hachette Livre, 2007, pour la traduction française,
et 2011 pour la présente édition.

Je remercie :
… Gerhard Klockenkämper, dont le vaste savoir spécialisé m'a beaucoup aidée dans mes recherches,
… mon mari pour son oreille toujours attentive,
… notre fils d'être tel qu'il est,
… le village dans lequel nous vivons pour son atmosphère,
… les cueilleurs de fraises de l'été dernier pour l'inspiration.

Monika FETH

1

C'était un de ces jours où l'on pouvait *sentir* la chaleur. L'odeur de la peau brûlée par le soleil. De la sueur suintant par tous les pores, au moindre mouvement. Un de ces jours qui le rendaient nerveux et irritable. Où il valait mieux ne pas se fourrer dans ses pattes.

Les autres avaient fini par s'y habituer. Ils le laissaient travailler en paix, évitaient de lui adresser la parole, baissaient même la voix lorsqu'il passait devant eux.

Il ne comprenait pas qu'on puisse parler sans arrêt. La plupart des gens ne distinguaient pas l'accessoire de l'essentiel, vous mitraillaient de mots stupides et médiocres. Enfant déjà, il avait appris à se protéger en se repliant sur lui-même. Il aimait voir remuer les lèvres de son vis-à-vis, sans qu'aucun son atteigne ses oreilles.

Comme un poisson… Un poisson hors de l'eau ! pensait-il.

Cette attitude lui avait valu d'encaisser des coups. Mais à présent, plus personne ne remarquait quand il se planquait. Beaucoup étaient aussi bêtes et pitoyables que leurs paroles.

Encore une heure et ce serait le repas de midi. Il s'acquitterait de la corvée vite fait, bien fait, et se remettrait au travail.

Il savait parfaitement où cette agitation le menait. Ce qui se passait lorsqu'il ne se changeait pas les idées. Que ses mains se mettaient à trembler. Comme maintenant.

Mon Dieu !

Il étouffa un gémissement. Deux femmes qu'il connaissait à peine se retournèrent. Il les fixa, l'air sombre. Elles baissèrent les yeux et se consacrèrent de nouveau à leur tâche.

Le soleil, haut dans le ciel, était une boule chauffée à blanc.

Je t'en prie ! Brûle ces pensées qui me tiennent au corps ! implora-t-il. *Ces pensées, et ces sentiments !*

Mais le soleil n'était que le soleil.

Il n'avait pas le pouvoir d'exaucer ses vœux.

Seule une fée avait ce pouvoir.

Elle était jeune. Belle. Et innocente. Surtout innocente.

Et sur terre rien que pour lui.

***

Le courant d'air faisait entrer le parfum des fraises par la vitre grande ouverte. La chaleur était arrivée beaucoup trop tôt, cette année. Ma jupe me collait aux jambes et des gouttes de sueur bordaient ma lèvre supérieure. J'aimais ma vieille Renault déglinguée avec ses défauts, mais certains jours, je mourais d'envie de l'échanger contre un modèle plus récent avec la clim.

C'est après le virage que j'aperçus les cueilleurs, courbés au-dessus des fraisiers ou circulant à pas prudents dans les allées, des cageots pleins en équilibre sur les bras. Taches de couleur vive sur le vaste aplat vert, peau brunie par le grand air, ils me rappelaient les esclaves dans les champs de coton.

Une grande partie des saisonniers venaient de Pologne, des confins de l'Allemagne et d'ailleurs. C'étaient les derniers aventuriers, une invasion annuelle devant laquelle les villageois verrouillaient portes et fenêtres.

Le soir, les étrangers – hommes et femmes, jeunes et moins jeunes – se retrouvaient autour de la fontaine, au centre du village, pour boire, fumer, rire et discuter. Ils se tenaient à l'écart, ne saluaient pas les voisins, ne leur souriaient même pas.

Certains proverbes disaient vrai. *On reçoit toujours la monnaie de sa pièce.* Les habitants avaient semé la méfiance et récoltaient la réserve qu'ils méritaient.

Je montai la longue allée sinueuse menant au Moulin. Le gravier blanc crissait sous mes pneus.

Comme dans un film ! pensai-je.

Tout était trop parfait, trop beau pour être vrai. J'avais peur de me réveiller, de me rendre compte que je rêvais…

L'argent mis dans chaque détail devenait presque palpable, dès qu'on s'approchait. L'ancien moulin à eau, vieux de deux cents ans, avait été restauré minutieusement et à grands frais. L'architecte avait poussé la prouesse jusqu'à intégrer le ruisseau à l'aménagement intérieur, en déviant son cours et en lui faisant traverser le vestibule dans une étroite rigole.

Le soleil faisait miroiter le gravier, jouait avec la brique rouge et ricochait sur la façade en verre qui semblait sortie de l'imagination d'un auteur de science-fiction.

La maison de maman ! Sa beauté me subjuguait chaque fois.

J'ouvris la porte et entrai. Une fraîcheur bienfaisante m'accueillit, puis ce fut au tour de notre chat Edgar (il doit son nom à Edgar Allan Poe, dont ma mère vénère les récits).

Je le pris dans mes bras et le caressai. Une quantité de poils incroyable tomba sur le sol. Pouvait-il encore perdre son pelage d'hiver ? Je le reposai à terre et il me précéda dans le vestibule en paradant.

À l'intérieur aussi, tout était précieux, recherché, et réalisé d'une main experte. Les fauteuils en rotin disposés sur le sol en *terrazo* faisaient naître des envies de voyage en Italie, tout comme les murs blanchis à la chaux et les niches rondes des fenêtres, presque monacales.

L'escalier constituait une œuvre d'art à lui seul. Les marches en bois luisant semblaient flotter dans les airs. Le menuisier qui l'avait conçu avait la réputation d'utiliser un minimum de matériaux pour un maximum d'effet. Tout ici était à l'avenant. Chaque pièce, chaque meuble. Par principe, ma mère avait choisi ce qu'il y avait de mieux. Et de plus cher. Elle pouvait se le permettre…

Arrivé en haut, Edgar traversa le palier sans hésiter. Il savait que je réservais toujours ma première visite à maman.

Aucun bruit ne s'échappait de son bureau. Elle s'était peut-être endormie ? Prudemment, j'ouvris la porte.

Assise devant une pile de feuilles, ses lunettes sur le nez, elle se retourna et me sourit.

— Jette ! Quelle bonne surprise !

Ma mère écrivait des romans. Des polars, pour être exacte. Ses livres paraissaient dans la prestigieuse « Série Noire » et connaissaient un énorme succès.

Depuis qu'elle avait tourné le dos à ce que grand-mère et son cercle d'amies appelaient la « vraie » littérature, ses bouquins se vendaient comme des petits pains. Ils étaient traduits dans plus de vingt langues et les boîtes de production s'arrachaient les droits cinéma.

— Prends un siège. Je suis à toi dans un instant !

On pouvait déranger maman n'importe quand, quoi qu'elle fasse… sauf lorsqu'elle notait une trouvaille ou ébauchait une idée. J'avais toujours eu l'impression que les mots passaient avant moi. Mais je m'y étais habituée et je ne lui en tenais plus rigueur.

Edgar avait déjà sauté sur le canapé et attendait que je m'y installe. Il se lova sur mes genoux, puis se mit à ronronner et à m'enfoncer affectueusement les griffes dans la cuisse…

Je me rappelais très bien à quoi ressemblait notre vie, avant que ma mère ne rencontre le succès. Nous habitions un lotissement résidentiel, dans la petite ville de Bröhl. Les jardins de devant, plantés d'arbustes et de rhododendrons, avaient des airs de caveaux bien entretenus. Ici et là, de l'eau coulait en glougloutant par-dessus des pierres soigneusement brossées, avant de tomber en cascade dans un bassin couvert de nénuphars où nageait une poignée de poissons rouges.

Mon père avait son bureau en rez-de-jardin, derrière des fenêtres encadrées de lierre. À droite de la porte d'entrée, à hauteur des yeux, se trouvait une plaque en laiton où l'on pouvait lire : *Theo Weingärtner. Conseiller fiscal.* Si bien lustrée que beaucoup de clientes y vérifiaient leur maquillage avant de presser la sonnette.

Deux fois par semaine, une femme de ménage mettait la maison sens dessus dessous, et un laveur de vitres venait officier tous les mois. Maman, quant à elle, écrivait encore et toujours.

Notre terrain constituait son univers favori (exception faite de son bureau, au premier étage). Il avait tout du jardin témoin pour *Homes & Gardens*, avec le juste mélange d'espaces entretenus et « sauvages » à la mode dans ces magazines sur papier glacé.

Ma mère avait pris l'habitude de soigner ses crises d'écriture par le jardinage. Elle aurait peut-être préféré discuter avec mon père des problèmes qu'elle rencontrait, au lieu de retourner la terre ou d'attacher des plantes grimpantes à un espalier, mais il se montrait incapable de s'intéresser aux conflits qu'elle faisait naître sur le papier, à la langue qu'elle employait.

Lorsqu'il évoquait son métier, ce qui lui arrivait rarement, il qualifiait maman de *scribouilleuse*. Il accompagnait ses propos d'un clin d'œil amical qui n'avait rien de sincère. Mon père ne pouvait pas se résoudre à prononcer le mot « auteur » ou « écrivain » : cela aurait signifié qu'il la prenait au sérieux.

Il ne changea pas de comportement lorsque ma mère apparut dans ses premiers talk-shows, et que des journalistes chamboulèrent notre maison pour réaliser reportages photo et portraits télévisés.

Les chèques que lui envoyait sa maison d'édition, en revanche, suscitaient le respect de tous – mon père y compris. Ils permirent de se faire plaisir : la dernière BMW, un aménagement moderne et plus fonctionnel pour le bureau de papa, un nouvel ordinateur pour maman, le jardin d'hiver tant attendu…

Son activité d'écrivain n'avait pas grand-chose à voir avec notre vie de tous les jours. Elle suivait un cours plus ou moins parallèle, sans que mon père et moi en prenions réellement conscience.

Un beau jour, ma mère entrait dans la cuisine et annonçait qu'elle venait d'achever son nouveau roman. Quelques semaines plus tard, son éditrice venait à la maison. Elles s'installaient dans le jardin d'hiver, discutaient du manuscrit et étalaient tellement les feuilles qu'il devenait difficile d'aller et venir sans provoquer un épouvantable fouillis.

Plus tard encore, le facteur apportait les épreuves pour correction, puis le projet d'illustration de la couverture et, enfin, le livre imprimé.

Maman avait toujours eu besoin d'écrire. Pour « supporter le quotidien », selon sa propre expression. À l'époque, elle le ressentait peut-être encore davantage, parce qu'en plus du quotidien, elle devait supporter mon père.

Il n'aimait pas les surprises et aspirait à une vie parfaite : un métier parfait, un foyer parfait. Il me faisait parfois penser à l'occupant d'une maison de poupée surdimensionnée, où tout resterait bien gentiment à sa place.

Ma mère, à l'inverse, était désordonnée de nature.

Elle se consacra de plus en plus au jardin. Dans cet univers clos, bien délimité, elle pouvait agir à sa guise. Les réussites ne passaient pas inaperçues, les erreurs pouvaient facilement être corrigées.

Il en allait de même pour l'écriture. Ma mère savait créer un monde complexe où, seule, elle avait autorité sur les personnages. Des hommes naissaient, d'autres mouraient, et ma mère tirait les ficelles de leur destin.

Tout s'opérait dans la quiétude de son minuscule bureau, porte fermée. Il lui arrivait d'en parler et ses yeux semblaient jeter des étincelles. Mais, la plupart du temps, elle gardait ses expériences pour elle et nous avions d'autres sujets de bavardage.

Un magazine avait un jour qualifié maman de « femme obsédée par l'écriture, mais ayant appris à dissimuler soigneusement sa dépendance ». Sa vie ne lui suffisant pas, elle s'en inventait une autre à travers ses histoires.

Une autre vie… Mon père aurait peut-être pu l'y accompagner, s'il avait voulu.

Et moi ? Personne ne m'avait jamais demandé mon avis.

Ma mère se réfugiait aussi dans ses tournées de lecture. Elle voyageait durant des semaines, m'appelait de Munich, Hambourg, Zurich ou Amsterdam. Près de notre téléphone, on trouvait en permanence une liste des hôtels où elle devait séjourner.

Maman : joignable au…

En son absence, notre femme de ménage se transformait en gouvernante, passant la journée chez nous et accomplissant toutes sortes de tâches. Elle cuisinait aussi, des plats maison copieux qui finirent par gratifier mon père d'un excédent de dix kilos.

Ma mère était maintenant connue. À l'école, j'accédai à un statut particulier. Certains professeurs se mirent à me regarder avec respect. J'écoulais des autographes, qui me permirent d'amasser une jolie petite cagnotte.

Le soir, lorsque les ombres peuplant les pièces commençaient à vaciller, maman me manquait. Je ne dis pas que j'aurais voulu l'avoir tout le temps à la maison. Au contraire. Simplement, j'avais l'habitude de l'entendre monter ou descendre l'escalier. Lire à mi-voix un passage de son manuscrit. Téléphoner. J'avais aussi la nostalgie de son parfum, flottant tel un voile invisible dans la pièce qu'elle venait de quitter.

Nous étions devenus riches. Mes parents rachetèrent l'ancien moulin d'Eckersheim et ses vingt mille mètres carrés de terrain, idéalement situés en plein cœur d'un site protégé, et chargèrent un architecte réputé des travaux de transformation et de rénovation. Mon père (qui aurait préféré une villa en périphérie de Bröhl) engagea une secrétaire.

Angie avait le physique de l'emploi. Dans les trente-cinq ans, une queue de cheval blond cendré, les doigts chargés de bagues, la jupe trop étroite et trop courte. Ma mère passait tout son temps libre sur le chantier et mon père n'avait plus une minute, tant Angie et lui croulaient sous le travail.

Quelque part entre les deux, j'oscillais, je traînassais. Je négligeai l'école et devins adulte d'un seul coup. J'avais quinze ans.

Un an plus tard, mes parents divorçaient. Mon père n'emménagea pas avec nous dans le moulin restauré. Il resta dans notre ancienne maison avec Angie, qui attendait un bébé…

— Ça y est ! annonça ma mère en ôtant ses lunettes. Tu arrives à point nommé. Je tuerais pour un café. Tu as un peu de temps devant toi ?

— Autant que tu veux. Je ne te dérange pas, c'est sûr ?

Elle mit son crayon de côté.

— Si. Mais, pile au bon moment ! Je n'avançais plus. Ça fait longtemps que j'ai éteint l'ordinateur. Tu sais ce que c'est, quand on fixe la dernière phrase comme un lapin ébloui par des phares et qu'on se rend brusquement compte qu'une heure entière vient de s'écouler ?

Spécialiste des questions rhétoriques, ma mère n'attendit pas la réponse. Elle se leva et se pencha pour me donner un baiser.

Son parfum m'était aussi familier que sa voix ou la chaleur de sa peau. *Calypso*. Elle n'en mettait jamais d'autre. Frais et léger, il sentait bon l'été. Ma mère le faisait composer dans une parfumerie. Le jus avait été élaboré spécialement pour elle. Elle avait même choisi le nom !

C'était sa seule extravagance de femme riche, hormis la petite fortune qu'elle dépensait en bagues, bracelets et colliers originaux… qu'elle ne portait jamais, les trouvant trop tape-à-l'œil.

— Quelque chose qui cloche ? s'étonna-t-elle en passant la main dans ses cheveux noirs coupés court, traversés de fils argentés.

— Au contraire. Tu as l'air géniale ! Comme toujours…

18

Elle me prit par le bras et m'entraîna hors de son bureau.

— Toi aussi !

Pur mensonge. Mais elle ne remarquait peut-être pas qu'elle mentait… Elle s'imaginait peut-être vraiment que j'étais jolie. À son image.

Je ne l'étais pas. Je n'avais jamais voulu l'être. Et, même si mon apparence n'avait rien d'extraordinaire, je ne l'aurais pas échangée contre toute la beauté du monde. J'étais moi, et beaucoup ne pouvaient en prétendre autant.

Je suivis maman à la cuisine. Notre chatte Molly (qui ne doit qu'à moi son nom banal) se prélassait sur le sol parsemé de taches de lumière. Noire et blanche comme le carrelage en échiquier, elle me salua d'un miaulement aigu et vint s'enrouler autour de mes jambes. Puis elle franchit la porte-fenêtre grande ouverte et disparut dans le jardin avec Edgar.

Tandis que ma mère nous préparait des espressos, je notai à quel point elle commençait à ressembler à grand-mère. Elle s'en agaçait souvent, car tout les opposait.

— Alors, comment tu t'en sors avec ton nouveau livre ? demandai-je en m'asseyant sur le bord de la table, chauffé par le soleil.

— Il va me prendre une éternité !

Ma mère avait le chic pour associer les répliques les plus théâtrales aux gestes les plus ordinaires. Concentrée, elle posa tasses à café, sucre et coupelle remplie de petits gâteaux à l'orange sur un plateau que je n'avais jamais remarqué. Puis elle emporta le tout sur la terrasse.

— J'écrivais mieux quand tu habitais ici. La tranquille régularité de notre ancienne vie me manque.

— Et moi, je ne te manque pas ?

Les mots avaient à peine quitté ma bouche que je les regrettais. À croire que cela me dérangeait toujours d'être un élément assez insignifiant de sa vie… Que cela me faisait encore de la peine que ma célébrité de mère n'ait pas vraiment besoin de moi. De ne pas être irremplaçable, puisque n'importe quelle autre fille aurait pu lui convenir…

Je balayai ma question d'un mouvement de la main.

— Laisse tomber ! Je ne parlais pas sérieusement.

Elle me lança un regard blessé.

— Quand vas-tu enfin te débarrasser de tes réactions d'écorchée vive ?

C'était l'hôpital qui se moquait de la charité ! Avec maman, on pouvait se quereller pendant des heures pour une simple allusion !

Je me laissai tomber sur une chaise de jardin, m'allongeai et inspirai profondément. Si quelque chose devait me faire regretter de ne plus habiter ici, ce serait la vue. Le regard embrassait des terres vallonnées où paissaient les moutons d'un fermier voisin. Ici et là se dressait un arbre fruitier, tordu et rétif, comme oublié au milieu de l'herbe.

Personne n'avait touché au paysage, Dieu merci ! Il n'était pas non plus venu à ma mère l'idée absurde d'y faire aménager un parc. Comme moi, elle avait été sensible à la magie des lieux.

Le murmure du ruisseau rendait le tableau parfaitement idyllique. Je croisai les mains derrière la tête et fermai les yeux.

— Quand repars-tu en tournée ?

Ma mère attendit que je rouvre les yeux pour répondre.

— Je n'ai plus que quelques lectures isolées. Tu sais bien que je profite toujours du creux de l'été pour écrire.

Le « creux de l'été » ! Tout tournait autour de son activité. Même les saisons. Depuis qu'elle s'était séparée de papa, écrire était devenu encore plus important. Comme une protection contre le monde extérieur, la solitude ou les sentiments.

Je l'observai plus attentivement. Et si son apparence recherchée n'était qu'une façade ? Une parfaite cuirasse ? Je sentais littéralement son énergie nerveuse affluer vers moi, par-dessus la table. C'était toujours pareil, au début d'un nouveau livre. Elle sortait ses tentacules et palpait chaque personne, chaque mot, chaque bruit et chaque odeur.

Dans ces moments-là, ça n'avait aucun sens de lui raconter quoi que ce soit ; elle était présente physiquement, mais ailleurs par la pensée.

— Il se passe une chose étrange…, avança-t-elle, hésitante. Je n'ai pas encore trouvé mon héros. Pourtant, j'ai déjà achevé le premier chapitre.

Je hochai la tête – je ne savais pas comment j'étais censée réagir. De toute façon, ma mère n'attendait généralement pas de réponse, quand elle évoquait les problèmes rencontrés dans son travail. Elle réfléchissait juste à voix haute, en se servant de son vis-à-vis comme d'un miroir.

Miroir, mon beau miroir, dis-moi qui est la plus intelligente de tout le royaume ?

Non. Ce n'était pas le bon conte. Je n'avais pas les talents d'une Blanche-Neige. Une seule phrase empoisonnée pouvait m'étouffer.

Je bus mon café en silence.

— Au fait, qu'est-ce qui t'amenait ? voulut finalement savoir ma mère.

Bonne question. Qu'est-ce qui m'amenait ? Si je l'avais su, j'avais oublié.

***

La morte gisait dans le sous-bois. Étendue sur le dos, dévêtue. Ses bras reposaient le long de son corps. Sa jambe droite était légèrement pliée, la gauche tendue.

On lui avait coupé les cheveux. Une mèche restait accrochée à son épaule ; d'autres, emportées par le vent, s'étaient enroulées autour de tiges de plantes, ou blotties contre l'écorce rugueuse d'arbres.

Ses yeux, grands ouverts, fixaient le ciel. Comme si, au moment de mourir, elle avait surtout été surprise.

Des enfants la trouvèrent. Un jeune garçon de dix ans et une petite fille de neuf ans, frère et sœur. Leurs parents leur avaient défendu de jouer dans la forêt. Ils avaient désobéi. Et furent punis par un spectacle épouvantable, que jamais ils ne pourraient oublier.

Ils s'enfuirent en hurlant. Traversèrent en trébuchant champs et pâturages, escaladèrent des clôtures, rampèrent sous du fil de fer barbelé. Lorsqu'ils voulurent couper par la cour de la briqueterie, un ouvrier les retint. Il écouta ce qu'ils parvinrent à articuler, entre sanglots et gémissements. Puis il appela la police et accompagna les enfants au commissariat, où la secrétaire leur prépara un chocolat chaud et prévint la mère.

La morte était âgée de dix-huit ans. Elle avait été violée et son corps transpercé de sept coups de couteau. Le premier, asséné en plein cœur, avait été mortel.

Originaire de Hohenkirchen, localité voisine d'Eckersheim, c'était une lycéenne habitant chez ses parents. Un des agents, présent sur les lieux où le corps avait été découvert, avait pu l'identifier. Et puisqu'il connaissait les parents, il s'était déclaré prêt à leur annoncer la nouvelle.

La mère s'effondra sur le seuil de la porte. Son mari la conduisit jusqu'au canapé du salon en la soutenant et lui couvrit les jambes d'une couverture. Puis il tapa sur l'épaule du policier et lui offrit un schnaps.

Voilà le genre de choses que faisaient les gens en état de choc. Ils se comportaient de la plus étrange des façons. L'agent avait eu affaire à une femme qui, apprenant la mort accidentelle de son époux, était allée dans sa cuisine, s'était servi une assiette de bouillon de poule puis l'avait engloutie, avec la même avidité que si elle n'avait pas mangé à sa faim depuis longtemps.

La jeune fille s'appelait Simone. Simone Redleff. Tout le village prit part à ses obsèques. Ce fut le plus grand enterrement qu'on ait vu à Hohenkirchen.

Les élèves de terminale de son lycée y assistèrent au grand complet. Les filles pressaient des mouchoirs contre leur bouche, les garçons essuyaient furtivement leurs larmes du revers de la main. Encore sous le choc d'une mort survenue trop soudainement, trop brutalement. Mais là n'était pas le pire. Cette violence ! Effroyable, sans issue.

On entendait souvent parler de telles atrocités, mais de loin.

Dans la chapelle envahie de cierges vacillants et de fleurs au parfum de mort, ils jouèrent des mélodies pop. Choisies par une amie de Simone, elles remplirent les lieux d'une tristesse chargée de désespoir.

Dehors, le soleil brillait, comme si rien ne s'était passé.

Mais rien ne serait plus comme avant.

***

Le meurtre de Simone Redleff, 18 ans, présente une grande similitude avec les assassinats perpétrés voici un an contre deux jeunes filles, dans les villes de Jever et d'Aurich (Allemagne du Nord). C'est ce qu'a déclaré Bert Melzig, commissaire principal de la police judiciaire de Bröhl, lors d'une conférence de presse. Ces deux meurtres n'ont pas encore été élucidés. Le commissaire n'a pas souhaité fournir des indications plus précises, afin de ne pas perturber le cours de l'enquête.

***

Il mit longtemps à s'endormir. Pourtant, il était épuisé. Il aimait ces visions qui venaient l'obséder, entre veille et sommeil, mais il lui arrivait aussi de les haïr et de les redouter. Pour l'heure, il les redoutait.

Avec acharnement, il s'efforça de penser à autre chose.

Il n'y parvenait pas. Les images revenaient vers lui comme des boomerangs.

Il ressentait encore de l'excitation. Aucune sensation n'était aussi puissante, de près ou de loin.

Fillette, pourquoi m'avoir trompé ?

Elle n'avait rien d'une fée, à y regarder de plus près. Elle n'était même pas vraiment belle. La peur avait donné à sa voix la sonorité grêle d'un cri d'oiseau. Ça l'avait rendu dingue ! Il détestait les filets de voix qui suintaient l'angoisse.

Et il détestait la sueur aigre qu'engendrait l'angoisse.

Ses mains étaient devenues poisseuses.

Il ne croyait pas réellement aux fées. Il n'était plus un gosse ! Sans compter qu'elles auraient plus de pouvoir qu'il ne le souhaiterait.

Non, elle devait *ressembler* à une fée. Comme celle du recueil de contes qu'il possédait, enfant. Mince. Avec des cheveux doux et brillants.

Belle.

Avec de grands yeux. De longs cils.

De loin, on ne voyait pas les détails. On ne les distinguait qu'à moins d'un mètre. Et la plupart du temps, il était déjà trop tard. Il avait toujours droit à une mauvaise surprise. Un simple grain de beauté au mauvais endroit pouvait gâcher le tableau.

La fille de Jever sentait le tabac. Elle lui avait même proposé une cigarette ! Elle avait ri avec coquetterie, renversé la tête et soufflé la fumée en l'air, sans se douter qu'elle avait signé son arrêt de mort depuis longtemps.

Il se retourna dans son lit en gémissant. Il se félicitait de loger dans la petite auberge du village et pas chez l'exploitant, avec les autres. Sa chambre, petite et laide, avait un « cabinet de toilette » plutôt qu'une salle de bains, si étroit qu'il pouvait à peine s'y tenir. Située sous les toits, elle se transformait en étuve, le soir. Par la fenêtre, on avait vue sur la cheminée du voisin. Mais le loyer était abordable, et il ne devait pas renoncer à sa liberté.

Et surtout, il pouvait rêver sans risque.

Dans un dortoir, il aurait difficilement pu cacher l'agitation qui le faisait se réveiller en sursaut, trempé de sueur. Il ne pouvait pas non plus courir le risque de parler dans son sommeil.

Non, ce qu'il avait là était vraiment mieux. Presque parfait. Si seulement il pouvait enfin s'endormir !

Il avait besoin de sommeil pour tenir bon, jour après jour. Sauvegarder les apparences. Bien sûr, les flics avaient fouiné du côté des cueilleurs de fraises. Et ils reviendraient. Dès qu'ils auraient un indice…

Il se mit sur le dos et croisa les mains derrière la tête.

… Mais ils ne trouveraient rien.

Ils ne l'attraperaient pas.

Ils n'y étaient jamais arrivés.

Il sourit dans l'obscurité.

Et peu de temps après, il s'endormait.

2

Après le cours de physique, je pris la voiture et rentrai directement. Je n'avais aucune envie de traîner chez le glacier avec les autres.

Je me sentais trop mûre pour le lycée. Normalement, j'aurais dû passer mon bac l'année dernière. Je regrettais amèrement d'avoir redoublé ma première. L'emploi du temps, les devoirs, l'odeur de la craie, de l'éponge et de la sueur, les visages identiques… Tout était si exaspérant que j'avais parfois la tentation de me taper la tête contre les murs.

Durant les cours, mortellement ennuyeux, j'avais du mal à ne pas tomber de ma chaise.

Formules… Chiffres… Poèmes… Paroles creuses…

Brouhaha ! Fourmillement de la cour du lycée ! Air vicié !

J'ignorais tout de l'architecte qui avait déversé son mauvais goût sur notre école. Il n'avait jamais dû être élève ! Ce cauchemar de béton et de verre était une fournaise en été, une chambre froide en hiver.

Et on n'en ressortait jamais assez vite ! Je perdis une demi-heure dans un bouchon incompréhensible, avant de tourner enfin dans Lessingstraße. J'avais bien une carte de stationnement résidentiel, mais sans place libre, elle ne m'était d'aucune utilité. Je fis deux fois le tour du pâté de maisons en pestant, puis quelqu'un quitta son emplacement et j'y coinçai ma Renault.

Une odeur bizarre imprégnait la cage d'escalier, un surprenant mélange de chou, de café et de lard frit. J'ouvris en grand les fenêtres entre chaque étage, en sachant très bien qu'on les refermerait dès que j'aurais tiré la porte de l'appartement.

C'est toi qui as choisi cette vie ! C'est exactement ce que tu voulais…

Au Moulin, les pièces avaient toujours la bonne température : rafraîchissantes en été, chaudes et douillettes en hiver. Pas de marches en bois usées, pas de crépi écaillé, pas de plantes vertes mourant de soif sur les appuis de fenêtre, pas de vélos dans l'entrée, pas de poussettes devant les portes. Ni d'obscénités griffonnées sur les murs. J'avais vu apparaître récemment une nouvelle inscription, la première qui ait de la classe et qui me plaise : *Sainte Vierge, toi qui as conçu sans pécher, apprends-nous à pécher sans concevoir !*

Quelqu'un avait tenté de l'effacer en lessivant la paroi, mais n'avait réussi qu'à estomper les lettres. Un jour ou l'autre, on repeindrait la cage d'escalier et d'autres graffitis reviendraient peu à peu la coloniser.

— Y'a quelqu'un ?

Personne ne réagit, mais je ne m'attendais pas à la moindre réponse. Je déposai mon sac de classe dans ma chambre et entrai dans la salle de bains. La lunette des WC était relevée. Je m'en rendis compte juste à temps, au moment de m'asseoir.

Merle ramenait souvent des mecs à la maison. Elle avait un goût plutôt sous-développé en la matière. Bien que ce soit une des personnes les plus indépendantes que je connaisse, elle faisait une fixation sur les machos. Elle se méprisait pour ça, sans rien pouvoir y changer. D'un autre côté, je n'avais pas l'impression qu'elle fasse des efforts énormes…

Depuis peu, elle se trouvait sur la voie de la monogamie. Un chemin caillouteux qui la faisait encore trébucher, de temps en temps.

Dans la cuisine régnait le chaos habituel. Aucune de nous trois ne se levait assez tôt pour quitter l'appartement autrement que dans la précipitation ! Ça ne me dérangeait pas vraiment de remettre de l'ordre, mais ça m'énervait d'être régulièrement seule à ranger, juste parce que j'étais la première à rentrer.

Après les cours, Merle se rendait à son boulot, au « Pizza Service » de Claudio. Elle était chargée des livraisons ou mettait la main à la pâte, c'était selon. Caro avait de nouveau des accrochages avec son copain, Gil, et on la voyait rarement en ce moment.

J'avais faim et je me sentais à plat, mais je détestais prendre mes repas à une table encombrée de vaisselle sale. Je me mis donc au travail.

Le matin, Merle se préparait généralement un muesli : elle râpait une pomme, écrasait une banane et pressait un demi-citron. Je jetai les épluchures dans la poubelle à compost, grattai la râpe pour faire partir les fibres de pomme séchées et la mis à tremper dans l'eau chaude, avec le presse-citron.

Caro buvait un chocolat chaud et mangeait un toast avec du jambon, ainsi qu'un œuf à la coque. Les débris de coquille gisaient à côté de son assiette, les miettes de pain grillé avaient en grande partie atterri sur le sol et crissaient sous mes semelles. Elle n'avait pas fini son bol. Il s'était formé une peau qui me fit penser au cou de grand-mère, ce qui me donna mauvaise conscience car je ne l'avais pas appelée depuis longtemps.

Personnellement, je préférais petit-déjeuner d'un thé et d'une galette suédoise avec une tranche de fromage. Ce matin, j'avais perdu cinq précieuses minutes à rechercher un livre et je n'avais pas eu le temps de remettre le fromage au frigo. Quelques heures avaient suffi à le rendre luisant et légèrement gondolé au bord. Même plus question de le faire gratiner. Il ne me restait qu'à le jeter !

Pour la énième fois, j'adressai au ciel une prière muette de remerciement. Après de longues discussions, nous avions enfin décidé d'acquérir un lave-vaisselle d'occasion. Il engloutissait tout sans broncher, si bien que je n'avais plus qu'à passer un torchon humide sur la table et le plan de travail pour que la cuisine redevienne un peu accueillante.

Je me préparai rapidement des œufs brouillés aux tomates et aux champignons, puis un thé au caramel. J'allais commencer à manger lorsque Caro entra dans la pièce en traînant les pieds.

— Ben voyons ! C'est maintenant que les rats sortent de leur trou…

Elle me regarda sans comprendre mon agacement.

— Dommage ! Un chouïa trop tard pour me donner un coup de main.

Caro bâilla. Elle passa la main dans ses cheveux hirsutes. S'avança jusqu'au réfrigérateur. L'ouvrit. En sortit un yaourt. Se prit une cuillère. S'assit à table, près de moi. Le tout au ralenti.

Elle portait sa jupe la plus courte et un débardeur, tous deux noirs. Par-dessus, elle avait enfilé la blouse en lin grise que je lui enviais terriblement mais dont elle ne se séparait que très rarement (pour me la prêter).

— J'avais de la visite, annonça-t-elle.

— Si je comprends bien, tu n'es pas allée au lycée.

Depuis un moment, Caro séchait les cours sans arrêt. Parfois, elle n'arrivait même pas à sortir du lit. Ou alors elle se mettait en route, mais faisait finalement demi-tour. Ça tenait du miracle qu'on ne l'ait pas encore virée !

Elle prit son air maussade (genre « Je déteste que tu me parles comme si tu étais ma mère ! ») et se mit à manger son yaourt.

— De la visite ? répétai-je. Quelqu'un que je connais ?

— Nan.

— C'est sérieux ?

Elle haussa les épaules.

Allons bon ! Elle avait rompu avec Gil, une fois de plus. J'ouvris le livre posé à côté de mon assiette. Elle ne voulait

31

pas discuter, parfait ! Je n'allais pas la forcer. Je ne demandais pas mieux que d'avoir la paix. La matinée de cours avait été éreintante. Des heures et des heures barbantes, que personne ne me rendrait.

Caro mit en marche la machine à espresso que ma mère nous avait généreusement offerte pour notre crémaillère.

— Tu en veux un ?

Je montrai ma tasse de thé.

Lorsqu'elle se réinstalla à table avec son café et tendit le bras pour prendre le sucrier, sa manche remonta, dévoilant un vilain sillon rouge sur son avant-bras gauche.

— Caro…

Vivement, elle tira sur sa blouse.

Elle ne se mutilait plus depuis longtemps. Quand avait-elle recommencé ? Et pourquoi ?

— Tu veux en parler ?

— Nan.

— Mais si jamais…

— Si jamais, je m'adresserai à vous en toute confiance. Promis.

Caro nous chantait toujours le même refrain, à Merle et à moi, mais elle ne tenait jamais promesse. Il fallait la prendre par surprise, briser ses résistances et l'entraîner dans une discussion, sans lui laisser le temps de comprendre ce qui lui arrivait. Et encore, ça ne fonctionnait pas toujours ! Chaque fois, nous en apprenions un peu plus. Et, pièce après pièce, nous pouvions reconstituer le puzzle de sa vie.

Elle venait d'une famille complètement éclatée. Si ses parents et Kalle, son frère cadet, vivaient encore dans le même appartement, chacun menait sa barque comme il l'entendait.

Le père battait la mère. La mère frappait les enfants. Ils avaient toujours connu la violence. Un cercle vicieux auquel Caro ne parvenait à échapper qu'en se blessant elle-même, au lieu de s'en prendre aux autres.

— J'aimerais bien tomber amoureuse, déclara-t-elle d'un ton rêveur.

— Tu ne fais que ça ! Sans arrêt.

Caro était une amoureuse professionnelle : à peine habituée à un mec, elle ouvrait la porte au suivant.

— Pas comme ça… Vraiment.

Elle fourra un morceau de sucre dans sa bouche et le croqua bruyamment.

— Pour toujours et à jamais, tu comprends ? L'amour véritable, avec un grand A. Bien kitsch. Jusqu'à la fin de mes jours ! ajouta-t-elle en levant les yeux au ciel. Ils vécurent heureux et eurent beaucoup d'enfants. Amen !

En riant, elle piocha un second morceau de sucre. Elle pouvait se le permettre, avec sa silhouette ! Filiforme, elle mangeait comme un moineau.

— Tu veux te fixer ? demandai-je en buvant un peu de mon thé, que je n'avais pas sucré.

Il n'aurait pas eu un goût différent si j'avais versé de l'eau chaude sur de l'herbe séchée.

— Me « fixer » ! Tu as de ces expressions ! Mais si ça te fait plaisir… Bon, peut-être bien que je veux me fixer. Une objection ? fit-elle en me lançant un regard provocant.

— J'aurais moins de mal à m'imaginer la chose si tu m'annonçais que tu avais accepté un numéro de funambule chez Gruss !

33

— Je ne pourrais pas bosser pour un cirque capitaliste. Et à supposer que je le fasse, ce ne serait pas comme funambule, cracheur de feu ou je ne sais quoi, mais comme clown.

Ce qui lui irait comme un gant. Avec ses cheveux courts et ses grands yeux, il ne manquait plus grand-chose pour rendre l'illusion parfaite.

Mais pourquoi avait-elle recommencé à s'infliger ces blessures ?

— Ne change pas de sujet. Qu'est-ce qui se passe avec Gil ?

Caro posa le pot de yaourt vide sur la table et le fit basculer de l'index. La cuillère tomba en cliquetant.

— Qu'est-ce qui doit se passer avec lui ?

— C'est avec lui que tu veux te fixer ?

Elle secoua la tête.

— On a cassé. La semaine dernière.

— Et tu lui as déjà trouvé un remplaçant ?

— Et après ? riposta-t-elle avec agressivité. Tu veux que je fasse pénitence pendant des semaines ?

Je n'appréciais pas qu'elle me réduise au rôle de donneuse de leçons.

— Est-ce que je t'ai fait un reproche ?

— Toi ? Mais regarde-toi ! Tu es le reproche incarné ! s'exclama-t-elle en balayant le pot du revers de la main.

Il atterrit par terre, roula sur le carrelage et s'immobilisa près d'un gros mouton de poussière.

— Il se trouve que j'aime bien Gil…

Je constatai que mes œufs étaient froids et j'en voulus à Caro.

— … et qu'il mérite que tu lui donnes une seconde chance.

— Il l'a eue.

Caro se leva et se fit un autre espresso.

— Il en a même eu plusieurs !

— Il n'a pas eu l'ombre d'une chance.

Je repoussai mon assiette et bus une gorgée de thé. Tiède, il avait un goût encore plus horrible. Le parfum du café vint chatouiller mes narines.

— Je peux aussi en avoir un ?

Caro posa rudement la tasse devant moi.

— On peut savoir ce qui te fait dire ça ?

— Tu t'es installée si confortablement dans ta recherche de l'amour véritable, universel, que tu serais incapable de le reconnaître s'il sonnait à ta porte.

— Pour autant que l'amour puisse sonner à la porte de quelqu'un ! objecta Caro avec un méchant sourire.

Je ne répondis pas et bus mon espresso. Ce cynisme faisait partie de ses traits distinctifs. De même que chaleur, tendresse et compassion. Des dispositions auxquelles nous n'avions plus souvent droit, Merle et moi…

Nous avions décidé de prendre patience. Un jour ou l'autre, les qualités ensevelies de Caro finiraient par réapparaître. En attendant, il s'agissait de rester stoïques. Nous avions tout notre temps. Et elle en valait la peine.

— Que dirais-tu d'un petit tour à l'agence de voyages ?

Caro fut aussitôt emballée. On se livrait souvent à ce petit jeu – aller chercher toutes sortes de brochures et organiser des voyages extravagants, hors de notre portée.

Au début, Caro et Merle s'étaient étonnées que la fille d'Imke Thalheim, l'auteur à succès, ne roule pas sur l'or. Puis elles avaient compris que la fierté me poussait à agir ainsi. Je ne supportais pas d'être dépendante de mes parents.

En chemin, Caro me prit par le bras. Les congés étaient imminents. Dernières vacances avant le bac !

— Et si tu demandais gentiment à ta môman ?

Elle vit mon regard et fit un brusque signe de dénégation.

— Je posais la question juste comme ça ! Je veux dire, la pauvre femme ne sait pas quoi faire de tout son fric, pas vrai ?

— Caro, excuse-moi ! Manifestement, je me suis trompée sur ton compte. Tu ne penses pas qu'à toi, non ! Tu veux seulement aider ma mère, de façon totalement désintéressée, à dépenser son argent.

Caro hocha gravement la tête.

— Je ne supporte pas de voir les gens souffrir.

Il nous suffit d'échanger un regard pour éclater de rire. Pas question que je demande de l'argent à ma mère. Je n'avais pas besoin de l'expliquer à Caro, elle le savait très bien.

**

Les jours s'écoulaient, monotones. C'était mieux ainsi. Il avait besoin que sa vie repose sur des bases paisibles pour garder le contrôle. Aussi longtemps que possible.

Son envie le tenaillait comme une bête, toujours plus vorace.

Il savait qu'il avait des semblables. Il réfléchit aux films qu'il appréciait. *Dr Jekyll et Mr Hyde. Nosferatu. Frenzy.* Le *Dracula* adapté de Bram Stoker. *Le Silence des agneaux. La Nuit du loup-garou.* Et tant d'autres…

Après chaque séance, il s'était senti un peu compris. Et disculpé, en quelque sorte.

Il avait longtemps ressenti le besoin de parler avec les réalisateurs. Ou les acteurs. Puis il avait vu un documentaire sur Hitchcock. Et entendu l'homme grassouillet, l'air coincé et craintif, dire des choses qui l'avaient profondément déçu. Un vieux garçon à sa maman ! Vraiment, c'était à lui qu'on devait *Frenzy* ?

Et qu'y avait-il à tirer de Klaus Kinski, qui jouait le rôle-titre dans *Nosferatu, fantôme de la nuit* ? Un mégalomane narcissique et grossier qui avait gaspillé sa force créatrice à provoquer son public !

Il n'empêche, tous ces metteurs en scène avaient su le cerner. Mieux que n'importe qui. Sans jamais s'être retrouvés face à lui, ils avaient saisi l'essentiel. Ils connaissaient ses peurs les mieux cachées, ses espoirs les plus secrets, et les avaient traduits sur grand écran.

Vieux jeu en matière de cinéma, il réfléchissait longuement aux films dont il voulait faire l'acquisition. Il était fier de sa collection de cassettes vidéo, tout comme de sa bibliothèque. *Crime et châtiment* de Dostoïevski. *Frankenstein* de Mary Shelley. *Le Parfum* de Patrick Süskind. *Félidés* d'Akif Pirinçci.

N'ayant pas de magnétoscope, il ne pouvait pas regarder les films. Mais il fallait qu'il les possède. Les savoir à sa disposition lui donnait le sentiment d'être partout chez lui.

Il ne perdait pas son temps avec des âneries ou des saletés. Il détestait le vide qu'elles lui laissaient dans le crâne.

Il y avait les livres de valeur, et les autres… Les hommes de valeur, et les autres… Il devait à sa mère de pouvoir faire la différence entre ciel et enfer, Dieu et diable. Sa mère, ou plutôt ses années d'absence. La rudesse de son enfance lui avait tout appris. Le mal pouvait se déguiser comme bon lui semblait, il le reconnaîtrait sous n'importe quel masque.

Peu d'hommes lui ressemblaient. C'étaient des artistes qui écrivaient, peignaient, tournaient des films. Il les admirait de loin.

À distance respectueuse.

Ils étaient comme lui. Et différents à la fois. Ils évoluaient dans les hautes sphères. Jamais il n'aurait l'audace de les approcher.

D'ailleurs, il valait peut-être mieux se prémunir contre les déceptions. Éviter de répéter son expérience avec Hitchcock et Klaus Kinski.

Ne pas les approcher signifiait rester proches d'eux. Aussi paradoxal que cela puisse paraître. Il ne tenait pas à voir détruite l'image qu'il se faisait de ces hommes.

Obsédés. Possédés. Comme lui.

Comme lui, ils connaissaient les songes rouge sang qui vous emprisonnent. Les pensées incandescentes qui vous rongent le cerveau.

On le découvrait dans leurs romans, leurs tableaux ou leurs films. Effrayant !

Autant qu'un palais des glaces, à la fête foraine. Son propre visage, cruellement familier, reflété encore et encore sur une ligne infinie…

Il sentit qu'il avait faim. Il oubliait souvent de dîner et son estomac devait le rappeler à l'ordre. Il jeta un coup d'œil à sa montre : presque vingt et une heures. Il ferait mieux de descendre à l'auberge. Il n'avait aucune envie de se préparer à manger.

En réalité, il cuisinait volontiers, plutôt bien (autant que le permettait la plaque de cuisson assez rudimentaire). Avec la persévérance nécessaire, il aurait pu faire un apprentissage de cuisinier. Puis s'enrôler dans la marine.

Cela aurait pu tout changer. Chasser son agitation. Les étendues d'eau sans fin l'auraient peut-être apaisé et fait de lui un homme meilleur ?

Au plus profond de son cœur, il savait qu'il se racontait des bobards. Il avait beau essayer, il ne pouvait pas fuir ce qu'il était.

Il avait mené contre lui-même d'innombrables combats. Et les avait tous perdus…

Il sortit et ferma à clé. Il ne croisa personne en descendant. Les chambres résonnaient des bruits habituels. La plupart des clients, presque tous des représentants ou des ouvriers en mission sur un chantier, passaient la soirée devant la télévision. Ils menaient une vie de passage, toujours sur les routes, nulle part chez eux. Leurs couples étaient sans consistance, et même quand ils restaient soudés, les enfants grandissaient sans père véritable.

Dans l'entrée était accrochée, sous pochette transparente, une feuille de papier porteuse du règlement intérieur. Chaque fois, son ton le hérissait.

Fermer la porte d'entrée à clé après vingt heures.
Interdiction formelle de fumer dans les chambres.
Régler impérativement téléviseur et radio à volume réduit.

Et ainsi de suite…

Tout à fait le style de la propriétaire, une femme de quarante-cinq ans environ, à la voix perçante. La vie avec un alcoolique avait creusé des sillons prématurés sur son visage. Elle s'immisçait partout, se croyait responsable de tout. Les lèvres pincées et tirées vers le bas, elle riait rarement, d'un rire étrangement amer et abrupt. Elle laissait dans son sillage un parfum capiteux, mais ses vêtements sentaient la sueur rance.

Il envisagea d'arracher le règlement, mais s'abstint. L'écriture ne lui plaisait pas. Il avait l'impression qu'il se salirait les doigts en la touchant.

Dehors, la chaleur l'assaillit, presque aussi dense que dans sa chambre. Cette nuit, il faudrait encore qu'il laisse tourner le ventilateur, même si son ronronnement l'empêchait de bien dormir.

Il devrait peut-être bouger, au lieu de traîner à l'auberge ou dans sa chambre… Pousser jusqu'à Kalm ? Ou Bröhl ? *Bröhl !*

Il pourrait dîner tranquillement en regardant les passants, puis se promener dans le parc du château, ou autour d'un des lacs voisins.

Il monta dans sa voiture et démarra. Même s'il avait de temps en temps le couteau sous la gorge, financièrement, jamais il ne renoncerait à son auto et à l'indépendance qu'elle lui garantissait.

Il baissa la vitre côté conducteur, en sachant très bien que cela perturberait le fonctionnement de la climatisation. Le courant d'air l'ébouriffa et le parfum des fraises des champs envahit l'habitacle. Frais. À la fois piquant et sucré.

Il inspira profondément.

Parfois, être heureux ne semblait pas si difficile. Il alluma la radio. Tina Turner. Pourquoi pas ? Il se mit à chanter et à battre la mesure sur le volant.

You're simply the best...

Parfois, même oublier ne semblait pas trop difficile.

3

Dans l'enquête sur l'assassinat de la jeune Simone Redleff (Hohenkirchen), la police étudie plus de quatre cents indications sans détenir, pour l'instant, la moindre piste sérieuse. Une récompense de cinq mille euros est offerte à quiconque fournira des renseignements permettant l'arrestation du meurtrier.

Lors d'un entretien accordé à notre rédaction, le commissaire principal Bert Melzig s'est déclaré optimiste quant à l'élucidation de cette affreuse affaire, assurant que « le crime parfait n'existe pas ».

Il semble désormais exister un lien tout à fait concret avec les assassinats perpétrés de façon analogue en Allemagne du Nord (voir notre précédent article). Chaque fois, les victimes ont eu les cheveux coupés. Chaque fois, on les a retrouvées sans la chaîne qu'elles portaient au cou. Selon Bert Melzig, on peut présumer, sinon affirmer avec certitude que le meurtrier a emporté ces colliers à titre de fétiches.

***

Bert Melzig chiffonna le journal et le jeta sur la table.

— Quel ramassis de conneries !

Il se servit une autre tasse de café et sortit sur la terrasse. En gémissant, il se laissa tomber sur une chaise de jardin. Il devait se surveiller. Il n'était pas loin de l'infarctus. C'était en tout cas ce que prétendait Nathan, son meilleur ami, partenaire de tennis et médecin.

Nathan le sage.

Au lieu de le harceler du matin jusqu'au soir, il se contentait de lâcher de temps à autre une remarque qui se fixait d'autant plus tenacement dans son crâne.

« Il faut bien mourir de quelque chose ! avait pour coutume de répondre Bert, avec une placidité stéréotypée.

— Exactement. Certains plus tôt que d'autres. »

Typique de Nathan. Il fallait toujours qu'il ait le dernier mot !

Bert avala une gorgée de café. Sa femme était partie chez ses parents avec les enfants. Elle avait éprouvé l'envie de sortir du train-train quotidien. Lui, en revanche, avait besoin de temps et de calme pour réfléchir. Ils avaient donc décidé de passer le week-end chacun de leur côté.

Réfléchir… Bert fit la grimace. Il avait prévu de faire tant de choses ! Mais la veille au soir, juste après le départ de Margot, il avait ouvert une bouteille de vin rouge. Puis une seconde. Et c'en avait été fini de sa réflexion.

Et maintenant, cet article dans l'édition du samedi… Comme si sa tête lourde n'était pas une punition suffisante !

— Foutue presse ! gronda-t-il. Le pire fléau de notre temps.

Enfant, il avait déjà la sale habitude de parler tout seul. Exprimer ses pensées à voix haute les rendait plus claires. Tous ceux qui le connaissaient, à commencer par ses gars, s'étaient habitués à sa manie.

— Je traite pourtant les gratte-papier très convenablement ! Je leur fournis régulièrement des informations. En échange, j'attends simplement d'eux un compte rendu conforme. Mais c'est trop leur demander !

Même complètement imbibé, il n'aurait jamais déclaré que le crime parfait n'existait pas. Bien sûr qu'il existait ! Depuis la nuit des temps. Quantité de meurtres, de viols et d'enlèvements n'avaient pas pu être éclaircis.

Il n'avait pas davantage révélé qu'ils n'avaient encore aucune piste sérieuse. C'était pure spéculation (qui s'avérait malheureusement exacte).

La presse lui prêtait sans cesse des paroles qu'il n'avait jamais prononcées. Certes, il savait que les journalistes responsables, faisant proprement leur boulot d'investigation, devenaient denrée rare à l'ère de la presse à sensation… Il n'en était pas moins déçu, chaque fois qu'il avait affaire à quelqu'un qui ne se montrait pas très regardant sur la vérité.

La remarque concernant l'absence de piste sérieuse entretiendrait un préjugé idiot, largement répandu. Une fois de plus, la police passerait aux yeux du grand public pour un tas de crétins et d'incapables.

— La seule chose positive là-dedans, c'est que le meurtrier va continuer à se sentir en sécurité, marmonna Bert. Et qu'il commettra peut-être une erreur.

La mention des chaînes disparues et des cheveux coupés, en revanche, était une catastrophe. Le genre d'information qui pouvait donner des idées aux imitateurs et brouiller toute trace digne de ce nom.

Son téléphone portable se mit à sonner. La nécessité d'être joignable en permanence était une seconde nature, au point que, même chez lui, il ne lui venait pas à l'esprit d'éteindre ce machin.

Un coup d'œil à l'affichage lui apprit que l'appel émanait de son supérieur. Il ne manquait plus que ça !

— Bert Melzig.

Il entendit bien que sa voix prenait un ton rude et sec, mais il n'avait aucune envie de faire un effort. Il n'aurait pas été contre un soupçon d'intimité, le week-end.

— Dites-moi, Melzig, qu'est-ce que je lis dans le journal ?

Bert ne supportait pas les gens qui se mettaient à bavarder sans se présenter, partant du principe qu'on les reconnaîtrait spontanément à leur voix. L'espace d'un instant, il fut tenté de faire mine d'être incapable de remettre son correspondant, mais abandonna l'idée. Il renonça aussi à la question qui lui brûlait les lèvres : « Si vous ne savez pas ce que vous lisez, qui le saura ? »

— Pas la moindre idée de la façon dont ils en ont eu vent !

— Mais il y a bien quelqu'un qui…

— Aucun de mes hommes, patron ! J'en mettrais ma main au feu.

— Je m'en doutais. Mais il faut absolument découvrir qui a divulgué ces informations à la presse…

La voix adoptait déjà des accents plus conciliants. Le patron était réputé exploser à la moindre occasion, mais se laisser rapidement ramener à la raison.

— Peut-être un collègue, en Allemagne du Nord ? avança Bert. Ou les proches de la victime, la famille Redleff. Vous savez combien ils ont été harcelés !

Il sentit que son correspondant hochait la tête. Il imagina le double menton débordant du col étroit et tremblotant à chaque mouvement. Enfin, s'il portait une chemise, si tôt le samedi matin… Ils ne savaient pas tout l'un de l'autre, et c'était très bien ainsi.

— À part ça, Melzig ?

Cette question débouchait toujours sur un retour au quotidien, à la normale.

— Impec, patron ! Je ne peux pas me plaindre.

La réponse, comme la question, était invariablement la même.

Drôle de relation ! songea Bert. *On dirait qu'on ne réfléchit que par poncifs, qu'on ne parle qu'en termes préfabriqués. Et si un jour, j'allais vraiment mal ? Est-ce que je me confierais à lui ? Ou est-ce que tout serait toujours impec, que je ne pourrais toujours pas me plaindre ?*

— Alors à lundi, Melzig. Et mettez-en un coup, hein !

Si seulement ça pouvait être aussi facile…

Lundi, il demanderait aux Redleff ce qu'ils avaient raconté aux journalistes. Puis il faudrait qu'il se préoccupe de savoir comment ces derniers avaient appris que, dans les deux autres affaires, il était aussi question d'une chaîne.

Les collègues d'Allemagne du Nord pouvaient-ils se montrer un peu trop… communicatifs ? Bert ne le croyait pas. Il n'empêche que des fuites se produisaient régulièrement.

Un vent plutôt frais soufflait, ce jour-là. Bert raidit les épaules en frissonnant et croisa les bras sur le torse. Un meurtrier était en liberté, dehors, quelque part, et il devait mettre un terme à ses agissements.

Au lieu de le galvaniser, cette pensée l'oppressa.

***

En se réveillant, Caro constata qu'il n'était plus couché à côté d'elle. Il avait dû partir au beau milieu de la nuit. Silencieux comme une ombre. Sans éveiller l'attention.

Il ne voulait aucun contact avec Jette et Merle, il le lui avait assez répété : « C'est trop tôt ! » Ni avec sa famille… Encore que Caro n'aurait jamais eu l'idée saugrenue de la lui présenter !

Mais pour Jette et Merle, les choses étaient différentes. Elles représentaient plus, bien plus que des amies. Caro n'avait plus confiance en quiconque depuis des années. Avec Jette et Merle, elle faisait des débuts hésitants.

Il n'avait rien contre elles, non. Rien de personnel. Simplement, il refusait de faire connaissance avec son entourage.

« Plus tard ! Un jour… »

Le cœur lourd, elle avait accepté, car tout valait mieux que de le perdre.

Dès sa première visite, Caro avait remarqué qu'il se comportait de façon étrange. Elle lui avait assuré qu'ils seraient seuls dans l'appartement. Et malgré tout, une fois dans l'entrée, il avait regardé intensément autour de lui.

Comme un animal s'apprêtant à bondir…, s'était-elle dit. *Une panthère, peut-être ? Ou un léopard. Sauvage, beau et sans entrave !*

Ils ne se connaissaient pas depuis longtemps et se voyaient trop rarement à son goût. Il avait très peu de temps libre. Mais dès qu'ils se retrouvaient, elle avait la sensation que la foudre s'abattait sur elle.

Jamais encore Caro n'avait eu les genoux flageolants à la seule vue d'un homme. Elle pensait que ces choses n'arrivaient que dans les romans. Indomptable, pas émoussé par les années, il avait soif de vivre. On le lisait dans ses yeux.

Il était libre et, quand ils étaient ensemble, un peu de cette liberté déteignait sur elle. C'était ce que l'amour était censé faire, non ? Transformer les gens… Leur faire découvrir d'autres dimensions…

Caro se retourna et explora sa chambre du regard. Elle semblait plus vaste, vue du lit. Mais c'était peut-être dû au fait qu'elle se sentait très seule.

Il aurait au moins pu me dire au revoir ! Un baiser, une caresse… Je n'en demandais pas plus. Mais ficher le camp comme ça !

Il disparaissait chaque fois de cette façon. Abracadabra !

Il faut dire qu'il ressemblait beaucoup à David Copperfield. Certes, il était plus robuste et son corps trahissait son habitude du labeur. Mais de prime abord, il aurait pu passer pour le frère jumeau du magicien.

En moins doux.

Caro n'avait jamais été emballée par les tendres. Elle se sentait bien en leur compagnie. Ensemble, ils allaient au ciné ou sortaient en boîte, avant d'avaler une pizza et de passer la nuit à refaire le monde. Mais au plus profond d'elle-même, elle restait de marbre.

Elle se disait sans arrêt que ce type de mec vaudrait mieux pour elle. Au moins, ils étaient sincères, honnêtes, fiables, affectueux, fidèles… Et donc ennuyeux. Surtout ennuyeux !

Elle avait essayé, une fois. Avec un Américain participant à un échange scolaire. Marvin avait les yeux bruns, doux et toujours un peu étonnés. Tout se passait bien mais, au bout d'un moment, elle se mit à s'imaginer avec un autre quand ils s'embrassaient.

Elle n'oublierait jamais combien leur rupture l'avait secoué. Il ne se nourrissait plus, dormait à peine. Il avait perdu tellement de poids qu'il flottait dans ses fringues. Finalement, il était rentré aux États-Unis.

Caro se leva. Elle alluma la radio et l'éteignit aussitôt en entendant la voix de l'animateur. Elle ne supportait pas autant de bonne humeur et de « zim boum boum » au réveil.

En traînant les pieds, elle alla dans la cuisine, où Jette et Merle avaient laissé le chaos habituel. Avec un soupir, elle se mit à ranger la table du petit déjeuner. Pour leur faire plaisir.

Chaque bruit résonnait dans son crâne, vrillant ses tempes d'une douleur aiguë. Pourquoi avoir bu alors qu'elle ne le supportait pas ? Du gros rouge, en plus ! Le genre de vin qui lui donnait toujours mal au cœur. Seulement voilà, elle n'avait rien trouvé d'autre.

Il n'en voulait pas, au départ, et l'avait accompagnée pour lui faire plaisir. L'alcool n'avait eu aucun effet sur lui, juste sur elle. Elle avait parlé, parlé ! Et gloussé. Jusqu'à ce qu'il la bâillonne.

Sa main était grande et large. Le visage de Caro avait disparu dessous. Elle avait soudain eu très froid et l'avait repoussé.

C'était alors qu'il avait ri.

Elle lui avait mis les bras autour du cou, elle s'était blottie contre lui et sentie aimée, et réconfortée.

Il avait le pouvoir de changer l'atmosphère d'une pièce en l'espace d'une seconde. L'humeur d'une personne, aussi. Parce que c'était un véritable magicien. Abracadabra !

Caro sourit en plaçant les bols sales dans le lave-vaisselle. Serait-elle enfin arrivée à bon port ? Avec lui, elle pourrait peut-être se « fixer »…

Elle regarda sa montre. En se dépêchant, elle arriverait à temps pour la troisième heure de cours.

— Ça serait pas mal ! déclara-t-elle tout haut, avant de se mettre à siffler.

Oui ! Vraiment pas mal. Les professeurs perdaient patience…

Sous la douche, elle s'étira et garda longuement le visage sous le jet d'eau. Il était encore trop tôt pour y croire. Mais il semblait qu'elle soit amoureuse. Pour de bon.

— Amoureuse ! chuchota-t-elle. Amoureuse, amoureuse, amoureuse…

***

Il raccrocha le combiné et sortit à grandes enjambées sur la place muette et blafarde, comme écrasée sous le soleil. Il essuya du dos de la main son front couvert de sueur et eut l'impression qu'il ne faisait rien d'autre, depuis des années.

Comme si toute sa vie se résumait à cet unique geste mécanique.

La cabine téléphonique semblait avoir emmagasiné la chaleur d'un été torride et les odeurs corporelles d'innombrables usagers. Il avait maintenu la porte ouverte avec son pied, mais cela n'avait pas servi à grand-chose car il n'y avait pas un souffle de vent.

« Georg, mon garçon, où es-tu ? S'il te plaît, dis-moi où je peux te joindre ! » avait imploré sa mère.

Il avait entendu le tremblement dans sa voix annonçant les larmes habituelles, et raccroché rapidement. Elle lui tapait sur les nerfs avec ses jérémiades ! Il ne voulait pas être joignable, surtout pas pour elle.

Georg… C'était une des rares personnes à l'appeler encore ainsi. Il aurait volontiers oublié son prénom, comme il aurait préféré oublier son enfance tout entière. Mais, de loin en loin, il se retrouvait nez à nez avec elle. Échapper au passé était un tour de magie qu'il ne maîtrisait pas.

Il fallait qu'il perde l'habitude de l'appeler. Il ne savait pas pourquoi il le faisait, au juste. Par sentiment de culpabilité ? Par habitude ?

Disparaître était plus facile qu'il ne l'aurait pensé. Il suffisait de ne pas trop s'attarder au même endroit. De veiller à ne laisser aucune trace derrière soi.

Un jeu d'enfant…

Il n'aurait pas dû téléphoner. Elle allait certainement remuer ciel et terre pour le retrouver. On avait vite fait de se trahir. Et quelques heures plus tard, elle serait là.

— Un sentiment de culpabilité ? Foutaises !

Il avait pris le pli de s'interroger à voix haute. Mais les questions se faisaient de moins en moins nombreuses. La vie était si facile, ici !

Se lever. Travailler. S'endormir. Entre les deux, le jour vieillissait.

Il aimait être dans les champs. Observer la lumière changeante, sentir le vent, le soleil et la pluie caresser son visage, les muscles jouer sous sa peau. Le travail faisait du bien à son corps. Il le remarquait aux regards que lui lançaient les femmes, à leur inclination à le fréquenter. Naturellement, il le remarquait aussi à l'insatiable appétit qu'il avait pour elles.

— Hé ! Gorge !

Il se retourna. Un seul être au monde l'appelait « Gorge »… Et il s'approchait de lui, en traînant la jambe qu'un accident avait réduite en bouillie, des années plus tôt. Le jean couvert de crasse, les cheveux pendant dans la figure.

— Putain de chaleur ! lança Malle avant de plaquer les mèches grasses derrière ses oreilles.

Il parlait allemand avec un accent indéfinissable, mais n'avait révélé à personne d'où il venait.

Ils allèrent manger ensemble. Lorsqu'ils pénétrèrent dans le réfectoire, le vacarme déferla sur eux à la manière d'une vague. Malle salua à droite et à gauche. C'était un type étrangement contradictoire : débonnaire, amical et serviable, dans le fond… sauf quand il avait bu. Alors, il pouvait se montrer querelleur et faire le coup de poing.

Sous l'influence de l'alcool, il perdait tout contrôle, surtout dans les situations délicates. Il pouvait osciller d'un sentiment à l'autre, céder à n'importe quelle humeur, comme un brin d'herbe chahuté par le vent. Ce qui ne le rendait pas particulièrement populaire, alors qu'il aspirait au contraire à être apprécié de tous.

Au menu ce jour-là, escalope de dinde, pommes de terre, petits pois et carottes. Ils prirent leur plateau et cherchèrent où s'asseoir. Personne ne s'installerait à leur table s'il y avait moyen de l'éviter. Cela convenait parfaitement à Georg.

Les légumes étaient surgelés. La viande, si dure et sèche qu'on pouvait difficilement la faire descendre sans eau. Les pommes de terre, fades et mollasses. Le dessert ? Un flan jaune pâle garni d'un coulis de fraises.

Le patron retenait directement l'argent des repas sur leur salaire hebdomadaire. On ne pouvait pas compter sur les travailleurs saisonniers. Ils disparaissaient de façon aussi inattendue qu'ils étaient apparus, parfois au beau milieu de la nuit. Georg en avait vu ficher le camp sans leur paie.

— De la bouffe pour cochons ! pesta Malle. Je cuisine mieux que ça !

Il repoussa son assiette et s'empara de sa barquette de flan.

Georg se félicitait de sa capacité à s'arranger de tout, ou presque. Il savait qu'il devait manger s'il voulait supporter leur travail, un travail physique, pénible. Alors il mangeait. Prendre ses repas au réfectoire revenait meilleur marché que dans une brasserie (où ce qu'ils avalaient aurait sans doute eu meilleur goût, certes). Sans compter qu'il pouvait se remettre au boulot rapidement. Une heure de pause à midi lui suffisait pour recharger ses batteries.

Les autres pas. La plupart étaient mécontents de leurs conditions de travail. Pas un hasard si l'exploitant, propriétaire de tous les champs de fraises environnants, était l'homme le plus riche du village. Il payait une misère et logeait les cueilleurs dans des chambres sinistres, en échange d'un loyer excessif.

Georg évitait tout contact avec sa femme. Excessivement maquillée, habillée avec vulgarité, prématurément ridée. Elle ne répondait pas quand on la saluait et souriait très rarement.

Il avait vu, en revanche, la façon dont elle le regardait. Et détourné aussitôt le regard. Il ne manquait plus qu'elle le trouve à son goût ! Qu'elle se mette à lui courir après ! Il n'avait pas besoin de ce genre de complications.

Malle avait terminé son flan et léchait le fond de la barquette. Georg poussa son dessert dans sa direction.

— Sûr ? T'en veux pas ?

Malle n'avait pas fini sa question qu'il plongeait déjà sa cuillère dedans.

— Vas-y, mange ! fit Georg. J'ai pas très faim aujourd'hui.

Il croquerait quelques fraises, voilà tout. Il lui fallait caresser Malle dans le sens du poil, lui donner l'impression qu'ils étaient amis. Ce n'était pas impossible qu'il ait besoin de lui… Ce jour-là, Malle se sentirait redevable et ne pourrait pas lui refuser son aide.

Il s'en était toujours bien tiré, avec cette tactique. Elle lui avait déjà sauvé la peau plusieurs fois.

Je suis une vraie ordure ! pensa Georg en souriant intérieurement. *C'est ça. Une ordure…*

4

J'avais fait les courses avec Merle. Nous avions prévu de préparer le repas ensemble. Caro devait être de la partie, mais elle avait appelé pour se décommander.

— Elle n'a vraiment donné aucune explication ? insista Merle.

— Aucune.

— Je ne comprends pas pourquoi elle fait tant de mystères !

Merle ôtait le vert des tomates cocktail, un travail qui exigeait du doigté.

— D'habitude, elle ne se montre pas aussi… possessive, poursuivit-elle.

— Possessive ? Comment ça ?

— Elle a peut-être peur qu'on ait des vues sur le petit nouveau.

— N'importe quoi ! Primo, Caro sait bien qu'elle peut nous faire confiance, et secundo, on n'a pas du tout les mêmes goûts en matière de mecs.

— Pas forcément…, objecta Merle en fourrant une moitié de tomate dans sa bouche. J'aurais pu tomber raide dingue de Gil.

Je ne pus m'empêcher de la regarder d'un air sarcastique.

— Mouais ! admit Merle en souriant à son tour. Mais y'aurait eu du progrès, non ?

— Et quel progrès !

Gil était trop doux pour Caro. Pour Merle plus encore. Je l'aimais beaucoup. Comme le frère que j'avais toujours souhaité. Il m'en coûtait de devoir penser à lui au passé.

L'eau bouillait. J'ouvris trop brusquement le paquet de pâtes. Les spaghettis s'éparpillèrent sur le plan de travail, s'enchevêtrant comme des bâtonnets de mikado.

— C'était quelqu'un de particulier, en tout cas, repris-je en les ramassant. On ne peut pas en dire autant de la plupart des mecs qui se sont pointés ici.

Merle mélangeait la vinaigrette. Elle paraissait totalement perdue dans ses pensées. Au bout de longues minutes de silence, elle se tourna à demi vers moi.

— Le meurtre de cette fille, il y a quelques semaines… Ça me fout le cafard ! Je la connaissais un peu. Nos chemins se sont croisés plusieurs fois. En boîte, et de temps en temps à la pizzeria. Elle avait un de ces sourires ! Je… je n'arrive toujours pas à me mettre dans la tête qu'elle est morte.

Cette affaire semblait vraiment lui peser : elle n'arrêtait pas d'y revenir.

— La salade est prête, Merle ?

Les pâtes seraient bientôt cuites. Il allait falloir les égoutter. Je trouvais indécent de parler d'une jeune fille assassinée tout en continuant à cuisiner. Mais c'était la vie qui voulait ça ! Les uns mouraient, les autres se réjouissaient à l'idée d'un bon repas. Et chacun s'efforçait de s'accommoder du cynisme de ces contradictions.

Quelques minutes plus tard, on s'asseyait à table, l'une en face de l'autre.

— Tu te rends compte, reprit Merle, tu fais confiance à quelqu'un, et il te tue !

Voilà ce qui était désormais établi : la fille était allée en boîte de nuit, en empruntant la voiture de son père. La police partait du postulat qu'elle avait fait monter son meurtrier dans l'auto. Soit elle l'avait rencontré dans la discothèque, soit elle le connaissait déjà. À moins qu'elle ne l'ait pris en stop.

— C'est horrible…

Je trifouillais dans mes spaghettis. J'en avais perdu l'appétit.

— À quoi pense-t-on dans les derniers instants ? s'interrogea Merle en dessinant avec sa fourchette, sur le bord de son assiette, des motifs à la sauce tomate. Je veux dire, quand on acquiert la certitude qu'on va mourir ?

— Il paraît que, dans un accident, on voit défiler toute sa vie. Peut-être qu'il se passe plus ou moins la même chose pour un meurtre ?

Merle secoua la tête.

— Je crois qu'on a juste peur. Une peur terrible, effroyable ! On se débat, avec les mains, avec les pieds, et brusquement, on sent qu'on n'a pas suffisamment de force. Alors, j'imagine qu'on se met à prier.

— Prier ?

— Parce qu'il n'y a plus rien d'autre à faire.

— Arrête, Merle ! Je n'ai pas besoin de me représenter les choses avec autant de précision.

— C'est la politique de l'autruche !

— Non. Simplement, je n'ai pas envie de revoir la jeune fille morte, soir après soir.

— O.K.

Et Merle se retrancha dans le silence pendant le reste du repas.

— Tu as remarqué que Caro avait recommencé à se mutiler ? lui demandai-je au moment du café.

— C'est probablement en rapport avec son nouveau mec, fit Merle en hochant la tête.

— On devrait peut-être guetter son passage, si elle ne se décide pas à nous le présenter.

— Attendre la nuit dans un coin sombre en espérant qu'il aura besoin d'aller aux toilettes ? ricana Merle. Merci bien ! Je préfère attendre que Caro prenne l'initiative.

Quand on parle du loup… Le verrou de la porte coulissa avec un bruit sec. Caro entra dans la cuisine et se laissa tomber sur sa chaise. Elle jeta un coup d'œil dans nos assiettes.

— Il en reste ? J'ai une faim d'ogre !

Elle nous adressa un sourire rayonnant, plein d'espoir. Elle avait l'air heureuse. Heureuse comme je ne l'avais encore jamais vue. Comme si, du jour au lendemain, elle était devenue une autre. Et elle avait faim !

Nous avions peut-être été injustes avec son petit copain ? Si ça se trouvait, il lui faisait du bien.

— Évidemment qu'il en reste !

Merle s'était déjà levée pour aller prendre une assiette dans l'armoire.

Pourquoi Caro n'aurait-elle pas de la chance, au moins une fois dans sa vie ?

***

Les collègues d'Allemagne du Nord, aimables et serviables, avaient permis à Bert de prendre connaissance de l'avancement des enquêtes et de consulter leurs dossiers, puis ils l'avaient accompagné sur les lieux des crimes. Ils lui avaient photocopié les rapports, expliqué en détail leurs conclusions, et enfin, s'étaient déclarés prêts au dialogue.

Les meurtres remontaient à douze et quatorze mois. Il n'en était plus question dans la presse depuis longtemps, et les gens n'en parlaient presque plus.

La police avait exploré toutes les pistes possibles et imaginables, sans le moindre résultat concret. Le cauchemar de tout bon fonctionnaire de la PJ.

Deux meurtres en si peu de temps, et le suivant un an plus tard seulement, est-ce que ça peut coller avec le profil d'un tueur en série ? réfléchissait Bert sur le chemin du retour.

Oui. Différents éléments devaient coïncider : motivation, victime, lieu du crime et occasion. S'il manquait ne serait-ce qu'un paramètre, le tueur ne pouvait passer à l'acte.

Ils avaient probablement affaire à un meurtrier d'une grande intelligence. En plus d'avoir l'habileté de ne laisser aucune trace, il agissait délibérément à l'encontre des sta-

61

tistiques. Car, en règle générale, l'intervalle entre chaque agression avait davantage tendance à se réduire qu'à s'accroître.

Ses victimes étaient jeunes, l'une âgée de dix-sept, l'autre de vingt ans. Dans les deux cas, l'assassin avait coupé leurs longs cheveux blonds. Dans les deux cas, elles portaient autour du cou une chaîne qu'on n'avait pas retrouvée.

Toutes deux avaient été poignardées. À sept reprises.

Comment peut-on se dominer en pleine ivresse ? songea Bert avec effroi.

À moins qu'il n'y ait pas ivresse ? Un homme pouvait-il violer une jeune fille, puis l'assassiner en obéissant à un froid rituel ?

Bert éprouvait pour chaque meurtrier des sentiments différents qui, dès le début, s'ancraient solidement en lui. Ce tueur-là lui inspirait de la peur. Il n'avait jamais rien ressenti de semblable.

Sur les clichés réalisés sur les lieux des crimes, les deux mortes présentaient la même expression que Simone Redleff. La stupéfaction se lisait dans leurs yeux écarquillés.

L'une s'appelait Mariella, l'autre Nicole. Bert tenait à ce que les victimes aient un nom. Qu'on le cite dans les articles de journaux, encore et encore. Parce que ça les sortait de l'anonymat. Les rendait humaines.

Elles auraient pu être les filles, les sœurs, les petites-filles, les nièces ou les amies de n'importe qui.

Tout le contraire du tueur ! Lui n'avait pas de visage. C'était une ombre menaçante, un danger qu'on pouvait s'imaginer à chaque coin de rue.

Sept coups de couteau. Les cheveux coupés. Le collier envolé. Bert avait fait des recherches dans des affaires anciennes sans retrouver un schéma criminel identique. Les collègues d'Allemagne du Nord avaient eux aussi enquêté dans cette direction. Sans succès.

Tous les meurtres étaient horribles, bien sûr. Il n'empêche, Bert trouvait les meurtres en série plus horribles encore. Il n'avait jamais enquêté sur une série d'assassinats, mais il avait étudié la question. Et espéré ne jamais devoir en élucider.

Il pouvait, sans approuver leurs actes, « comprendre » beaucoup de coupables. Il avait rencontré des mobiles aussi variés que la jalousie, la cupidité, la vengeance ou la nécessité de masquer un délit. Il avait également dû travailler sur des crimes sexuels.

Mais un tueur en série, voilà qui lui était totalement étranger ! Il ne parvenait pas à se mettre à sa place. Et ce serait précisément sa tâche dans les semaines à venir. Modifier son point de vue. Se glisser dans la peau du meurtrier. Penser et ressentir les mêmes choses que lui. Et le neutraliser.

Ce que mon vocabulaire est devenu agressif !

Tandis qu'il ruminait cette pensée, il devint clair pour lui que cette affaire allait le changer.

Il s'engagea sur le parking le plus proche et sortit de voiture. Quelques pas lui feraient du bien. Il y avait une forêt, juste derrière. Il fourra les mains dans les poches de son veston et s'y enfonça.

Les odeurs émanant du tapis de feuilles mortes et d'une ferme voisine firent affluer les souvenirs. Bert avait grandi dans le nord de l'Allemagne. Une enfance austère, chargée d'ombres et de colère.

Il n'avait jamais voulu y remettre les pieds.

Alors seulement, il remarqua la tension qui l'habitait depuis son arrivée. Il serrait les poings. Puis il se rendit compte qu'il pleuvait, qu'il avait les cheveux trempés.

Ce n'était pas la pluie qui mouillait son visage. Mais des larmes.

Il les essuya rageusement et se hâta de regagner sa voiture.

Cette affaire commençait déjà à le changer.

***

Il détestait devoir rester accroupi sous une pluie battante. Malgré la cape imperméable, ses habits semblaient humides et froids. Si la paille répandue dans les allées empêchait la terre lourde et détrempée de coller à ses bottes, on aurait dit qu'il avait plongé les mains dans de la boue.

Les autres se trouvaient visiblement dans le même état d'esprit. L'atmosphère était pesante. Personne ne riait, personne ne racontait de blagues.

Tous travaillaient, silencieux et concentrés.

Quand il pleuvait, les fruits perdaient leur parfum. Même leur couleur pâlissait.

Dans la Grèce antique, les fraises devaient être les fruits préférés du Dieu du Soleil, se dit Georg.

Pluie ou pas ! peu importait, au fond, la façon dont il gagnait sa vie. Pourvu qu'on ne l'oblige pas à rester coincé derrière un bureau. Il était du genre à aimer bouger. Quand les autres s'asseyaient pour réfléchir, lui avait besoin d'être en mouvement. Le vent soufflant sur les champs lui nettoyait le crâne.

Pas de travail sans sueur !

Une maxime de son grand-père, marquée au fer rouge dans sa mémoire. Le vieux s'expliquait le monde et l'expliquait aux autres avec ce type de formules, même s'il n'ouvrait que peu la bouche, sans ça. Jamais depuis, Georg n'avait rencontré homme aussi taciturne.

Le vieux préférait laisser parler ses poings. Ou sa ceinture. Et quand elle n'était pas à portée de main, un bâton, une cuillère en bois, un cintre ou une chaîne de vélo faisaient tout aussi bien l'affaire.

Chaque fois, Georg s'était juré de ne pas pleurer. Et chaque fois, il avait éclaté en larmes. Ce qui semblait encore accroître la colère du vieux.

Le sentiment d'humiliation était pire que la douleur. Aujourd'hui encore, Georg en percevait le goût amer sur sa langue.

Sa grand-mère n'était jamais intervenue. Elle approuvait toujours son époux, qu'elle jugeait bon et honnête. Et bonté et honnêteté, elle l'avait appris à l'église, allaient souvent de pair avec fermeté et sévérité !

Georg devait suivre son grand-père jusqu'à la grange, située derrière la maison, pour y recevoir sa correction. De la rue, on n'entendait pas ce qui s'y passait.

Pas de travail sans sueur. L'ordre simplifie la vie. Ne remets pas au lendemain ce que tu peux faire le jour même. On ne récolte qu'ingratitude en ce bas monde. Ce qu'on n'apprend pas jeune, on ne l'apprend jamais.

On aurait pu remplir un dictionnaire avec les adages du vieux. Il ne se contentait pas de les citer – il attendait de Georg qu'il s'y conforme. Dans le cas contraire, il ôtait sa ceinture.

Tel père, tel fils…

Ça faisait mal.

« Tu n'as que ce que tu mérites ! »

Terriblement mal.

« Je vais te montrer de quel bois je me chauffe ! »

La bande de cuir lui zébrait la peau.

« Tu n'as pas le droit de nous faire honte ! Pas de ça chez nous ! »

Ensuite, Georg restait couché dans la lumière poussiéreuse de la grange. Leo, qui s'était terré dans un coin, s'approchait en hésitant, lui léchait le visage et s'installait à côté de lui. Ils pouvaient passer des heures, ainsi. Personne ne se souciait d'eux.

Leo recevait des coups de pied et de poing, lui aussi.

Ils menaient tous les deux une vie de chien.

***

Caro s'observait dans la glace de la salle de bains. Tout le monde lui répétait qu'elle était trop mince, mais elle avait toujours le sentiment d'être encombrée par son corps, lourd et gauche. Le miroir lui renvoyait son image jusqu'à la taille. Elle pouvait voir les plaies de ses bras et les cicatrices laissées par les anciennes blessures.

Les larmes lui montèrent aux yeux. Comme elle se sentait démunie, sans lui ! Livrée à tout, surtout à elle-même.

« Je vais te faire manger ! avait-il promis. Pour que tu t'arrondisses, jusqu'à te sentir bien. »

Pourtant, il aimait beaucoup la toucher. Ses mains étaient larges et fermes. Pelotonnée contre lui, elle se sentait protégée.

« Tu es comme un enfant », avait-il murmuré à son oreille.

Comme un enfant… Exactement ce qu'elle ne voulait plus être.

***

Cette fois, tout était parfait. Elle ressemblait à un jeune animal. Sa beauté, dissimulée sous une enveloppe anguleuse, n'était visible que pour lui. Il la découvrait peu à peu, en prenant son temps.

Il ne lisait aucune réponse dans ses yeux. Ils étaient même chargés de questions. Il était prêt à y répondre. Un jour… Il ferait n'importe quoi pour elle !

Insensiblement, il commençait à faire la paix avec lui-même et avec le reste du monde. Un processus difficile, qui prendrait sûrement une bonne partie de sa vie. Tout était possible. Tant qu'elle resterait à ses côtés.

Innocence… « Caro » était un nouveau synonyme de ce mot.

***

Les cueilleurs de fraises avaient repris le travail. L'exploitant garait une troisième remorque au bout d'une allée.

Les deux premières étaient déjà lourdement chargées. Une fille à peine plus âgée que moi apportait un cageot plein. En dépit du poids, sa démarche était si légère qu'on aurait dit une danse.

Je ne comprenais pas que tous les hommes ne se tordent pas le cou pour la regarder ! Malgré ses vêtements de travail, une salopette informe sur un tee-shirt distendu, on ne pouvait que remarquer sa beauté. Un fichu protégeait ses cheveux du soleil. Quelques mèches blondes s'en étaient échappées.

J'embrassai la scène d'un coup d'œil, le temps de longer les champs, avant de tourner sur la route menant au Moulin.

Il se dressait, solitaire, dans la chaleur de l'après-midi. Comme entouré d'une aura vacillante. Il y a peu, j'avais lu que les presbytères et les moulins désaffectés comptaient parmi les endroits les plus hantés. Ce qui avait renforcé mon sentiment que cette demeure était accablée par un passé dont, malgré les recherches intensives de ma mère, nous étions loin de tout connaître.

La voiture de grand-mère, une Charade rouge, y stationnait déjà. Manifestement garée à la va-vite. Fervente conductrice, elle se défilait quand il fallait manœuvrer ou exécuter une marche arrière…

Je me rangeai à côté et fus accueillie dès ma descente par Edgar et Molly, qui s'enroulèrent en ronronnant autour de mes jambes. Tous deux me suivirent dans la maison, où m'attendait une agréable fraîcheur.

Grand-mère trônait sur la terrasse, à l'ombre d'un parasol vert qui faisait paraître son visage plus pâle. Il n'empêche qu'elle était renversante. La plupart des gens lui donnaient soixante ans tout au plus, alors qu'elle en avait soixante-quinze.

Je l'embrassais et sentis sa peau douce sous mes lèvres.

— Assieds-toi et raconte-moi comment tu vas ! ordonna-t-elle en me fixant attentivement.

On ne pouvait rien lui cacher, alors je n'essayai même pas de mentir.

— Très bien, à part que mon bulletin ne va pas être un franc succès.

Grand-mère eut un geste impatient de la main.

— Ce ne sont pas tes résultats qui m'intéressent, mais ta vie, tu devrais commencer à le savoir !

Je renonçai à lui expliquer que les notes faisaient partie intégrante de la vie d'une lycéenne, et me mis à réfléchir à ce que je pourrais bien lui raconter.

— Que deviennent tes colocataires ? demanda-t-elle.

Grand-mère avait fait la connaissance de Caro et de Merle à notre crémaillère et les avait immédiatement prises sous son aile. Elle avait convaincu Caro de reprendre de son gâteau au beurre et prescrit du sommeil à Merle, constamment fatiguée à cause de son job.

— Elle est incroyable ! avait ensuite déclaré Merle.

Et Caro m'avait demandé s'il était possible de postuler à l'emploi de petite-fille numéro deux.

— Elles te passent le bonjour.

— Est-ce que Caro se blesse toujours volontairement ? s'enquit grand-mère en plissant les yeux.

Elle développait parfois une étrange ressemblance avec un crocodile à l'affût.

— Tu l'avais remarqué ?

J'étais stupéfaite.

Grand-mère haussa les sourcils.

— Je suis peut-être âgée, mon enfant, mais pas sénile. Et je suis encore capable d'additionner deux et deux. Alors ?

Je hochai la tête.

— Pourtant, elle est amoureuse et elle donne l'impression d'être réellement heureuse. Quelque chose doit la perturber. Mais elle n'en parle pas, pas à nous en tout cas.

— Une courageuse jeune fille ! décréta grand-mère. Malheureusement, les personnes comme elle sont très rares.

Maman sortit de la maison avec un plateau. Elle me tendit la joue et se mit à dresser la table.

— Comment avance ton livre ?

— Un chapitre depuis ta dernière visite, annonça-t-elle avec un sourire satisfait. Pas mal, quand on songe que le monde entier s'est ligué contre moi ! J'ai eu droit à un véritable défilé d'artisans. Le chauffe-eau de la cuisine était complètement HS, la gouttière devait être réparée, la pompe de la citerne avait rendu l'âme, et pour couronner le tout, il a fallu qu'un jardinier abatte l'érable malade !

— Un bon jardinier sauve les arbres, asséna grand-mère avec mépris. Il ne les achève pas !

— Celui-là ne pouvait plus être sauvé, rétorqua ma mère.

Elle portait une simple robe de lin noir et, par-dessus, un chemisier couleur cognac. Ainsi qu'un collier que je n'avais jamais vu : un disque de métal large comme la paume mais très fin, suspendu à des liens de cuir tressé.

— Goethe ne pouvait écrire que dans un calme absolu, affirma grand-mère.

Il ne faisait aucun doute qu'une fois encore, elle n'inventait cette anecdote que pour souligner les limites de ma mère.

— Le pauvre ! commenta maman, impassible, en entamant une tarte aux fraises. Avant que tu ne poses la question, ce n'est pas moi qui ai préparé le fond, je l'ai acheté. Goethe avait sa Christiane, qui cuisinait et faisait de la pâtisserie pour lui. Je n'ai pas cette chance.

— Mais Goethe était un écrivain, lui ! objecta grand-mère.

— Et je n'écris que des polars…, compléta ma mère en déposant une part sur son assiette et en lui souriant avec une amabilité forcée.

— Que j'aime beaucoup lire ! lui vins-je en aide.

— Ce n'est certainement pas sur un roman policier que vous plancherez au bac, poursuivit grand-mère. *Faust*, en revanche…

— Arrête de râler, maman. Mange ta tarte et profite de cette belle journée.

Grand-mère souleva son assiette et l'examina d'un œil critique.

— Ces fraises… Vous les achetez ici, au village ?

— Oui. Et s'il te plaît, ne viens pas me dire que tu tiens le propriétaire des champs pour un négrier moderne ! On s'est déjà disputées des heures à ce sujet.

Grand-mère mit un terme à l'affrontement en commençant à manger…

— Ce meurtre, reprit-elle après une première tasse de café, ce meurtre me tarabuste drôlement.

Ma mère hocha la tête et me regarda.

— Je suis contente que Jette ait déménagé à Bröhl. Ça ne me plairait pas qu'elle traîne dans le coin à la nuit tombée.

— Tu veux dire que, pour la police, le tueur rôde toujours dans les parages ?

Ma mère haussa les épaules.

— On ne sait même pas s'il habite ici. Les deux autres assassinats qu'on lui attribue ont été perpétrés en Allemagne du Nord, après tout.

— Donc, peu importe le coin où je traîne à la nuit tombée ! lançai-je pour détendre l'atmosphère.

J'eus droit à deux regards noirs.

— On ne plaisante pas avec ce genre de choses ! me réprimanda maman.

— Pas étonnant qu'elle ignore la crainte… Elle a grandi dans une maison qui grouillait de cadavres ! persifla grand-mère.

— Merci de tout cœur pour le compliment ! riposta maman avec mordant.

Jamais à court de réponses, elles étaient passées maîtres dans l'art de manier les mots. Leurs accrochages avaient de la classe, mais il valait mieux ne pas s'en mêler.

— Ça vous dérange si je vais chercher quelques fraises, vite fait ? Caro et Merle en sont dingues. Je leur ai promis d'en rapporter.

Elles secouèrent la tête. Secrètement, elles s'aiguisaient déjà le bec pour reprendre leur passe d'armes.

Il faisait un temps idyllique et je décidai de marcher. Edgar me suivit jusqu'au bout de l'allée où il se figea, telle une statue de sel.

Dans la quiétude de l'après-midi, le village semblait abandonné. Le vieux chien noir montant la garde devant la petite église dormait profondément. Les chats vautrés sur les marches et les appuis de fenêtre ne m'accordèrent aucune attention.

Leurs maîtres auraient eu à peu près le même comportement. Ils m'auraient lancé des coups d'œil méfiants. Auraient attendu mon salut. Me l'auraient rendu d'un signe de tête ou d'un marmonnement, avant de me suivre du regard. Avoir une mère dont les polars étaient adaptés à la télévision ne favorisait pas vraiment les contacts…

Je n'avais pas grandi ici, mais les lieux me plaisaient. J'aimais l'architecture simple des fermes, les chemins pavés, les petits coins pittoresques et secrets, le bruit des tracteurs. Je m'étais habituée à l'odeur du lisier, des poules et des cochons. J'appréciais les vastes champs, le parfum des fraises… jusqu'aux habitants et à leur caractère renfermé. Tant qu'ils se tenaient à distance ! Je n'avais aucune envie de me laisser entraîner dans leurs querelles mesquines.

La femme de ménage de maman lui parlait régulièrement de bagarres après une fête trop arrosée, de menaces, de harcèlement téléphonique…

« Il se passe vraiment des drôles de trucs ! » Ses histoires débutaient toujours par la même phrase. « Il se passe vraiment des drôles de trucs ! L'autre jour, je vais faire mes courses à l'*Extra*, et sur qui je tombe ? »

73

Maman ne se plaignait jamais de tous ces bavardages. Selon elle, s'ils n'existaient pas, il faudrait les inventer.

« C'est la vie. L'imagination la plus débridée ne lui arrive pas à la cheville ! »

Le Moulin se dressait assez loin du village, dont il était autrefois l'emblème. Toutes les fêtes officielles s'y tenaient, immortalisées sur des photographies anciennes un peu défraîchies que le maire avait offertes à ma mère pour son emménagement.

Les temps avaient bien changé : aujourd'hui, les villageois ne s'approchaient plus du Moulin. Ma mère vivait sur une île.

Pour la première fois, je me rendis compte de sa solitude.

Même dans la ferme du producteur de fraises, je ne croisai pas âme qui vive. Les murs projetaient des ombres allongées sur le sol. Il faisait si chaud que les cheveux me collaient à la nuque.

L'espace de vente était fermé. Je pressai la sonnette et attendis. Au bout d'un moment, la fenêtre s'ouvrit. Une fille de mon âge environ passa la tête.

— Ouais ?

J'ignorai son manque d'amabilité.

— Deux kilos de fraises, s'il vous plaît.

Sans dire un mot, elle posa sur le rebord quatre barquettes en plastique bleu. J'aperçus derrière elle un papier peint à fleurs et un buffet vieillot en bois sombre.

— Combien ?

Quelques années ici, et je serais incapable de m'exprimer par phrases complètes.

— Cinq euros.

Je réglai, la fenêtre se referma et je retournai à la somnolence du village.

Les cueilleurs de fraises s'étaient éparpillés dans les champs, comme une volée de grands oiseaux bariolés.

J'avais oublié d'emporter un panier à provisions et je tenais les quatre barquettes entassées contre mon ventre, un équilibre assez instable. Les fruits, rouges et charnus, m'enveloppaient de leur parfum.

Réveillé, le vieux chien me regarda passer, le bout de sa queue tapotant le sol.

— Salut, toi !

Si je n'avais pas été aussi chargée, je l'aurais caressé, malgré son pelage terne. Personne ne devait le faire… En m'éloignant, je tentai de réprimer le sentiment de culpabilité qui montait en moi.

De retour à la maison, je déposai les fraises dans la cuisine et sortis m'allonger sur la terrasse. Cette escapade m'avait fait du bien. Mon corps était gorgé de soleil. Mes orteils chauds et poussiéreux à cause des sandales. Je renversai la tête et fermai les yeux.

Maman et grand-mère, qui en avaient fini avec leur échange de politesses, s'entretenaient paisiblement. Les oiseaux jacassaient gaiement dans les arbres. De temps à autre, un mouton bêlait ; au loin, on entendait le « teuf teuf » d'un tracteur.

Un jour, j'emménagerais à Londres pour un an, avec Caro et Merle. Nous l'avions décidé. En attendant, je me réjouissais d'habiter la paisible petite ville de Bröhl et de pouvoir profiter de la campagne quand je le voulais.

Je trouvais merveilleuse la trépidation des grandes villes… Pendant quelques heures. Ensuite, toute cette agitation me rendait nerveuse. J'avais souvent l'impression d'être née trop tard. Comme si j'appartenais en réalité à un autre siècle.

***

Bert regardait sa femme s'affairer. Il aimait la voir cuisiner, admirant ses gestes économes, sûrs et pleins de grâce.

Elle n'appréciait pas qu'il exprime ce genre de pensées. Elle n'aimait pas qu'il parle d'elle tout court. Elle trouvait gênant de se retrouver au centre de son attention.

C'étaient ses manières farouches qui l'avaient attiré, autrefois. Sa réserve frisant la froideur. « La vierge de glace », voilà comment il l'appelait en secret. Et il n'avait eu qu'un désir : briser la barrière derrière laquelle elle se retranchait.

Briser… Même en amour, mon langage est marqué par la violence.

Il avait fallu longtemps pour faire fondre la couche de glace. Elle n'avait jamais disparu totalement, du reste. Et si les moments d'harmonie parfaite n'avaient été qu'illusion ?

Bert but son café et s'absorba dans la lecture du journal. Le matin, il se contentait de le survoler pour se tenir informé. Il devait attendre le soir pour trouver le temps de le lire à fond.

À la une, un nouveau sujet supplantait déjà le meurtre.

Le public était versatile et son intérêt faiblissait rapidement. Jusqu'à ce qu'un journaliste se décide à le ranimer.

On vit une époque éreintante… Compliquée, bruyante et pressée. Et quand vous n'arrivez pas à suivre le rythme, on vous fait valser et d'autres terminent le boulot.

— Brocolis ou salade ?

Il leva les yeux, décontenancé.

— Quoi ?

— Je te demande si tu veux des brocolis ou de la salade.

Ces derniers temps, la voix de Margot était fréquemment chargée de réprobation.

— N'importe.

Au début de leur relation, ils avaient longuement discuté de la répartition des rôles. Ils avaient décidé que Margot resterait à la maison et que Bert subviendrait aux besoins financiers du ménage.

Margot elle-même l'avait souhaité ainsi, parce qu'elle ne voulait céder à personne la responsabilité de s'occuper des enfants. Pas même à lui.

Depuis peu, elle s'interrogeait sur le bien-fondé de sa décision. Ancienne libraire, il ne lui serait pas facile de retourner à ses premières amours. Il lui en faudrait, du temps, pour s'adapter aux évolutions du métier et des goûts du lecteur !

Ils évitaient d'en discuter sérieusement. Depuis l'arrivée des enfants, soit une dizaine d'années, ils arrivaient tout juste à dialoguer. Lassitude, épuisement et frustration les rendaient muets. Ils s'endormaient fréquemment sur un livre ou devant la télévision.

— Salade, alors ! trancha Margot. Ça ira plus vite.

— Tu veux un coup de main ?

— Pas la peine. Mais tu pourrais me parler de ta nouvelle affaire. Ça me ferait un peu de distraction.

Bert replia son journal, ordonna ses idées et commença son récit. Il saisissait au bond chaque occasion de discuter de ses dossiers avec Margot. Elle posait les bonnes questions. Des questions que seule une personne non impliquée pouvait poser.

Ses interrogations lui faisaient souvent perdre le fil, mais s'avéraient salutaires en l'obligeant à repenser sa vision des choses, à aborder un problème sous un autre angle. Et parfois, il y voyait plus clair.

Il évoqua Simone Redleff et les victimes d'Allemagne du Nord. Tout défilait dans sa tête. Les visages des mortes… Les lieux où leurs cadavres avaient été découverts… Les photographies des jeunes filles, vivantes et rieuses… Il avait épinglé tous les clichés au panneau en liège de son bureau.

— Quelle horreur ! Mais quelle horreur ! répétait sans arrêt Margot.

Il aurait aimé aller vers elle, la prendre dans ses bras et oublier que certains hommes en assassinaient d'autres. Il aurait aimé l'embrasser comme la première fois, croire que le monde s'était arrêté de tourner. Au lieu de cela, il continua de parler.

— Le coupable, ça pourrait être quelqu'un que Simone connaissait ? demanda Margot lorsqu'il se tut enfin.

— Peu probable. On a vérifié les alibis de toutes les personnes concernées.

— Tu penches donc pour un étranger ?

Il hocha la tête.

— Qui serait aussi responsable des meurtres en Allemagne du Nord ?

— Compte tenu de la grande ressemblance des affaires, oui.

— Il n'habite certainement pas en Allemagne du Nord, ni ici. Ce serait beaucoup trop dangereux pour lui ! Il évite sûrement de commettre un assassinat dans son voisinage.

— On parle d'un meurtrier en série, Margot.

— Dominé par ses pulsions, je sais !

Elle faisait de grands gestes, une feuille de salade dans la main gauche et le couteau éplucheur dans la droite.

— Mais tu ne crois pas que tu as tort de le sous-estimer ?

— Je ne le sous-estime pas.

Les tueurs en série étaient généralement dotés d'une intelligence phénoménale. L'histoire avait livré suffisamment d'exemples en la matière.

Bert se mit à réfléchir à voix haute :

— Mettons qu'il nous ait justement lancés sur une fausse piste en commettant un meurtre dans les environs.

— Une fausse piste ?

— Pour nous égarer ! Comme tu viens toi-même de le dire, la supposition qui s'impose à l'esprit est qu'un tueur ne se risquerait pas à perpétrer un assassinat près de chez lui. Et s'il le savait…

— Tu ne peux pas penser comme lui, Bert.

— Mais il le faut ! Je dois non seulement penser, mais aussi ressentir les mêmes choses. Je ne peux pas compter sur lui pour faire une bourde et se jeter dans nos filets !

— Tu parles comme les braconniers de ces mélos régionalistes que la télé diffuse en boucle.

— J'ai parfois l'impression d'en être un ! fit-il en riant.

Il se leva, alla vers elle et la serra contre lui. Elle était douce et chaude dans ses bras. Une minuscule épluchure de carotte lui collait au menton. Il l'ôta délicatement.

— Je ne peux vraiment pas te donner un coup de main ?

Elle le regarda. Presque comme avant. Presque. Puis, au lieu de l'embrasser ou de se laisser embrasser, elle lui pressa le couteau dans la main et poussa les carottes vers lui.

— À couper en jolis bâtonnets bien minces. Tu crois que tu y arriveras ?

— C'est ça, moque-toi de moi !

Il était heureux de pouvoir s'occuper. Il avait suffisamment ruminé. Après le repas, il jouerait avec les enfants. Puis il essaierait de lire un peu. Il arriverait peut-être même à oublier un moment qu'il était fonctionnaire de police.

5

Imke Thalheim fit une grimace contrariée en entendant retentir le téléphone. L'appel ne pouvait pas tomber plus mal. Pourtant, elle ne parvenait pas à ignorer la sonnerie.

Elle s'était souvent demandé si elle ne devrait pas engager une secrétaire, ou mieux encore, un secrétaire. Mais elle avait toujours repoussé ce projet, car la seule idée d'avoir un étranger chez elle la dérangeait.

Elle ne s'était pas encore habituée à sa femme de ménage, Mme Bergerhausen. L'entendre s'agiter d'une pièce à l'autre lui embrouillait l'esprit. S'agiter, et chanter ! Mme Bergerhausen aimait claironner des airs d'opéra et d'opérette. Elle en connaissait par cœur un nombre incroyable. Après plusieurs mises au point, elle avait finalement accepté de baisser le volume de ses interprétations. Ce qui amoindrissait considérablement le plaisir qu'elle y prenait, comme elle tenait régulièrement à le souligner.

Imke sauvegarda son texte et s'empara du combiné.

— Allô ?

— Madame Thalheim ? Bonjour ! Lilo Kahnweiler à l'appareil. Je dirige la bibliothèque municipale de Rellinghausen et j'aimerais vous convier à une lecture. Nous organisons chaque année une semaine de la littérature, et cette fois, je voudrais…

— Permettez-moi de vous interrompre, madame…

— Kahnweiler.

— … madame Kahnweiler. Je n'organise pas moi-même mes tournées. Voulez-vous bien vous adresser à mon agent ? C'est elle qui s'en charge.

La dame, tenace, semblait peu disposée à voir fondre ses espérances comme neige au soleil. Son raisonnement ? En lui fournissant directement les informations nécessaires, Imke lui éviterait de laborieuses négociations avec l'agent. L'échange prit une tournure assez désagréable. Imke dut y mettre un terme de manière plutôt abrupte et retourna en soupirant à son écran d'ordinateur.

La maison d'édition renvoyait chaque demande à son agent. Mais certains cherchaient toujours à prendre des raccourcis. Comment obtenaient-ils son numéro ? Mystère.

Elle tapa : *C'est la rançon du succès*, puis elle fixa la phrase comme si elle pouvait tout expliquer.

Elle avait longtemps espéré devenir célèbre. Son souhait s'était brusquement réalisé. Dès le premier roman, qu'elle avait écrit sans ambition littéraire, par pure envie. *Le jour viendra*. Un polar psychologique que la critique avait célébré, encensé même !

Aussitôt, son nom s'était retrouvé sur toutes les lèvres. Son agenda explosait. Lectures ! Tables rondes ! Interviews ! Émissions de radio ! Talk-shows !

« Imke Thalheim » par-ci, « Imke Thalheim » par-là…
Tout à coup, son nom sonnait comme celui d'une étrangère. Elle avait la sensation de n'être plus que l'occupante de son corps. Il n'était pas question d'elle, mais de la personne qui portait ce nom.

Il était question de l'auteur à succès avec lequel, au plus profond de son être, elle ne pouvait rivaliser. Car elle était toujours la femme qui produisait avec discipline son quota de pages, tous les matins, préparait à manger pour sa fille à midi, s'acquittait l'après-midi de la paperasse, du jardinage et des provisions, puis, le soir venu, lançait une lessive, repassait, rangeait, et parfois, trouvait le temps de lire pour son plaisir.

Tout cela avait changé, depuis. Elle-même avait changé.

Son agent la protégeait du mieux possible. Et Mme Bergerhausen n'était plus, depuis longtemps, une simple femme de ménage. Au besoin, elle se chargeait aussi de l'intendance – cuisine, repassage, courses, désherbage.

Imke Thalheim n'avait plus qu'une chose à faire : écrire.

Et c'était précisément ce qui l'achevait. Incapable de pondre des histoires à la demande, elle avait besoin du quotidien, avec toutes ses interruptions, pour recharger ses batteries. D'où tirer ses idées, sinon de la vraie vie ?

Elle pouvait se passer des appels parasites. Mais pas de tout le reste. Surtout pas de Jette.

La maison était si grande… Si vide… Et silencieuse !
Les chats n'y changeaient rien. Un chien aurait sans doute apporté un peu de vie, mais elle voyageait très souvent et refusait de lui infliger ses absences répétées.

Imke effaça la phrase qui n'avait pas sa place dans le récit, se redressa sur sa chaise et se remit à écrire.

Le corps de la jeune fille gisait dans un petit bois. C'est un vieux couple venu se promener avec son chien qui le trouva. La femme s'effondra, en larmes. L'homme saisit son téléphone portable, avertit la police et demanda dans le même temps une ambulance.

Elle poussa un long soupir de soulagement. Enfin, le récit s'engageait ! Il fallait maintenant progresser avec prudence, et surtout, ne pas perdre le fil.

***

— Oh !
Elle leva les yeux et lui sourit.
— Désolée…
— Pas de mal.
Il se détourna et continua de remonter l'étroite allée. Que quelqu'un vous heurte de temps à autre, là n'était pas le problème. Les fraisiers étaient plantés en rangs si serrés ! Simplement, il avait parfois l'impression que le hasard n'y était pour rien. Il n'aimait pas la façon dont certaines cueilleuses le fixaient. Elles étaient si… provocantes. Tellement impudiques. Leurs regards étaient comme des baisers, chacun porteur d'une promesse.

Comment les autres hommes pouvaient-ils ne pas le remarquer ? Comment pouvaient-ils rire et flirter avec ces filles qui ne voulaient qu'une chose ?

Comme on fait son lit, on se couche !

… Il n'avait pas saisi ce que son grand-père entendait par là. Sa grand-mère avait baissé la tête et eu soudain l'air très vulnérable. Georg avait cherché sa main sous la table, à tâtons, mais elle l'avait retirée. Comme si ce simple frôlement lui avait administré une décharge électrique.

« Tu ne suivras pas l'exemple de ta mère, tu m'entends ? »

C'était alors seulement qu'il avait compris. Sa mère avait mal fait son lit. En ouvrant ses draps à un homme qui l'avait abandonnée. Et neuf mois plus tard, il venait au monde.

Il avait brusquement eu très chaud. Le sang lui battait aux tempes. Il éprouvait une honte immense, sans savoir pourquoi.

Ce qu'on n'apprend pas jeune…

Il aurait voulu se boucher les oreilles. Ou s'enfuir en courant. Il ne voulait pas entendre cette histoire. Pas comme ça ! Pas maintenant…

Mais le vieux n'avait eu aucun égard pour lui. Il s'était emporté. Avait aligné les insultes : « … salope… saleté… traînée… plus notre fille ! » Georg avait senti qu'il n'allait pas tarder à ôter sa ceinture, à le faire payer.

Sa mère avait accouché, et déguerpi le lendemain.

Déguerpi ! Sans lui. Son fils…

Bien plus tard, après la mort du vieux, la mère de Georg était revenue. Mariée à un homme souffreteux qui passait la journée à picoler dans la cuisine, en pantalon de survêtement et débardeur gris. Il avait au bras droit un tatouage, une rose rouge enroulée autour d'une croix.

Ils n'habitaient pas chez sa grand-mère, mais dans un appartement qu'ils louaient.

« J'ai encore ma fierté ! » disait sa mère.

Le jour, elle était employée par une compagnie d'assurances. Le soir, elle effectuait des travaux de dactylographie pour différentes sociétés.

Son beau-père trouva une place de gardien dans une usine. La fonction lui monta bientôt à la tête. Sa façon de parler changea, comme sa façon de bouger. Subitement, il était seul maître à bord. Subitement, il donnait des ordres. Subitement, il détenait le monopole du savoir.

Georg n'écoutait plus. Il avait pris depuis longtemps l'habitude de déconnecter. Au début, il lui arrivait encore de se demander comment sa mère avait pu tomber sur un homme pareil, mais un jour, la question cessa de l'intéresser.

Il devint adulte. Et n'eut plus qu'une idée en tête – être autonome, et vite !

... Lorsque Georg quitta le monde des souvenirs pour réintégrer la réalité, il constata que la plupart des cueilleurs étaient déjà partis manger. Il finit de remplir le cageot devant lui, le déposa dans la remorque et prit le chemin du réfectoire.

La salle vibrait d'une multitude de voix. Au menu, œufs sur le plat, purée et épinards. La femme au comptoir, la soixantaine, lui servit une portion énorme et lui passa son assiette avec un clin d'œil.

— Merci, fit Georg en souriant.

Il n'en fallait pas plus pour la faire rougir.

Les femmes ! songea-t-il en cherchant une table où s'asseoir seul. *Toutes les mêmes, quel que soit leur âge.*

***

Maman m'avait laissé le premier chapitre de son nouveau roman. Elle était passée en coup de vent, comme souvent quand elle se trouvait dans les parages. Nous avions bu du café, parlé un peu et mangé du gâteau qu'elle avait acheté pour l'occasion. Au bout d'une petite heure, elle était repartie. J'avais régulièrement l'impression qu'elle ne se sentait pas à l'aise dans l'appartement. Sans doute parce qu'il s'agissait de mon nouveau chez-moi.

« Tu veux bien lire ça attentivement ? avait-elle demandé en sortant une chemise orange de son sac.

— Bien sûr ! Dès ce soir. Je n'ai rien de prévu, de toute façon. »

J'avais posé le dossier sur la table, à côté de mon assiette. Caro était entrée dans la cuisine à cet instant.

« De la nourriture spirituelle ? Je pourrai y jeter un coup d'œil quand Jette aura fini ? »

Elle s'était fait couper les cheveux, encore plus court que d'habitude. À la voir devant nous, si gracile et fragile, on aurait cru un enfant.

Ma mère avait hoché la tête. Elle aimait beaucoup Caro, plus encore que Merle, ce qui devait tenir au fait qu'elles se ressemblaient de manière inouïe avec leur chevelure sombre. Elle percevait peut-être aussi une sorte de parenté intérieure ? Je m'étais souvent fait la réflexion qu'elle devait être comme Caro, autrefois.

« Seulement si tu me donnes ton avis ! »

Elle avait tendu la main à Caro.

« Promis ?

— Promis », avait répondu Caro en la serrant.

... Maman repartie, j'emportai le manuscrit dans ma chambre, allumai la radio, m'allongeai sur le lit et contemplai la couverture.

Silence de mort.

Bien sûr, ce n'était qu'un titre provisoire. Il arrivait qu'il change plusieurs fois avant que le roman ne soit enfin achevé.

Je pris mon stylo-bille et notai à côté : *Bien. Éveille la curiosité*. Ma mère appréciait que je commente les passages qui me plaisaient. Elle attendait aussi de moi que je fasse des propositions pour améliorer ceux que je ne trouvais pas réussis.

Caro et Merle m'enviaient de pouvoir participer à la genèse de ses romans. Pour moi, cet exercice ne représentait plus rien de particulier depuis longtemps. Je devais même freiner maman pour l'empêcher de me refiler ses premiers jets !

Je l'identifiais derrière chaque phrase. Je retrouvais ses points de vue. Ses espoirs et ses peurs. Mais je me reconnaissais, aussi. Elle insufflait une partie de mes idées à un personnage, créait mon jumeau de papier.

Dans ces moments-là, je trouvais difficile d'être la fille d'un écrivain. Et je rêvais d'une mère comme les autres. Avec qui je pourrais parler sans craindre que, plus tard, elle ne reprenne mes propos dans un de ses livres.

Je me souvenais d'avoir lu que les artistes ne s'embarrassaient d'aucun scrupule quand il s'agissait de nourrir leur œuvre. Hélas, maman ne faisait pas exception à la règle.

On frappa à ma porte, et Caro passa la tête dans l'embrasure.

— Je peux ?

Je mis le manuscrit de côté et me redressai.

— Est-ce que j'ai le choix ?

Chose étonnante, Caro ne me renvoya pas la balle. Elle fit de la place sur le fauteuil où s'entassaient les fringues de toute une semaine, s'assit en face de moi et se mit à jouer avec ses doigts, avant de se lancer :

— Tu as déjà eu… un mec qui ne voulait rien de toi ?

Mon cerveau tournait à plein régime. Caro ne pouvait pas poser ce genre de question sans raison ! Je la regardai plus attentivement. Malgré la chaleur, elle portait un tee-shirt à manches longues. Comme toujours, lorsqu'elle voulait cacher ses bras.

— Qu'est-ce que tu veux dire ? Rien du tout ?

— Rien du tout… Il m'a aussi interdit de parler de lui.

— Il t'a *quoi* ?

Elle se mit aussitôt à l'excuser :

— Il a ses raisons, que je respecte, même si je ne les connais pas. J'ai déjà traversé tellement de merdes ! Je ne peux pas lui jeter la pierre, tu comprends ?

— Écoute, Caro, aucun type n'a le droit de t'interdire quoi que ce soit !

Elle tenta de noyer le poisson :

— On ne peut pas dire qu'il me l'ait réellement interdit. Il m'a simplement demandé de ne pas parler de notre relation. Il pense qu'on devrait d'abord être sûrs.

— Sûrs ? Mais de quoi ?

— Sûrs qu'on s'aime vraiment…

Brusquement, Caro s'anima. Ses joues rosirent et ses yeux se mirent à briller.

— … Je crois qu'il a eu une vie aussi pourrie que la mienne. Il ne supporte plus les déceptions. C'est pour ça qu'il cherche à se protéger.

— Et il compte s'y prendre comment ?

— On va attendre.

— Attendre ? Attendre quoi ?

Elle baissa la tête et se mit presque à chuchoter :

— Il ne me touche pas. Il ne m'embrasse même pas ! Pas vraiment, je veux dire. Plutôt comme un frère.

— Pourtant, il a déjà passé la nuit ici…

Caro fit craquer ses jointures. Elle semblait sous tension.

— … Vrai ou faux ?

— Vrai. Mais il ne m'a pas touchée.

Elle se pencha en avant et scruta mon visage perplexe.

— Tu crois qu'il est homo ?

— Comment veux-tu que je le sache, Caro ? Je ne l'ai jamais vu. Je ne sais même pas comment il s'appelle !

— Moi non plus.

Ses yeux s'étaient remplis de larmes.

— Tu ne sais pas comment il…

Je ne comprenais plus rien. Qu'est-ce que c'était que cette relation où tout restait secret ?

— … Et lui ? Il ne connaît pas non plus ton prénom ?

— Question à la con !

Elle s'essuya les yeux et ricana.

— J'ai vendu la mèche le premier soir !

— Mais tu t'adresses à lui comment, alors ?

Son regard se perdit dans le vide.

— Je lui invente chaque jour un nouveau nom. C'est devenu une sorte de jeu entre nous. Même si j'ignore pourquoi ça lui plaît autant. C'est peut-être comme dans ce conte des frères Grimm…, fit-elle avec un sourire hésitant. Tu sais, *Outroupistache*. Dès que j'aurai deviné sa véritable identité, j'aurai mérité son amour !

Je me levai, m'accroupis à côté d'elle et lui pris la main.

— Tu veux un bon conseil, Caro ?

Elle haussa les épaules et évita mon regard.

— Laisse tomber. J'ai un drôle de pressentiment.

Elle se redressa lentement, petite et maigre, comme perdue au milieu de ma chambre.

— Trop tard…, murmura-t-elle. Je suis amoureuse, irrémédiablement amoureuse.

— Pour toujours et à jamais ?

Je ris pour la faire rire à son tour. Sans succès.

— Jusqu'à ce que la mort nous sépare, déclara-t-elle tranquillement.

Puis elle eut un geste surprenant. Elle entoura mon visage de ses deux mains et m'embrassa sur les joues.

— Merci pour ton amitié, Jette. J'ai toujours voulu te le dire.

Arrivée à la porte, elle me fit un dernier petit signe de la main.

Je me réinstallai sur le lit pour poursuivre ma lecture. Je réfléchirais à Caro et à son étrange admirateur après avoir téléphoné à maman. Et je reparlerais ce soir même avec Caro. Pour éviter qu'elle ne se remette à dresser des murailles autour d'elle, par complexe d'infériorité.

Je repris mon Bic et notai une remarque en marge de la première page. Une chose après l'autre…

***

Caro alluma les bougies qu'elle avait disposées au bord de la baignoire. Il faisait encore clair, mais elle aimait les voir se consumer lentement. Elle avait déboursé six euros vingt pour l'huile de bain. Alors qu'elle était presque fauchée. Elle grimpa dans la baignoire et la mousse crépita.

Elle avait vu un jour un film sur Cléopâtre. Les scènes de bain, en particulier, lui étaient restées en mémoire. Le luxe absolu ! Pour chaque geste, une servante. Cléopâtre était lavée, enduite de baumes, parfumée et habillée. Elle choisissait les ingrédients entrant dans la composition du bain en fonction de son humeur du jour.

Se baignait-elle vraiment dans du lait d'ânesse ?

Les bulles picotaient la peau de Caro. Dessous, l'eau était bleue, et si chaude qu'elle eut très brièvement la chair de poule.

Elle s'y glissa lentement et ferma les yeux. Elle faisait tout cela pour lui. Pour lui, elle voulait être belle. Ce soir, en particulier.

Ils avaient suffisamment attendu, non ? Il était temps qu'ils s'embrassent vraiment. Qu'ils se touchent vraiment. Enfin.

Elle s'imaginait déjà le contact de ses mains sur sa peau. Ce serait meilleur que tout ce qu'elle avait connu.

Elle s'était coupé les cheveux pour lui. Pour lui, elle allait se vernir les ongles. Même s'ils étaient bien trop courts. Elle n'avait toujours pas renoncé à se les ronger.

— Pour toi…, chuchota-t-elle. Pour toi. Pour toi. Pour toi !

Comment allait-elle l'appeler, ce soir ? Elle ne lui avait encore trouvé aucun nom.

— Mon chéri… Mon bien-aimé… Mon tout…

Elle eut un sourire intérieur. Avant, elle aurait jugé ces mots ringards. Les poètes les employaient, autrefois. Mais qui les utilisait encore ?

Avant. Autrefois. Tout ça était loin, très loin.

Elle voulait maintenant regarder droit devant elle.

Et se réjouir.

Se réjouir de leur vie commune.

Qui commencerait ce soir.

6

Merle vint à ma rencontre dès que j'ouvris la porte. Au premier regard, je compris qu'un truc clochait.

— Qu'est-ce qui se passe ?

J'avais derrière moi une longue interview aux côtés de maman, une nuit courte et un petit déjeuner au Moulin. Puis deux heures de maths seulement (j'avais été dispensée des premiers cours).

La WDR voulait réaliser un portrait télévisé de l'auteur-vedette Imke Thalheim, en mettant l'accent sur sa vie privée. Il se trouvait que sa vie privée se résumait actuellement à son compagnon Tilo et à moi…

En général, je détestais ce genre de mise en scène où je faisais tapisserie pour ma célébrité de mère, mais le plus jeune des deux cadreurs était tellement canon que je me serais bien incrustée encore une heure ou deux, juste pour qu'il continue à me regarder dans l'objectif de sa caméra. Son sourire à la fois tendre et effronté m'avait littéralement conquise.

Comme il se faisait tard, maman m'avait persuadée de passer la nuit là-bas, pour couronner le tout par un petit déjeuner sympa.

Seulement, le petit déjeuner n'avait pas été aussi sympa que prévu. Ma mère et Tilo étaient du matin. Ils bondissaient hors du lit au chant du coq, prêts à affronter la journée. Tandis que pour moi, se lever avant dix heures représentait une véritable épreuve : je n'étais pas à prendre avec des pincettes.

Tilo lisait le journal et maman voulait qu'on parle, alors que j'avais envie d'émerger en paix. Je ne supportais pas de discuter de ses manuscrits le matin…

Lorsque j'étais partie, on en avait toutes les deux plein le dos des petits déjeuners sympas ! Au lycée, j'avais encore récolté un 4/20 en maths, et je m'étais consolée en pensant que ça ne pouvait pas être pire.

— Caro n'est pas là, annonça Merle.

Je balançai mon sac dans un coin, retirai mes chaussures et entrai dans la cuisine pour me prendre à boire.

— Et alors ?

— Et alors, elle n'a pas dormi dans sa chambre. Les draps ne sont même pas défaits.

— Tu devrais ouvrir un cabinet de détective, Merle. Pas besoin du bac pour ça.

— Très drôle !

Merle baissa la voix, comme si un étranger nous espionnait depuis l'entrée.

— Non, sérieusement : elle t'a dit qu'elle prévoyait de découcher, cette nuit ?

— Non. Mais l'occasion fait le larron !

Je songeai à notre dernière discussion. Caro avait peut-être réussi à faire sortir son copain de sa réserve, finalement ?

— Elle n'a pas pris ses affaires de cours.

— Arrête un peu, Merle ! Tu sais bien qu'elle ne met quasiment plus les pieds à l'école !

J'allumai la machine à café.

— Tu veux un cappuccino ?

— Plutôt un espresso.

Merle s'assit à table, ramena les pieds sur la chaise et posa le menton sur ses genoux. Pour aller et venir dans l'appart, elle aimait porter des chaussettes épaisses, été comme hiver. Tricotées main, elles lui donnaient l'air d'une personne pratique et raisonnable.

— Tu viens au ciné avec moi, ce soir ?

— Je ne peux plus me le permettre, ce mois-ci.

— Et si je t'invite ?

— Je veux bien, alors.

On ne pouvait jamais savoir comment Merle réagirait. En temps normal, elle se montrait assez susceptible en matière d'argent. Elle préférait accepter celui de Caro que le mien. L'argent de Caro était propre. Le mien, ou plutôt celui de ma mère, puait l'injustice sociale.

Merle pensait que la richesse ne devrait pas exister du tout. À moins, bien sûr, que tout le monde ne soit riche ! Les systèmes socialistes avaient beau s'écrouler les uns après les autres, elle demeurait une anticapitaliste convaincue.

Je l'admirais pour cela, car elle restait logique avec elle-même. En théorie, mais aussi en pratique. Protectrice acharnée des animaux, Merle risquait régulièrement la prison pour ses engagements. Dans la cave s'entassaient des tracts qui attendaient d'être distribués, et avant chaque manif, elle passait des nuits entières à écrire sur des banderoles avec d'autres militants, à même le sol de la cuisine.

Le matin, je me retrouvais régulièrement attablée avec de parfaits étrangers. « Rescapés » d'une quelconque réunion de groupe, ils mangeaient notre pain et notre fromage, et se servaient de notre machine à espresso.

Et voilà que notre Merle se faisait du souci comme une mère poule, parce que Caro n'avait pas dormi dans son lit !

— Je ne sais pas... J'ai un drôle de pressentiment.

Ça aussi, c'était du Merle tout craché. Elle avait souvent des impressions qui s'avéraient fondées. Il lui arrivait aussi de faire des rêves qui se réalisaient, peu de temps après. Cela nous terrifiait, Caro et moi. Chaque fois qu'elle nous fixait de son air songeur, on redoutait qu'elle raconte encore un de ses rêves.

Je lui passai sa tasse et m'installai. Je venais de surmonter un petit déjeuner épouvantable et une matinée affreuse. Il allait en falloir beaucoup pour m'émouvoir !

— Quel genre de pressentiment ?

— Comme si... Écoute, ce que je sais, c'est que je me sentirais mieux si Caro voulait bien franchir le seuil de l'appartement !

Merle avala son café et se leva brusquement.

— Ne te prends pas trop le chou à cause de moi ! Je suis lessivée en ce moment, c'est sûrement pour ça.

Elle regarda l'heure.

— Je dois y aller. J'ai promis à Claudio de venir travailler plus tôt.

Dernièrement, Merle faisait tellement d'heures sup que je soupçonnais sa liaison d'être bientôt officialisée. Claudio par-ci, Claudio par-là… Elle roucoulait carrément son nom ! Récemment, on lui avait livré un bouquet et elle avait intercepté la carte vite fait.

Le hic, c'était que Claudio avait déjà une fiancée en Sicile, et que Merle appartenait à la vieille école.

Quelques minutes plus tard, la porte d'entrée claquait et je l'entendais descendre l'escalier en courant. Puis le silence se fit. Pesant.

Dans ma chambre, je réglai au maximum le volume du lecteur CD. Puis je sortis de l'étagère *The Importance of Being Earnest*[1], m'assis au bureau et commençai à plancher sur l'épreuve d'anglais. Au bout d'un moment, immergée dans l'univers d'Oscar Wilde, j'en oubliai complètement Merle et son drôle de pressentiment.

***

— Merci d'avoir accepté de m'accorder un peu de votre temps ! Je sais que vous êtes un homme très occupé.

Imke Thalheim prit place sur une chaise. Bert s'installa confortablement sur une autre et détailla sa visiteuse, qui farfouillait dans son sac pour en sortir un bloc-notes et une trousse d'écolier. Elle en tira un stylo-bille en argent dont le prix devait être exorbitant.

---

1. *L'importance d'être constant*

Une femme éloquente, comme il s'y attendait. Sa beauté, en revanche, le surprenait. Il avait vu ses photos dans les journaux, mais aucune ne lui rendait justice. Il devait se retenir de la dévorer du regard.

Elle faisait des recherches pour son dernier roman. C'était en tout cas ce qu'il avait appris du patron.

« La dame a des relations très haut placées, Melzig ! Prêtez-lui une oreille attentive, jouez de votre charme, faites-lui votre numéro ! Vous voyez ce que je veux dire… »

Bert aurait jugé plus sympathique qu'Imke Thalheim s'adresse directement à lui. Il trouvait écœurante cette mentalité de joueurs de golf, façon renvoi d'ascenseur.

— Café ? Ou plutôt thé ?

Il voulait en venir au fait. Au diable le charme, au diable le numéro ! Il n'avait pas obligation de se faire bien voir, juste parce qu'elle était riche et qu'elle avait le bras long !

— Un café, ça serait fantastique.

— Lait ? Sucre ?

Probablement de l'édulcorant. À tous les coups ! Avec sa silhouette…

— Sucre, s'il vous plaît.

Il alla chercher deux cafés au distributeur de l'étage, un avec sucre et un avec lait. Généralement, ses appréciations se révélaient justes à quatre-vingt-dix pour cent. Quand on était fonctionnaire de police, on prenait l'habitude de juger les gens au premier coup d'œil. Avoir le jugement sûr était d'une valeur inestimable. Dans certains cas, on n'avait pas droit au second coup d'œil…

Ils burent en silence, tout en s'étudiant par-dessus leur gobelet en plastique.

Elle aussi, elle me jauge… Elle se demande peut-être si je ferais un bon personnage de roman !

À cette idée, Bert se sentit mal à l'aise. Et si elle possédait la faculté de lire dans ses pensées ?

— Bien ! déclara-t-il en s'adossant à sa chaise et en croisant les jambes. Que voulez-vous savoir ?

Elle écrivait un polar mettant en scène un meurtrier sexuel. Comme par hasard ! Elle avait beaucoup de questions concernant l'assassinat de Simone Redleff. Et elle établit tout naturellement le lien avec les meurtres en Allemagne du Nord.

— Je ne peux rien vous dévoiler sur les enquêtes en cours. J'espère que vous le comprendrez.

— Toute information relative à des affaires classées m'aiderait beaucoup aussi. Je m'intéresse en particulier au profil du meurtrier sexuel, bien que je sois consciente du danger à généraliser. Mais…

Un sourire furtif glissa sur son visage.

— … vous devez vous en douter : j'aimerais autant tout savoir.

Sa franchise le désarma. À la réflexion, il décida qu'il était probablement plus judicieux de lui raconter les anecdotes liées à l'exercice de son métier. Il se mit donc à parler, et elle prit des notes. Elle l'interrompait de temps à autre, pour avoir des détails supplémentaires ou faire préciser un point. Ses questions, habiles et pertinentes, montraient qu'elle avait suivi son raisonnement. Sa curiosité était discrète et détachée.

Il prenait plaisir à observer ses mimiques, qui reflétaient chacune de ses émotions. Il avait rarement rencontré un visage aussi expressif. Il se demanda si elle se doutait de tout ce qu'elle révélait à un bon observateur.

Au bout de deux heures, et deux autres gobelets de café, elle se leva et lui tendit la main.

— Je vous remercie vivement, commissaire Melzig. Non seulement les informations que vous m'avez fournies vont nettement faire progresser mon travail, mais j'ai pris un réel plaisir à m'entretenir avec vous.

— Moi aussi, répondit-il en serrant sa main effilée.

Il la retint un peu trop longuement, sa peau fraîche contre la sienne.

— Si d'autres questions surgissaient, n'hésitez pas à m'appeler !

Elle eut l'air de s'en réjouir. Elle lui sourit, un peu trop longuement aussi, puis sortit d'un pas léger.

Il resta planté quelques secondes au centre de la pièce, avant de s'installer à son bureau et d'appeler chez lui. Sans véritable raison. Il fallait absolument qu'il entende la voix de Margot.

***

Imke prit l'ascenseur jusqu'au rez-de-chaussée et traversa le hall au carrelage de jais. Elle emprunta la porte à tambour et se retrouva sur un trottoir inondé de soleil.

Ce commissaire était différent de tous les fonctionnaires de police qu'elle avait pu croiser. Il avait un visage sensible et ouvert. Ses yeux trahissaient les horreurs qu'il avait vues. Ses mains, surtout, avaient attiré son attention : des doigts de pianiste, longs et osseux, très mobiles. Il avait les ongles soignés, ce qu'elle appréciait chez un homme. Une alliance sobre à la main droite. Une pilosité prononcée. L'après-midi débutait seulement, mais un second rasage n'aurait pas été du luxe. Il portait un pantalon de coton brun, une chemise écrue, col ouvert, et une veste en lin blanc. Il était légèrement bronzé. Ses cheveux, sombres et bouclés, retombaient sur son front. Chaque fois qu'il souriait, on aurait dit que la pièce s'illuminait. Nue et impersonnelle, elle en devenait presque belle.

Il n'y avait pas de photographies sur son bureau. Ce n'était pas le genre à disposer autour de lui des portraits de sa femme et de ses enfants. Il n'avait pas besoin de l'illusion du confort pour travailler. Bien au contraire, il…

Ça suffit, maintenant !

Elle se concentra pour retrouver sa voiture sur le parking bondé où elle l'avait garée distraitement. C'était une déformation professionnelle, presque une malédiction, d'imaginer automatiquement l'histoire qui se cachait derrière la moindre personne.

Jette lui avait déjà reproché de mesurer les sentiments en fonction de l'exploitation littéraire qu'on pouvait en faire – ceux des autres comme les siens.

« Sois au moins honnête avec toi-même ! Tu épingles les gens comme des insectes, et tu les glisses sous ton microscope pour voir ce que tu peux en tirer. »

Jette avait tendance à se montrer cruelle. Elle ne se donnait pas la peine de comprendre combien la vie était difficile à supporter, sans le soulagement qu'apportait l'écriture. Au fur et à mesure qu'avançait le récit, Imke devenait moins torturée par ses peurs, moins tourmentée par ses peines.

Sans compter qu'un auteur se doublait toujours d'un chroniqueur ! Il avait le droit, et même le devoir de consigner ses observations. Bien sûr, il fallait y mettre des limites. On ne pouvait pas arracher ses tripes à quelqu'un comme on éventre un animal, et les servir au public sur un plateau d'argent. Ces limites, Imke les avait toujours respectées.

Bert Melzig, où sont tes limites ? Me laisserais-tu te percer à jour ? Quand commencerais-tu à te défendre ?

Il s'était montré plutôt renfermé, au début, et ne l'avait laissée lui soutirer aucun renseignement sur le dernier meurtre. Lorsqu'il avait fini par s'exprimer plus librement, il avait évoqué exclusivement des affaires entrées depuis longtemps dans l'histoire. Bruno Pupecka, le « Monstre d'Altona ». Adolf Seefeldt et Jürgen Bartsch, les tueurs d'enfants. Adolf Seefeldt exécuté, Jürgen Bartsch décédé au cours de la castration qu'il aurait lui-même réclamée.

Chaque récit en engendrait d'autres. Le commissaire le savait sans doute... Il n'avait cessé de tirer de son chapeau un nouveau nom, un nouveau fait, la captivant et détournant son attention du cas d'actualité qui l'intéressait le plus, en réalité.

Rusé, le bougre !

Manifestement, elle n'était pas seule à manipuler les autres par le truchement du langage. Ce Bert Melzig devrait donner des conférences ! Il tiendrait en haleine une salle comble. Saurait-il savourer ce don ? En aurait-il peur ?

Elle avait déjà expérimenté la chose. Susciter, en quelques mots seulement, les sentiments les plus contradictoires chez de parfaits inconnus, lui donnait un sentiment de puissance. Mais dans le même temps, au plus profond de son cœur, elle éprouvait une crainte indistincte. Si elle avait un tel pouvoir sur des étrangers, que pouvait-elle s'infliger à elle-même ?

Elle retrouva enfin son véhicule, s'y assit et renversa la tête. Elle regarda longtemps le ciel bleu, à moitié recouvert d'un voile nuageux gris tendre. Être seule trop souvent ne lui valait rien. Elle en perdait tout contact avec la réalité.

Les tournées de lecture n'y changeaient rien. Entourée en permanence, elle demeurait pourtant seule : à peine arrivée dans une ville, elle devait la quitter pour la suivante.

Jette était son équilibre. Mais Jette n'était plus là.

Elle menait sa propre vie.

Son absence avait-elle pu motiver la liaison d'Imke avec Tilo ? Intelligent et indépendant, il ne jouait pas les crampons. Mais quand il venait la voir, il était avec elle à cent pour cent. Tilo était psychologue. Ce qui l'avait perturbée, au départ. Aujourd'hui encore, il lui arrivait de se sentir observée et analysée, surtout lorsqu'ils se disputaient.

Imke décida de ne pas retrouver tout de suite le silence du Moulin. Ni Jette ni Tilo n'étant libres à cette heure-là, elle prit la direction de l'autoroute. Faire les boutiques ! Voilà ce qu'il lui fallait. Flâner, prendre un café ou un thé, regarder les passants, se détendre… Et, peut-être, s'acheter quelque chose de beau.

Elle ne s'était pas encore habituée à être riche. Faire du lèche-vitrines lui remontait toujours le moral. Sur l'autoroute, elle accéléra. Elle était libre. Et devait enfin apprendre à profiter de cette liberté.

***

Avec étonnement, il sentit les larmes couler sur ses joues. Il n'avait plus pleuré depuis longtemps. Ni eu aussi mal.

Comment avait-il pu se tromper à ce point ?

Son visage était celui d'une madone. Ses cheveux semblables à ceux d'un enfant. Et dans ses yeux, il avait lu l'innocence.

L'avait-elle trompé tout ce temps ? Avait-il été aveugle ? Y avait-il eu des signes qu'il aurait dû reconnaître ?

Tout concordait, pourtant. Tout était parfait ! Il l'aimait peut-être même déjà.

Pourquoi n'avait-elle pas fait preuve de patience ? De patience, et de confiance.

Il pressa l'oreiller contre sa figure pour que personne ne l'entende. Des sanglots âpres lui déchiraient la poitrine.

Ils n'étaient qu'au début de leur histoire. Et ils ne se doutaient pas que la fin avait déjà commencé.

7

Elle gisait sur le sol, comme les autres. Poignardée à sept reprises, comme les autres. Ses cheveux étaient coupés court, mais elle devait les porter ainsi de son vivant : nulle part, on n'avait trouvé de mèches éparses. Ses yeux grands ouverts paraissaient fixer le ciel. Ce regard étonné ! Chez les quatre victimes. Voilà le plus difficile à supporter.

« Victimes. » Bert butait souvent sur des mots qu'il avait pourtant prononcés des milliers de fois. « Victimes »… Comme s'il s'agissait d'offrandes sanglantes à une divinité.

Il nous faut un nouveau langage ! Un vocabulaire qui ne laisse pas de place à la confusion ou à l'incertitude.

Il tourna les talons et retourna à sa voiture. Il faudrait attendre les conclusions de l'autopsie. Mais eux aussi avaient du pain sur la planche. Toute la machine policière allait de nouveau s'ébranler.

Le pire, pour lui, était d'informer les proches. Impossible de s'y préparer. On nageait dans des eaux inconnues, on perdait pied sans cesse.

La brutalité des premières phrases ! La stupeur sur les visages. La pâleur soudaine. Puis la réaction. Les uns s'effondraient, pleuraient et criaient. Les autres se pétrifiaient.

Dans ces moments-là, il regrettait de ne pas être plus endurci. Ou, devrait-il dire, plus professionnel ? Certains de ses gars avaient développé une carapace, une sorte de seconde peau protectrice. Il se demandait comment. Et les enviait.

Au cours de la réunion matinale, le patron avait évoqué à plusieurs reprises « notre meurtrier ». Bert avait beau savoir qu'il s'agissait d'une formule creuse, employée sans réfléchir par quantité de fonctionnaires de police, il s'était retenu de se ruer sur lui.

« Notre meurtrier. » Une expression aux accents redoutablement familiers. En revanche, personne n'aurait jamais osé évoquer « nos mortes ». De quel côté étaient-ils ?

Ils ignoraient toujours l'identité de la victime. Elle était jeune comme les premières, plus jeune peut-être. Elle avait encore le visage d'un enfant.

Quel gâchis ! Quel gâchis de beauté, de jeunesse et d'énergie !

Il éprouvait chaque fois ce sentiment de gaspillage, de vol irrémédiable. La violence anéantissait tant d'espoir, d'amour et de bonheur dans le monde !

Quelqu'un comme Imke Thalheim devrait écrire là-dessus…

Il fallait en parler. Afin qu'on n'oublie plus jamais.

La morte avait les ongles très courts, visiblement rongés. Ce détail avait sauté aux yeux de Bert et l'avait beaucoup touché. Lui aussi s'était rongé les ongles. On lui en avait fait perdre l'habitude.

Badigeonner le bout de ses doigts de moutarde faisait partie des mesures éducatives prises par son père. Au même titre que le ruban adhésif ou la colle liquide. La nuit, il lui attachait les mains au cadre du lit. En cas de récidive, il le punissait en lui infligeant une douche froide.

Et en le rouant de coups. Encore, et encore.

Aujourd'hui, son père restait convaincu de n'avoir voulu que son bien. Il prétendait qu'il entendait simplement l'élever « à la dure ».

Qui aime bien châtie bien…

Cette jeune fille avait-elle connu un passé analogue ? Bert le soupçonnait. Des années d'expérience l'avaient doté d'un radar pour repérer les victimes de mauvais traitements. Et cette jeune fille en faisait partie.

Sur le chemin de son bureau, il cherchait désespérément quel lien établir entre les quatre jeunes mortes. Il y en avait un, il en était certain. Il fallait juste qu'il le trouve.

***

Après de longues discussions, nous avions décidé de nous rendre au commissariat de police. Nous avions cherché à joindre les parents de Caro. En vain. De toute façon, je ne m'attendais pas vraiment à la trouver là-bas…

Merle avait fini par me communiquer son inquiétude. Dans notre vie en communauté, nous avions une règle tacite : si l'une de nous prévoyait de découcher, elle prévenait les autres. En cas d'oubli, elle passait un coup de fil dès que possible. Caro n'avait pas dormi à la maison depuis deux nuits, et elle n'avait toujours pas donné de ses nouvelles. Pas moyen de la joindre : son portable ne répondait pas.

Nous étions donc allées déclarer sa disparition. Et brusquement, tout avait échappé à notre contrôle.

L'agent auquel nous avions exposé les faits était parti passer un coup de fil, puis nous avait demandé d'attendre : un membre de la police judiciaire avait des questions. Il nous avait conduites dans une petite salle, simplement meublée d'une table et de chaises, et nous avait proposé à boire. Mais nous étions trop sur les nerfs pour accepter son offre.

« La PJ ? avait demandé Merle. Pourquoi la PJ ?

— Le commissaire va vous l'expliquer ! » avait répondu le policier avant de disparaître.

Assise dans cette pièce nue, je fixais les murs jaunes ayant pour seule décoration un calendrier vierge.

— Pourquoi la PJ ? répéta Merle.

La peur se lisait dans ses yeux. Elle respirait bruyamment et plus rapidement que d'habitude, comme si elle avait de l'asthme. On n'entendait que son souffle haletant et, derrière la porte, un murmure confus et la sonnerie intermittente d'un téléphone.

J'ignore combien de temps s'écoula ainsi, avant qu'entre un homme qui ne portait pas l'uniforme, mais des vêtements civils. Il nous tendit la main et se présenta. Bert Melzig, le commissaire que nous attendions.

110

Il posa toutes sortes de questions et écouta nos réponses en nous observant, yeux plissés. On se serait cru en plein polar.

J'avais vu suffisamment de films du genre pour avoir le vague sentiment que cela ne présageait rien de bon… Tout d'un coup, mon estomac se noua et j'eus la sensation de suffoquer.

Visiblement, Merle se sentait aussi mal que moi. En un instant, son visage avait rétréci. Du moins, j'en eus l'impression. Ses yeux paraissaient plus sombres. Et immenses. Elle agrippa ma main. Ses doigts étaient froids et moites.

Le commissaire se montrait prévenant. Il avait insisté pour qu'on nous apporte à boire, un thé léger, grisâtre et tiède. Bien trop sucré, il avait un goût écœurant. Il n'empêche qu'il avait quelque chose de réconfortant, comme le chocolat chaud en hiver, quand je rentrais après avoir joué dehors tout l'après-midi.

Le commissaire se montrait prévenant, mais il devait néanmoins nous préparer. Au fait que le film devenait réalité, que le pressentiment s'avérait juste. Il voulait savoir si nous aurions le courage d'identifier une jeune fille qu'ils avaient trouvée, le matin même.

— Une jeune fille… morte ? demanda Merle sans se rendre compte de l'absurdité de sa question.

Elle descendit son thé d'un trait. Dans ses yeux, la peur avait cédé la place à la panique.

Il ne faisait pas particulièrement chaud. Pourtant, je transpirais, et je remarquai les gouttes de sueur qui constellaient le visage de Merle. Sa question flottait toujours dans la pièce, en suspens.

— Oui, répondit le commissaire sans s'impatienter.

Je lui fus reconnaissante de ne pas nous brusquer.

Merle hocha la tête alors que ses yeux écarquillés disaient « non ».

Je me sentais soudée à ma chaise. Merle dut m'entraîner vers la sortie. Le sol se dérobait sous mes pieds. J'avais les jambes en coton. L'estomac sens dessus dessous. Tous les sons me parvenaient assourdis.

Pendant le trajet, personne ne prononça un seul mot. J'en remerciai silencieusement les deux autres. La voiture se gara sur un parking, en face d'un édifice en brique ancien. J'en descendis, et brusquement, je pris conscience du moindre bruit avec une acuité incroyable. Une perceuse électrique qui vrombissait en continu. Un chien qui glapissait, au loin. Une porte qui claquait, tout près.

Je saisis la main de Merle. Elle était glacée.

— Et merde ! murmura-t-elle, la mâchoire contractée.

Je lui pressai les doigts sans savoir quoi dire. Je tremblais si violemment que je devais serrer les dents pour éviter qu'elles s'entrechoquent.

Dans le bâtiment, le commissaire nous fit emprunter un couloir interminable aux murs d'une propreté douteuse. Des néons répandaient une lueur blafarde. La semelle de nos chaussures couinait sur le sol. Un bruit déplacé dans ce lieu. Et beaucoup trop fort.

Le corps de la jeune fille à identifier nous attendait, dissimulé sous un drap vert. Je trouvais ça très étrange. Il aurait dû être blanc, non ? Dans les histoires anciennes, la neige étendait toujours son linceul blanc sur les champs…

Le sang me battait aux tempes. Mes pieds ne voulaient plus avancer. Ou dans la direction opposée, à la rigueur.

Mon corps était devenu si pesant ! Mes jambes pouvaient à peine me porter.

Les doigts de Merle étaient complètement crispés dans ma main. Une sensation horrible. Pourtant, j'aurais été incapable de les lâcher. Et si je perdais l'équilibre ?

Je n'étais pas de taille à affronter ça. Personne ne m'y avait préparée ! Pour la première fois depuis longtemps, maman me manquait. On racontait que, sur le champ de bataille, les soldats réclamaient leur mère au moment de mourir. Je l'avais lu quelque part et cette idée m'avait beaucoup affectée. Y penser, à cet instant, me parut inconvenant.

Mais rien là-dedans n'était convenable. La situation elle-même était déplacée ! Nous n'étions pas allées voir la police pour atterrir dans cet affreux bâtiment.

Nous avancions au ralenti. Mais le rythme semblait encore trop rapide.

Le commissaire s'arrêta et nous regarda. Comme s'il voulait estimer l'ampleur de ce qu'il pouvait nous demander.

Tu n'as pas le droit de nous faire ça ! Laisse-nous repartir. Tout le monde a cédé à la précipitation. À l'heure qu'il est, Caro est sûrement rentrée et elle brûle d'impatience de tout nous raconter. Pas la peine de nous montrer le corps sous ce drap ! Je n'ai encore jamais vu de mort. Et je ne veux pas en voir.

— Vous êtes prêtes ?

Merle m'agrippa encore plus fermement la main. Je voulais refuser mais n'y parvins pas. Mon « non » restait coincé en moi, sourd. Pouvait-on devenir muette en l'espace d'un instant ? Pour toujours et à jamais ?

113

Jusqu'à ce que…

Un homme en blouse verte, comme surgi du néant, tendit le bras et abaissa un peu le drap.

Mes oreilles se mirent à bourdonner. Merle eut un haut-le-cœur, me lâcha les doigts et s'enfuit. Je l'entendis vomir.

Aussi blanche et immobile qu'une statue de marbre, Caro avait les yeux fermés. Son expression m'effraya. Sa bouche semblait plus grande que d'habitude. Ses lèvres étaient desséchées et fendillées. Les commissures tombaient légèrement, comme si Caro souffrait. Ou méprisait le monde entier.

Son corps frêle soulevait à peine le drap. Les os de ses épaules étaient si saillants ! Ses cheveux brillaient. Si pleins de vie, encore, que son visage blême ressemblait à celui d'une poupée.

Je ne pouvais pas me résoudre à la toucher. Quelque chose en elle m'était totalement étranger. Je n'arrivais pas à me l'expliquer, et soudain je compris.

Caro avait cessé d'être un clown. Une profonde gravité s'était déposée sur son visage, définitive et irrémédiable.

Elle n'allait pas éclater de rire. Elle n'allait pas bondir en s'écriant : « Je vous ai bien eues ! » Elle ne respirait plus.

Les larmes me montèrent aux yeux. Je me penchai et lui embrassai le front. Le commissaire me prit par les épaules et m'obligea doucement à me redresser. Je posai la tête contre son torse. Il referma les bras sur moi et me laissa pleurer.

L'homme en blouse verte s'occupait de Merle. Elle était presque aussi blême que Caro mais elle s'en remettrait. Pas Caro. Caro était morte.

Morte. Jusqu'à présent, il s'agissait d'un mot comme les autres, pour moi.

Au moment de repartir, je me retournai une dernière fois. Le drap recouvrait à nouveau le corps nu et sans défense de Caro.

— S'il vous plaît, mettez-lui quelque chose. Elle est tellement frileuse !

L'homme en blouse verte hocha la tête.

Sans objecter que les morts n'avaient plus jamais froid.

Je le pensai de moi-même. Et ce fut bien pire.

***

Une adolescente remarquable, cette Jette ! Franche et lucide, et d'une grande force lorsque les circonstances l'exigeaient. Pendant leur entretien, au commissariat, Bert avait appris qu'Imke Thalheim était sa mère. Celle-ci avait repris son nom de jeune fille et Jette portait celui de son père, Weingärtner.

Jette ne ressemblait pas à sa mère dont elle n'avait, ni la beauté, ni l'assurance. Elle était réservée, presque timide. Pourtant, Bert l'avait trouvée fascinante. Son visage étroit ne dévoilait aucun sentiment. Et quand elle vous regardait, vous vous sentiez percé à jour.

Mais compris, également. Quelque chose vous poussait irrésistiblement à vous confier. Une forme de maturité inhabituelle à son âge…

115

Bert se rendait au domicile des parents de la jeune victime. Mètre après mètre, sa voiture progressait sur l'autoroute encombrée. Le ciel était couvert. La chaleur des jours précédents avait cédé la place à une fraîcheur qu'il trouvait agréable.

Les autres conducteurs semblaient réagir avec une certaine nervosité au brusque changement de temps. Coups de klaxon, menaces du poing… L'air était lourd de tension.

Avec les années, un policier développait un sixième sens pour ce genre de choses. Et Bert avait un flair tout particulier. Dans son travail, il s'en remettait beaucoup à son instinct. Suivre ses intuitions, plutôt qu'écouter la seule raison, lui avait souvent montré la voie. Même s'il se serait bien gardé d'aborder le sujet avec ses gars, à la cantine ou devant une bière…

Bert avait eu une journée frustrante. Lors de la réunion matinale, le patron avait réclamé en tonnant des résultats dans l'affaire Simone Redleff.

Et peu après, comme pour justifier son coup de sang, on avait annoncé le nouveau meurtre. Bert s'était aussitôt rendu sur place.

Le chien d'une joggeuse avait découvert le cadavre. Une fois encore, le lieu du crime était une forêt. Une fois encore, la morte gisait dans le sous-bois. La joggeuse, une étudiante venue passer quelques jours chez ses parents, était assise sur une souche d'arbre. Livide et figée, elle avait répondu d'une voix faible aux questions de Bert, en luttant contre les larmes.

Elle avait recouvert le corps nu de son blouson.

« Je sais qu'on ne doit toucher à rien, mais je n'allais quand même pas la laisser comme ça ! »

Bert l'avait fait raccompagner. Son chien en laisse, elle avait rejoint la voiture à pas hésitants, soutenue par un agent. Elle garderait à jamais ce matin en mémoire : un meurtrier avait fait irruption dans sa vie.

De retour au bureau, Bert avait fait son rapport et entendu le patron tonner une seconde fois. Il avait battu le rappel de ses hommes et discuté avec eux des nouveaux éléments. Puis chacun s'était remis au travail.

Bert avait respiré à fond avant de se replonger dans la paperasse. Il fallait reprendre l'habituel « démarchage » : coups de fil, auditions, investigations. Et pour commencer, il avait dû infliger un sacré choc aux deux jeunes filles venues déclarer la disparition de leur amie : leur annoncer sa mort violente.

Il connaissait désormais l'identité de la victime. Carola Steiger. Ses copines l'appelaient « Caro ». Un surnom à la fois tendre et impertinent. À l'image de la jeune fille qui l'avait porté, non ! le portait toujours ?

Bert avait tenté de contacter ses proches. En vain.

« Vous aurez de la chance si vous arrivez à les joindre ! l'avait prévenu Jette. Ils ne vivent pas comme vous et moi. Il se passait parfois des semaines avant que Caro mette la main sur un membre de sa famille. »

Les parents habitaient un quartier miteux où les descentes de police étaient monnaie courante. Six familles par immeuble et dix-huit bâtiments au total, accolés trois par trois. Partout, un crépi gris surchargé de graffitis et un soubassement noirci par l'humidité et la pisse de chat.

Une odeur infecte s'en dégageait. Ce qui n'empêchait pas une femme d'étendre son linge sur la balustrade, au rez-de-chaussée. La soixantaine, elle avait des cheveux rouge orangé et une méchante toux de fumeuse.

Après s'être assuré d'un coup d'œil dans son calepin qu'il se trouvait devant le bon immeuble, Bert s'approcha de l'entrée. La puanteur devint insoutenable. Il s'efforça de respirer le plus superficiellement possible en survolant la liste des locataires, près de la porte.

Le nom des Steiger y était inscrit d'une main maladroite, en majuscules, sur un simple bout de papier collé de travers avec un épais scotch brun. Bert pressa la sonnette. Pas de réaction.

Il décida de se renseigner auprès de la voisine du rez-de-chaussée.

— S'il vous plaît ?

Elle se retourna.

— Bonjour ! Je cherche la famille Steiger.

Elle le jaugea du regard.

— Pas d'bol !

Cette réponse devait lui sembler suffisante, car elle se remit à piocher dans son panier avec frénésie. De la lingerie bon marché en dentelle rouge et noire. Des slips avachis et grisâtres à force d'être lavés. Des corsages aux imprimés agressifs et des chemises hawaiiennes à manches courtes.

— Savez-vous quand ils rentreront ?

Peu coopérative, elle laissa retomber ses bras robustes, un soutien-gorge dans la main, et dévisagea Bert avec méfiance.

— Qui les d'mande ?

Il fit quelques pas en direction de la balustrade et sortit sa carte de police.

Elle la déchiffra lentement, concentrée, ses lèvres articulant silencieusement syllabe après syllabe. Puis elle croisa les bras sur la poitrine.

— Et qui m'dit qu'elle est vraie ?

Bert poussa un soupir.

— Écoutez, je voudrais juste savoir quand la famille Steiger sera de retour.

Elle accrocha le soutien-gorge, redressa l'étendoir et attrapa un nouvel habit.

— J'appellerais pas ça une famille. Plutôt une bande de dingues ! La seule bonne à quéqu'chose, c'est Caro. Mais ça fait un bail que j'l'ai plus vue.

En deux, trois mouvements vifs, elle déplia une chemise.

— Et elle a ben raison. Y'a pas d'avenir, ici. Z'avez qu'à r'garder autour de vous !

Au beau milieu d'un geste, elle s'interrompit et se tourna vers Bert.

— Y'a un problème avec la p'tite ?

Bert avait de l'entraînement lorsqu'il fallait botter en touche.

— Enquête de routine, c'est tout.

Elle sentit qu'il éludait et reprit aussitôt ses distances.

— Père et mère au chômage, le frère en plein âge ingrat. J'en sais pas plus, et si j'en savais plus, j'vous l'raconterais sûrement pas !

Bert la croyait sur parole.

— Merci beaucoup.

Il examina l'immeuble plus attentivement. Les boîtes aux lettres débordaient de prospectus. Deux ne tenaient plus qu'à un boulon, les autres étaient cabossées comme si quelqu'un avait passé sa colère dessus, à grands coups de marteau.

Dans une assiette posée près de l'escalier, des restes de nourriture pour chat avaient séché. Un mètre plus loin, une bouteille de schnaps vide traînait dans l'herbe. Des mouches bourdonnaient autour d'une crotte de chien. Au deuxième étage, un carreau cassé avait été réparé sommairement avec du carton. Sur la vitre voisine, quelqu'un avait gribouillé en rouge : *MONDE DE MERDE.*

Caro…, songea Bert. *Comment as-tu fait pour t'en sortir ?*

Il connaissait hélas la réponse. Elle avait pris la fuite pour sauver sa peau, et sa course s'était terminée dans une forêt.

Au premier étage à droite, un jeune homme sortit sur son balcon et alluma une cigarette. Pas loin de trente ans, jugea Bert. Une allure de body-builder, mise en valeur dans un débardeur noir. Les deux bras couverts de tatouages. Il s'accouda à la rambarde et regarda en bas, l'air ennuyé.

— Vous pouvez m'aider ? s'enquit Bert. Je cherche la famille Steiger.

— À côté, fit le jeune homme en indiquant l'appartement voisin. Mais ils sont quasiment jamais là. Kalle a encore fait une connerie ?

— Kalle ?

— Le fils.

— Pas que je sache.

Caro et Kalle…, nota mentalement Bert.

Il revit le corps maigre de la jeune fille, ses traits presque anguleux. Et se demanda à quoi Kalle pouvait bien ressembler. Il l'imaginait court sur pattes, mais large de carrure. La fragile Caro aimait-elle ce frère trapu ?

Balivernes !

Bert remit ses réflexions à plus tard. Kalle était peut-être beaucoup plus jeune que sa sœur, après tout ! Un garçon dégingandé aux membres bien trop longs, à la figure constellée de taches de rousseur… Qui maudissait ses origines et se fourrait régulièrement dans le pétrin. Et à qui sa sœur manquait.

Bert fit un signe de tête au voisin et regagna sa voiture. La famille Steiger héritait d'un délai de grâce. Ensuite, il lui faudrait affronter la mort de Caro. La douleur, le deuil et le sentiment de culpabilité. Quel que soit leur mode de vie, la nouvelle réduirait ces gens en miettes, les laisserait totalement démunis.

Ils ne devaient pas seulement surmonter un décès. Ils devaient digérer un meurtre. Cela représentait une différence énorme.

***

Elle était en plein travail lorsque le téléphone sonna. À contrecœur, elle prit le combiné.

— Maman ?

C'était Jette.

— Écoute, trésor, le moment est vraiment mal choisi. Je suis en train de retoucher l'endroit où, au mépris du bon

121

sens, Justin décide de… Mais qu'est-ce qui se passe ? Tu pleures ? Calme-toi, ma chérie !

Les larmes l'avaient toujours effrayée. Surtout celles de sa fille. Intelligente et maîtresse de soi, Jette n'avait pas tendance à la sentimentalité, encore moins à la sensiblerie. Imke l'avait rarement vue pleurer. D'ailleurs, elle ne se souvenait pas de la dernière fois.

— Arrête de sangloter, ma chérie, je ne comprends rien !

Ces larmes ne traduisaient pas un simple chagrin d'amour, mais une émotion violente et indicible. Jette était en état de choc. Du désespoir à l'état pur.

— Jette ! Trésor ! Essaie de te calmer !

Sa fille avait eu ce genre de réaction une fois seulement, à huit ans. Une voiture avait écrasé son chat. Elle avait pleuré à n'en plus finir, et sa fièvre avait tant monté qu'Imke avait dû appeler le médecin de garde.

Celui-ci avait administré un sédatif à Jette et « prescrit » un autre chaton. Qui n'avait pas fait s'envoler sa peine, mais l'avait rendue plus facile à supporter.

Dommage… Dommage qu'on ne puisse pas résoudre les problèmes des adultes aussi aisément que ceux des enfants.

Imke aurait aimé que Jette soit à nouveau petite pour la prendre sur ses genoux et lui caresser les cheveux, la bercer dans ses bras et lui fredonner une berceuse.

— Caro…

Au moins, elle savait maintenant que cela avait un rapport avec Caro.

— Qu'est-ce qui lui arrive, ma chérie ?

— Elle… elle… est…

— Écoute, c'est sûrement moins grave que tu le crois. Qu'est-ce qu'elle a ?

On pouvait résoudre n'importe quel problème. Il suffisait de le vouloir. Caro était peut-être enceinte ? Ces choses-là pouvaient se gérer. D'un autre côté... si Caro était enceinte, Jette ne serait pas bouleversée à ce point. Peu à peu, Imke sentit la peur l'envahir.

— Jette ! Dis-moi ce qui se passe !

À l'autre bout du fil, des sanglots. Convulsifs et enroués, comme si Jette avait déjà pleuré toutes les larmes de son corps. Imke réprima l'envie de lui crier dessus. Cela marchait parfois sur les personnes hystériques... Mais *pourquoi* Jette serait-elle hystérique ?

— Caro. Elle est... morte, maman.

Imke ressentit simultanément deux émotions : une violente secousse et une immense tendresse pour sa fille.

— Morte ? Mais comment... Elle a eu un accident ?

Une mort si jeune, ça ne pouvait être qu'un accident ! Il ne vint rien d'autre à l'esprit d'Imke. Caro n'était pas malade.

Jette éclata de nouveau en sanglots. Lorsqu'elle put se remettre à parler, sa voix se fit plus basse et plus aiguë à chaque mot :

— Elle... a été... assassinée.

Imke faillit lâcher le combiné. Incrédule, elle tourna la tête vers la fenêtre ouverte. On aurait dit que quelqu'un, dehors, venait de mettre tous les bruits sous cloche.

Pourtant, j'écris des polars ! Je me frotte tous les jours à des affaires de meurtre. Mais quand ça frappe quelqu'un que je connais, je suis incapable de réaliser.

Bégayante et hésitante, Jette lui raconta comment elle avait appris la terrible nouvelle.

— Ne bouge pas ! lui ordonna Imke. J'arrive tout de suite.

Elle éteignit l'ordinateur et enfila ses chaussures. Cinq minutes plus tard, elle quittait le Moulin.

***

Elle lui manquait. Elle avait ouvert une brèche dans sa vie. Il la revoyait en pensée. Il entendait encore son rire.

Caro…

Elle avait imaginé pour lui les noms les plus beaux. Roméo. Cœur de Lion. Mon bien-aimé. Jorian. Et les lui avait offerts comme autant de fleurs, ou de poèmes qu'elle aurait écrits.

Ses mains d'enfant !

Et brusquement, il ne l'avait pas reconnue. Lèvres rouges, ongles rouges, fard aux joues… Maquillée comme une femme.

Si ça lui plaît, avait-il pensé, *je dois m'en satisfaire.*

Faux ! Il ne trouvait pas cela acceptable. Mais il pensait que l'amour rendait tolérant et généreux.

Et puis…

Et puis elle l'avait embrassé. D'une façon qui l'avait dégoûté. Elle lui avait grimpé dessus comme un chat, sans gêne, elle avait haleté et gémi, lui avait chuchoté qu'elle avait assez attendu.

En un instant, elle était devenue comme toutes les autres. De celles qu'on peut dégoter à chaque coin de rue.

Lèvres rouges. Ongles rouges. Jupe remontée. Sa passion avait eu raison de lui…

Ensuite, ils étaient restés allongés côte à côte, le souffle court.

La voix ivre de bonheur, elle avait murmuré à son oreille : « Et maintenant, tu dois me révéler ton nom ! »

Ça aussi, il l'avait fait.

Elle l'avait répété à voix haute, encore et encore et encore, et chaque fois, il avait eu la sensation qu'elle lui enfonçait un poignard dans le ventre.

Profané, leur amour. Profané. Profané !

Elle avait tout traîné dans la boue.

8

Le commissaire nous avait raccompagnées en voiture. Merle n'avait pas prononcé un seul mot. Elle était toujours livide. Je voulais l'emmener dans sa chambre pour qu'elle se repose un peu, mais elle chuchota :

— Je vais devenir dingue. Ne me laisse pas seule, Jette. Si je reste seule, je vais devenir dingue.

Je parvins finalement à la convaincre de s'allonger sur le canapé de la cuisine. Elle me laissa la couvrir et prit sagement le verre que je lui tendais, une liqueur maison qu'on nous avait offerte. Elle l'avala d'un trait et s'ébroua avec un « Pouah ! » de petite fille.

J'en bus une gorgée, à même la bouteille, mais l'alcool ne me réchauffa pas. La nausée ne me quittait pas non plus.

— Tu t'assois près de moi ? demanda Merle avec, dans la voix, un désespoir qui me désempara.

J'approchai une chaise et m'installai à côté d'elle.

— Ce n'était pas Caro ! fit-elle en me prenant la main et en m'écrasant les doigts. Ce n'est pas le souvenir que je veux conserver d'elle. Ce n'était pas Caro. Seulement son ombre, tu comprends ?

Je trouvais qu'« ombre » n'était pas le bon mot.

— Ou plutôt son enveloppe, ajouta-t-elle. Caro a quitté son corps depuis longtemps.

Passée experte en matière de vie après la mort, Merle lisait tous les livres qui lui tombaient sous la main. Ses histoires lugubres nous avaient souvent valu des nuits blanches.

— Les morts violentes rendent particulièrement compliqué le passage dans l'autre monde.

Elle marqua une pause éloquente, comme toujours quand elle parlait de cet « autre monde », et dans ses yeux, je reconnus la douleur qui me hantait.

— Elle n'était pas préparée, Jette.

— Que veux-tu dire ?

— Elle a été arrachée à la vie en l'espace d'un instant. À présent, son âme est égarée. Elle ne sait plus où est sa place.

— Arrête ! Je ne veux pas le savoir.

C'était déjà assez terrible que Caro ait été assassinée ! Fallait-il, en plus, que je m'imagine qu'elle continuait à souffrir dans l'au-delà ?

Merle se remit à pleurer. Je lui caressai le bras. J'étais incapable d'en faire plus. Dès que je ne serais plus sous le choc, je m'effondrerais à mon tour, je le savais.

Alors, je proposai :

— J'appelle ma mère ?

Merle préférait ma mère à la sienne, c'était un secret de Polichinelle. Ses parents habitaient un lotissement petit-bourgeois étincelant de propreté, dans un village petit-bourgeois étincelant de propreté aux jardins petits-bourgeois étincelants de propreté.

Ils avaient mis les pieds dans notre appartement une seule fois. Ils étaient restés plantés dans l'entrée comme des mannequins dans une vitrine, cherchant leurs mots. Qu'ils n'avaient pas trouvés. Même pas dans la cuisine, autour d'une tasse de café et du gâteau que nous avions préparé pour l'occasion.

Ensuite, ils s'étaient défoulés. Ils ne jugeaient pas les lieux suffisamment propres. Ils avaient trouvé Caro asociale. Et j'étais à leurs yeux une enfant gâtée. Merle ne les avait jamais réinvités…

— Oui, approuva Merle. Appelle-la. Tout de suite !

Nous étions sur le point de faire peser un sacré poids sur ses épaules. Mais les mères étaient là pour ça, non ? Voilà ce à quoi je réfléchissais tout en composant son numéro.

Dès que j'entendis sa voix, j'eus de nouveau quatre ou cinq ans. Il venait de m'arriver une chose monstrueuse et j'avais besoin d'être consolée.

Ma bouche avait un mal fou à articuler.

Caro. Est. Morte.

La phrase sonnait comme si quelqu'un d'autre l'avait prononcée. Quelqu'un que je ne ferais que citer. Elle n'avait rien à voir avec moi. Ni avec Merle, ni avec Caro.

Pourtant, nous étions bien allées dans cet affreux bâtiment. J'avais vu que Caro était morte. Il me restait à l'accepter.

Après avoir raccroché, je me rassis près de Merle et j'attendis…

Moins d'une demi-heure plus tard, on sonnait à l'interphone. Je courus à la porte, Merle sur mes talons. Comme si le simple fait de presser le bouton pour ouvrir allait nous faire accéder à la délivrance.

Maman nous prit dans ses bras, Merle à droite, moi à gauche. Elle pleura avec nous et le mascara dessina des traînées obliques sur ses joues, lui donnant l'air d'un arlequin.

Puis elle nous lâcha, sécha ses larmes et entra dans la cuisine.

— Ce qu'il vous faut maintenant, c'est un bon espresso. Et que diriez-vous d'une pizza ?

Nous nous sentions incapables de manger.

— Merle, tu me donnes le numéro de ce « Pizza Service » où tu travailles ? Vous verrez, ça vous fera du bien d'avoir quelque chose de chaud dans l'estomac.

Son comportement décidé ne dissimulait pas le souci qu'elle se faisait pour nous. Je le lisais dans ses yeux. Son regard scrutateur ne cessait de glisser de Merle vers moi, puis de moi vers Merle.

Peu après (Claudio favorisait toujours nos commandes), trois pizzas trônaient sur la table, envahissant la cuisine de leur parfum. Et force nous fut de constater que nous étions affamées.

Le repas se déroula dans le silence. Ma mère, qui savait très bien qu'on n'avait que du gros rouge, sortit comme par magie deux bouteilles de bordeaux de son sac. Elle insista pour nous servir et se limita à un verre, parce qu'il faudrait qu'elle reprenne la route.

Le vin me monta rapidement à la tête. Sans m'apaiser.

Après avoir avalé la moitié de sa pizza, Merle repoussa son assiette, but une grande gorgée de vin et fixa le fond de son verre.

— On dirait du sang.

Et ses lèvres se mirent à trembler.

À compter d'aujourd'hui, nous ne pourrions plus prononcer certains mots sans tressaillir.

Sang. Mort. Tête d'enterrement.

Qui sait si nous pourrions un jour reboire du vin rouge ?

— Vous… soupçonnez quelqu'un ? demanda prudemment maman.

Merle et moi, nous étions déjà à moitié soûles.

— Comment ça, soupçonner ? répéta Merle qui regardait ma mère sans comprendre.

Moi non plus, je ne saisis pas immédiatement le sens de sa question. Puis elle effaça de ma tête toute autre pensée.

Elle voulait parler du meurtrier de Caro.

Il rôdait dehors, quelque part. Et nous le connaissions peut-être.

***

Imke n'attendit pas d'être rentrée chez elle. Elle monta dans sa voiture, farfouilla dans son sac, en sortit son portable et appela. Sa manie d'enregistrer systématiquement chaque nouveau numéro s'avérait parfois payante…

— Allô !

Il aboyait littéralement dans le téléphone. Elle le dérangeait probablement. Non ! sûrement. À minuit passé, les gens normaux n'attendaient plus de coups de fil, assis à leur bureau.

— Imke Thalheim.

Bert Melzig prit une brusque inspiration. Comme si entendre son nom lui causait un choc.

Sans s'embarrasser de formules de politesse, elle donna libre cours à son indignation.

— Comment avez-vous pu ? Exposer les filles à cette cruelle procédure !

Il ne chercha pas de parade.

— Je regrette, vraiment. Comment vont-elles ?

— Comment voulez-vous qu'elles aillent ?

Imke était hors d'elle. Sa voix tremblait, trahissant sa colère.

— Je sors tout juste de leur appartement. Elles sont effondrées, lessivées !

— Elles sont jeunes. Elles surmonteront cette épreuve.

Il avait raison et elle le savait. Cela l'agaçait au plus haut point qu'il réagisse avec autant de calme et de philosophie, alors qu'elle se comportait comme une chatte qui feule.

— Votre fille est une jeune femme remarquable et très forte. Ne vous faites aucun souci.

Pourquoi était-elle aussi irritée ? Parce qu'il ne laissait aucune prise à la critique ?

— Facile à dire ! gronda-t-elle. Ce ne sont pas vos enfants, si vous en avez, qui ont dû identifier leur amie assassinée ! Ce ne sont pas vos enfants qui vont faire des cauchemars ! Et ce ne sont pas non plus vos enfants qui sont en danger.

À cette pensée, la peur la glaça.

132

— Que voulez-vous dire ? intervint Bert Melzig.

— Que le meurtrier de Caro a pu avoir ses entrées dans leur appartement. Est-ce si improbable ?

— Ce n'est pas à exclure.

— Pas à exclure ! Fantastique ! Et qu'envisagez-vous de faire ? Comment comptez-vous les protéger ?

— J'ai dit que ce n'était pas à exclure, mais je ne le tiens pas pour vraisemblable. Faites-moi confiance, madame Thalheim ! S'il devient nécessaire de garantir leur sécurité, nous répondrons présents.

Elle mit fin à la conversation et fourra le portable dans son sac. Les larmes lui montèrent aux yeux. Après s'être retenue toute la soirée, elle pleura dans l'obscurité protectrice de sa voiture, jusqu'à se sentir mieux.

Après s'être mouchée énergiquement, elle se mit à réfléchir. Pouvait-elle prendre la responsabilité de laisser les filles seules ?

« Ne t'en fais pas, maman ! lui avait assuré Jette, la langue empâtée par le vin, en la poussant vers la sortie. Merci pour ton aide. On va se débrouiller, maintenant ! »

Devait-elle leur proposer d'habiter avec elle, tant que le meurtre de Caro ne serait pas élucidé ?

Non. Le Moulin était trop à l'écart. Son isolement pouvait représenter un danger pour les filles… Si le meurtrier les connaissait. Ce qui n'était même pas sûr !

Imke se pencha pour observer leurs fenêtres. Toutes les pièces étaient plongées dans l'obscurité. Elles avaient dû aller se coucher directement. Et grâce au vin, elles dormiraient à poings fermés. À poings fermés ! Dans un immeuble qui comptait neuf appartements comme le leur.

En plein centre-ville. Non, vraiment, que pouvait-il bien leur arriver ?

Elle se moucha encore, mit le contact, alluma ses phares et roula dans les rues désertes. Pas âme qui vive ! Comme si la peur les retenait tous chez eux. Absurde ! À une heure du matin, les brasseries en plein air étaient fermées. Il tombait une pluie fine et l'air était frais. Bien trop frais pour une nuit de juillet.

Sur la départementale, la nuit se fit dense. Par précaution, Imke actionna le verrouillage centralisé. Récemment, elle avait lu l'histoire d'une femme agressée à un feu rouge: Le malfaiteur avait tout bonnement ouvert la portière pour entrer de force.

Elle alluma la radio. La musique lui changea les idées, la détournant du sentiment affreux qu'elle n'était pas de taille à affronter la vie.

Lorsque Imke tourna dans le chemin d'accès, la lumière des phares fit surgir le Moulin de l'obscurité, si brusquement qu'elle poussa une exclamation effrayée. Elle était à bout de nerfs. Elle avait besoin de calme. Et de repos.

Elle se gara dans la grange, puis s'avança dans l'allée. À chaque pas, le crissement du gravier résonnait dans la nuit. Imke se forçait à marcher lentement. Elle ne voulait pas paraître craintive, au cas où quelqu'un l'observerait dans le noir.

C'était sa manière de se protéger. Elle n'avait jamais montré sa peur à personne.

Imke atteignait l'escalier lorsqu'une ombre vint balayer les marches. Son cœur cessa aussitôt de battre. Elle plaqua la main contre sa bouche pour ne pas crier.

L'ombre émit un miaulement plaintif et s'enroula autour de ses jambes.

— Edgar !

Soulagée, elle se baissa et le prit dans ses bras.

— Ce que tu m'as fait peur !

Une fois entrée, elle le déposa par terre, verrouilla la porte, descendit chacun des volets et alluma dans toutes les pièces.

Elle était à la maison. En sécurité.

Elle pensa à Caro. Et cette fois, ses larmes furent uniquement pour la meilleure amie de sa fille.

***

Nouvelle victime du tueur aux colliers

Le meurtrier de la jeune Simone Redleff a probablement frappé à nouveau. Sa dernière victime, Carola Steiger, dix-huit ans, étudiait au lycée Erich Kästner de Bröhl, en terminale. Élèves et enseignants sont très affectés par sa mort.

Bert Melzig, commissaire principal de la police judiciaire de Bröhl, a confirmé les points communs de ces terribles affaires : les deux jeunes filles ont été retrouvées dans une forêt, poignardées à sept reprises. Par ailleurs, chacune portait au cou une chaîne qui a disparu.

Une brigade spéciale vient de voir le jour. Destinée à élucider ces meurtres, ainsi que les deux perpétrés en Allemagne du Nord (voir un précédent article), elle est placée sous la direction de Bert Melzig.

La récompense offerte à quiconque fournira des indications permettant la capture de l'assassin a été portée à sept mille cinq cents euros. Ceci explique sans doute les innombrables appels que reçoit chaque jour la police. Aucun n'a toutefois donné lieu à une piste sérieuse, pour l'instant.

La peur se répand dans nos villes et nos villages. Et elle continuera de grandir, tant que la police ne se décidera pas à passer à l'action.

***

C'était affreux de lire cet article. De savoir qu'il allait déclencher chez les gens ce frisson, mélange d'effroi et de bien-être, qui se produisait lorsqu'on apprenait une mort tragique – parce qu'on était sain et sauf et qu'on se contentait d'en lire le récit. Comme au spectacle, dans une loge. En sécurité. De là-haut, on ne distinguait pas le danger. Tout restait parfaitement ordinaire.

J'avais buté sur le prénom entier de Caro, comme chaque fois. « Carola » ne lui allait vraiment pas ; trop ringard, trop sage pour elle. Mais je n'allai pas plus loin dans mes pensées, car l'article, bourré de lieux communs, me mettait hors de moi. Les phrases ne tenaient debout qu'en enfilant les paroles creuses.

Indications. Récompense. Assassin. Meurtrier. Victime. Capture. Piste sérieuse. Des termes que j'avais lus ou entendus cent fois, et auxquels je ne comprenais plus rien. Il était question de Caro. Mais je ne la retrouvais nulle part.

Nouvelle victime du tueur aux colliers. Que le titre était vulgaire ! Comme si le monde entier n'était qu'un gigantesque cinéma ! Et nous, les personnages d'une intrigue imaginée par un cerveau dérangé. Cela n'avait rien à voir avec du journalisme, c'était du sensationnalisme à l'état pur.

Terribles affaires. Les seuls mots laissant transparaître un semblant d'humanité. L'espace d'un instant, le rédacteur avait laissé tomber les poncifs et ressenti quelque chose.

Je notai son nom. Hajo Geerts. Je lui téléphonerais ou lui écrirais. Plus tard. Un jour. Peut-être…

Merle était au lycée. Elle ne supportait plus de rester dans l'appartement. J'avais l'attitude inverse. Tel un chat malade, je me cachais et je léchais mes blessures.

Caro me manquait. Je la croisais dans la cuisine, dans la salle de bains, dans l'entrée. Je la voyais assise dans mon fauteuil. J'entendais son rire. Je respirais son parfum.

Ses affaires étaient encore partout. Son peigne, sa brosse à dents et son peignoir. Ses chaussures, qu'elle retirait à la hâte et qu'elle envoyait valser. Ses magazines, qui traînaient dans tous les coins. Même ses yaourts attendaient encore dans le frigo.

Je n'avais pas trouvé la force d'entrer dans sa chambre. Merle non plus. Nous avions fermé la porte. La clé était fichée dans la serrure comme si quelqu'un avait écrit sur le panneau de bois, à la peinture invisible : *Caro est morte*.

Sans arrêt, de façon quasi obsessionnelle, je ne pouvais m'empêcher de me représenter la manière dont Caro était partie.

Toute seule. Remplie de peur.

Je me faisais des reproches. Je m'interrogeais fiévreusement sur ce que je pouvais bien faire pendant qu'on assassinait mon amie. Ce soir-là, je me trouvais au Moulin pour participer au portrait télévisé de ma mère. J'avais joué mon rôle de fille d'une célébrité, souri avec obéissance à la caméra et répondu patiemment à toutes sortes de questions. Et puis, il y avait ce cadreur… Ses collègues l'appelaient « Lucky », un surnom à la fois stupide et fascinant. J'avais évité de le fixer, tout en guettant du coin de l'œil chacun de ses mouvements. J'avais senti sur moi son regard, son attention.

Je me demandais si Caro était morte pendant que je flirtais. Ou la nuit venue, tandis qu'allongée dans mon ancien lit, j'inventais des histoires où nous tenions les rôles principaux, Lucky et moi ?

Comment une personne qu'on aime peut-elle mourir sans qu'on s'en doute ?

J'abandonnai le journal sur la table de la cuisine, allai dans ma chambre et me jetai sur le lit. J'éprouvais les mêmes sensations qu'au beau milieu d'un cauchemar. Sauf que j'étais incapable de me réveiller. Une douleur sourde avait envahi mon crâne, semblant filtrer toutes mes pensées.

Caro est morte. Elle a été assassinée.

Ce n'étaient que des pensées. Juste des mots. Je ne les laissais pas m'approcher. Le choc continuait à me protéger… Pour combien de temps encore ?

***

Bert avait déplié son journal à contrecœur. Pourquoi diable lisait-il ce genre d'articles ? Ils étaient tous identiques ! Ils mettaient les affaires en lumière, en occultant les destins individuels.

Il jugeait pathétique l'évocation de la peur se répandant dans les villes et les villages, et honteuse l'insinuation que la police dormait au lieu de remplir son devoir.

Il avait eu affaire plusieurs fois au rédacteur. Un visage parmi tant d'autres. Rien n'avait marqué Bert, hormis son nom, qui lui rappelait son enfance en Allemagne du Nord. Ce Hajo Geerts avait posé les questions habituelles et sorti l'artillerie habituelle.

Pas un poil de créativité ! se dit Bert. *Et aucun sens de la langue.*

Alors qu'un journal, même un canard local, pouvait se révéler si vivant !

Dans le fond, peu lui importait ce qu'on écrivait. Mais le patron voyait les choses différemment. Bert le soupçonnait parfois de juger la réussite de ses effectifs aux seuls échos qu'en donnait la presse. Le patron n'était pas seulement vaniteux. Il était aussi incroyablement ambitieux.

Bert but son café, embrassa Margot et entra dans le garage. Les enfants étaient déjà à l'école. Après avoir travaillé jusqu'à une heure avancée de la nuit, il s'était levé plus tard qu'à son habitude.

« Il faut te ménager, lui avait répété Nathan il y a peu. Je ne plaisante pas, Bert ! Tu fais un candidat idéal pour l'infarctus. »

Sur son ordre, il avait cessé de fumer, au terme d'un long et pénible processus. Depuis, il traînait sept kilos en trop. Pas étonnant avec son boulot ! Il passait presque toute la journée assis. Et il avait rarement l'occasion de manger correctement à midi. La plupart du temps, il pouvait juste se permettre un repas au lance-pierres ou un sandwich jambon-fromage-rémoulade. Rien que des calories mortes. Beaucoup trop de gras. Aucune fibre.

Seul, il ne se serait pas fait trop de mouron. Mais Nathan lui reprochait sans arrêt sa mauvaise hygiène de vie. Tout comme Margot, qui observait depuis des années un régime à base d'aliments complets.

La voiture ne démarra qu'à la troisième tentative. L'allumage était probablement mal réglé. À moins que ne s'annonce une panne sérieuse? Depuis le début, ils n'avaient que des ennuis avec cette bagnole. Elle engloutissait une petite fortune.

Sur le chemin de l'autoroute, Bert tenta de se préparer à sa première entrevue, qui s'annonçait orageuse. À coup sûr, le patron allait brasser de l'air avec son journal, avant de le jeter sur son bureau, le visage coloré d'un rouge malsain. Lui aussi devait faire un candidat idéal pour la crise cardiaque…

Mais Bert n'aurait pas à subir ses foudres trop longtemps. Il avait rendez-vous à dix heures avec les parents de Caro, qui préféraient s'entretenir avec lui au commissariat. Il pouvait le comprendre. Lorsqu'il était retourné chez eux pour les informer de la mort de leur fille, il avait vu leur appartement. Un spectacle qu'il n'oublierait pas de sitôt…

La vaisselle sale s'entassait dans les moindres recoins de l'étroite cuisine. Papiers peints et rideaux étaient jaunis par la nicotine. Dans la salle de séjour, un nuage de fumée bleue flottait au-dessus de la table basse.

Bert avait compté six chats, pelotonnés dans les niches de l'armoire murale en chêne ou endormis dans les fauteuils. L'un d'eux observait, immobile, l'aquarium aux vitres maculées de traînées grasses.

La mère de Caro, une femme boulotte d'apparence négligée, fumait cigarette sur cigarette en caressant le chat noir étendu près d'elle sur le canapé. Son mari faisait les cent pas en répétant, comme une incantation : « Ça devait arriver un jour ! Ça devait arriver un jour ! »

Les questions de Bert étaient tombées à plat. Ils ne pouvaient, ou ne voulaient pas répondre. Sans insister, il leur avait proposé un autre rendez-vous.

« Mais pas ici ! » avait dit la mère de Caro, avant de se cloîtrer à nouveau dans le silence.

Au moment de retrouver sa voiture, Bert avait eu une pensée pour Caro.

Courageuse jeune fille !

Il avait une idée assez précise de la façon dont culpabilité et expiation avaient dû se partager sa vie. On ne sortait pas sans cicatrices d'une enfance pareille…

Il se faisait à nouveau la réflexion, piégé dans un ralentissement. Le prix à payer quand on pouvait s'offrir le luxe d'habiter la campagne et de travailler en ville ! Il alluma la radio.

Encore un de ces groupes synthétiques. Impossible de retenir leurs noms. Ils émergeaient et disparaissaient tout aussi vite. Caro appréciait-elle ce genre de musique ? Aimait-elle sortir en boîte ? Il décida de retourner voir ses amies et d'inspecter sa chambre.

« Il faut laisser du temps au temps. » Il en était conscient, mais cette vérité le désespérait car chaque jour qui passait risquait d'offrir une nouvelle victime au meurtrier.

Let me tell you something…, chantait avec douceur une voix d'homme.

Il y avait des moments où les différents plans de la réalité ne coïncidaient pas. C'en était un. Meurtre et musique – pouvait-on imaginer plus grands extrêmes ?

***

Il l'avait vue en rêve.

Elle était encore en vie. Et incroyablement jeune !

Elle riait. Elle avait rejeté la tête en arrière et ri.

Il aimait tout particulièrement son rire.

Et son exubérance. Elle débordait d'enthousiasme. C'était ainsi qu'elle abordait la vie.

Les moments qu'elle lui avait offerts lui avaient rappelé ce qu'on ressentait quand on était heureux.

Enfile tous ces instants sur une chaîne et accroche-la à ton cou ! avait-il pensé en rêve. *Pour ne jamais les oublier…*

Sur le point d'y parvenir, il s'était réveillé. Les larmes avaient coulé sur ses joues.

Elle lui manquait. Mon Dieu ! ce qu'elle lui manquait.

9

Il n'avait décidément pas l'air d'un commissaire – pas d'après l'idée que je m'en faisais, en tout cas. Cela ne l'empêchait pas de tout observer avec acuité. Il avait un visage et des yeux attentifs et éveillés.

Merle lui proposa un café. Il se leva et lui emboîta le pas, fasciné par la machine à espresso. Le savoir si près la mettait mal à l'aise. Elle, la protectrice des animaux, la militante ! Un monde les séparait.

En réponse à ses questions, elle lui exposa les fonctions de l'appareil. Sa voix sonnait différemment et elle marquait une pause après chaque phrase, ou presque. Quand Merle parlait ainsi, elle se tenait sur ses gardes.

— Une merveille de la technique ! commenta-t-il, impressionné.

Il prit la première tasse, la posa devant moi et s'assit à ma gauche.

Même les gestes de Merle n'étaient pas les mêmes. Ils devenaient fébriles et imprécis. Elle renversa du café. Alors qu'elle voulait l'essuyer, l'éponge lui échappa.

Voilà comment on se rend suspect ! Il va forcément remarquer qu'un truc cloche…

Mais il devait se dire que Merle était toujours sous le choc, et c'était peut-être le cas, d'ailleurs. Elle et moi, nous ignorions comment venir à bout de cette journée.

Il ne tenta même pas de parler de la pluie et du beau temps.

— Comment allez-vous ?

Il n'y avait pas de réponse à sa question. Il n'existait aucun mot pour décrire l'état dans lequel nous nous trouvions.

Merle, qui s'était installée près de nous, haussa les épaules.

Il hocha la tête.

— Je peux imaginer ce que vous éprouvez.

— Ah bon, vous avez aussi perdu quelqu'un ? riposta Merle en plantant ses yeux dans les siens.

Je connaissais ce regard ! De la provoc à l'état pur. Elle avait décidé de le chercher ou quoi ?

— Non, répondit-il avec placidité. Mais j'ai souvent affaire à des personnes dans votre situation…

Merle porta la tasse à ses lèvres, mais sa main tremblait tant qu'elle dut la reposer.

— … Je suis venu vous poser quelques questions. Ensuite, j'aimerais réexaminer la chambre de Caro.

Pourtant, ses hommes l'avaient déjà fouillée de fond en comble ! Ils avaient touché à tout, déplacé chaque meuble, ouvert chaque livre. Le commissaire les accompagnait. Il avait passé beaucoup de temps à étudier l'album photo de Caro.

Elle semblait si vivante, si familière sur ces clichés… Comme si elle pouvait pousser la porte à tout moment en claironnant : « Devinez un peu qui je viens de croiser ! »

— Vous connaissez le chemin.

Je n'avais aucune envie de l'accompagner, Merle encore moins. Dès qu'il eut disparu, elle lança avec mépris :

— Sale fouineur ! Ils ont même emporté son journal intime ! Tu crois qu'ils ont le droit ?

— Aucune idée. Mais si ça peut les aider à avancer… Tu veux aussi qu'on arrête ce type, non ?

Merle me regarda, une expression sauvage dans les yeux.

— Je préférerais encore descendre ce porc !

— Vous ne voulez pas nous laisser ce soin ?

Nous n'avions pas entendu le commissaire revenir… Il se rassit à côté de nous.

— Alors comme ça, vous comptez descendre l'assassin de Caro ? fit Merle.

Apparemment, elle voulait absolument en découdre !

— Non, admit-il tranquillement. Mais nous veillerons à ce qu'il soit puni.

— Quinze ans dans une jolie cellule individuelle, avec bouquins et télé, petits plats équilibrés, soins médicaux et tout le toutim ? Puis libération anticipée pour bonne conduite ? Ou peut-être trois petites années en hôpital psy- chiatrique pour irresponsabilité pénale ?

— Sa vie en prison ne sera pas aussi agréable, objecta le commissaire. Une porte verrouillée et une fenêtre grillagée peuvent suffire à rendre un homme fou.

— Et en sortant, il rédigera ses mémoires et jouera les invités-surprises dans tous les talk-shows à la mode ?

Merle repoussa brusquement sa chaise et se leva.

— Vous pouvez vous foutre votre punition où vous savez !

Là-dessus, elle quitta la cuisine. Je la regardai partir en me demandant quoi faire. Lui courir après ? Rester assise ?

— Laissez-lui du temps, me conseilla le commissaire.

— Je ne sais pas ce qui lui prend ! Elle n'est pas comme ça, d'habitude. Elle déteste la violence. C'est une opposante farouche à la peine de mort. Elle rejette même le système pénitentiaire, parce qu'elle le trouve cruel.

Tout en parlant, je me rendis compte que c'était faux. Merle acceptait la violence – à condition qu'on l'emploie pour la bonne cause. Elle avait beaucoup changé, depuis qu'elle était militante. Les membres de son mouvement organisaient d'audacieuses opérations nocturnes pour libérer des animaux de laboratoire, sans hésiter à neutraliser ceux qui se mettaient en travers de leur route. Mais pas question de raconter tout cela au camp adverse !

— Je veux bien essayer de répondre à vos questions. J'irai chercher Merle si on a besoin d'elle.

Le commissaire accepta ma proposition. Il voulait savoir quels rapports Caro entretenait avec sa famille. Si elle avait des copains au lycée. Un job. Si elle menait une vie bien réglée. Ce que je connaissais de sa vie amoureuse. Si elle avait un petit ami régulier. Si nous avions noté dernièrement un changement de comportement…

— Même des détails, des choses qui vous sembleraient sans importance.

146

— Elle n'était pas heureuse, alors qu'elle venait de tomber amoureuse. Il y avait un problème.

Son regard se fit plus attentif et je lui parlai de l'étrange soupirant de Caro. De sa crainte qu'il soit homo, du fait qu'elle ne connaissait même pas son nom.

Ça semblait dingue… parce que c'était dingue.

Je racontai que Caro lui inventait sans cesse de nouveaux prénoms. Qu'il lui avait interdit d'évoquer leur relation. Et demandé d'attendre.

— D'attendre ? Attendre quoi ?

Cela me gênait d'en discuter avec un inconnu. Je sentis que je rougissais.

— Il ne l'a jamais… touchée…

— Ah.

Le commissaire promena son regard dans la cuisine, pour me donner l'occasion de me ressaisir.

— Depuis quand fréquentait-elle ce garçon ?

— Quelques semaines, je ne sais pas au juste. Mais je serais incapable de vous dire s'il s'agit d'un garçon ou d'un homme.

J'en savais terriblement peu… Je regrettais amèrement de ne pas avoir poussé Caro à m'en dévoiler davantage.

Le commissaire m'observait. J'imaginais très bien ce qu'il devait penser.

— Surtout, n'allez pas croire qu'on ne faisait que partager le loyer ! On se racontait tout, mais on ne parlait que si on en éprouvait le besoin. C'est toute la différence avec la vie chez papa-maman : personne ne nous impose quoi que ce soit.

— Combien de fois Caro et cet homme se sont-ils vus ?

Je haussai les épaules.

147

— Pour la première fois, elle nous faisait des cachotteries.

— Vous dites ignorer si c'est un garçon ou un homme. Parce qu'il est difficile de lui donner un âge ?

— Parce qu'on ne l'a jamais croisé, Merle et moi.

— Il n'a jamais mis les pieds ici ?

— Il lui est arrivé de passer la nuit dans l'appartement. Mais on ne l'a jamais aperçu.

— À votre avis… pourquoi Caro cherchait-elle à le cacher ?

— Il lui avait interdit de parler de lui !

— Vous a-t-elle révélé pourquoi ?

— Il voulait d'abord être sûr. Avoir la certitude qu'il s'agissait vraiment d'amour.

Le commissaire prit le temps de réfléchir. Dehors, sirène hurlante, on entendit passer une voiture de police. Ou une ambulance ?

Trop tard ! Plus personne ne peut venir en aide à Caro…

— Votre amie avait-elle souvent des rapports aussi compliqués ?

— Elle avait du mal avec les mecs. Elle avait des relations éclairs, en général !

Attention, il risquait de mal interpréter mes propos… De croire que Caro était une fille facile.

— Elle cherchait désespérément l'amour de sa vie, vous voyez ?

— C'est ainsi qu'elle exprimait les choses ?

Je souris en repensant à la façon dont Caro en parlait.

— Comme ça, mot pour mot ! Et elle restait persuadée d'avoir trouvé en lui le grand amour.

— Elle était donc sûre d'elle ? Mais lui continuait à douter ?

Je hochai la tête et me demandai pourquoi, au juste. Le copain de Caro avait eu lui aussi une vie difficile. Cela au moins, elle me l'avait confié. Dans ces cas-là, on ne se précipitait pas vers l'autre, le cœur en bandoulière, c'était bien compréhensible.

Mais quand cet autre était Caro ? Caro qui préférait se casser le nez cent fois, plutôt que d'entreprendre les choses à moitié ?

— Où puis-je trouver ce petit ami ?

Bonne question ! Si je le savais, je serais allée lui rendre visite depuis longtemps. Pour parler de Caro. Lui poser des questions.

— Aucune idée. J'aimerais qu'il en soit autrement !

Le commissaire continua de m'interroger. Il voulait savoir quand nous avions vu Caro pour la dernière fois, Merle et moi. Si nous étions en contact avec sa famille. Si nous avions reçu des appels bizarres, ces dernières semaines. Ou remarqué des étrangers rôdant devant l'immeuble.

Je répondis du mieux que je pouvais. Puis je constatai que mes mains tremblaient d'épuisement. Il s'en rendit compte et prit congé. Les marches en bois craquèrent une à une, sous ses pas.

Je frappai à la porte de Merle. Allongée sur son lit, elle écoutait de la musique en pressant contre elle un oreiller.

— Il est parti ? s'enquit-elle d'une voix chargée de larmes.

— Oui. Il vient de s'en aller.

— Bon.

Elle se détendit un peu.

— Désolée de t'avoir laissée seule, Jette.

— Pas de problème.

— Du nouveau ?

Oh que oui ! L'heure approximative de la mort de Caro. Entre minuit et trois heures du matin. Je le chuchotai à Merle. Comme moi, elle n'aurait pas supporté de l'entendre dire à haute voix.

Le commissaire m'avait appris autre chose.

— Elle sera enterrée lundi.

Merle enfonça son visage dans l'oreiller et se mit à pleurer. Je me couchai près d'elle et l'attirai contre moi.

— Devine la dernière chose que Caro m'a dite…, annonça-t-elle au bout d'un moment. Elle m'a traitée de grosse andouille !

Elle rit, renifla, et se remit à rire.

— À cause de Claudio, tu sais ? L'éternelle pomme de discorde.

Son rire vira aux sanglots.

— C'est l'hôpital qui se fout de la charité, hein ?

— Tu l'as dit !

J'aurais aimé pouvoir fondre en larmes comme Merle. Au lieu de ça, j'avais mal à la tête. Ou au ventre. Parfois, tout mon corps me faisait souffrir.

— Et la dernière chose qu'elle t'a dite, Jette ? Tu t'en souviens ?

— Elle m'a… remerciée pour notre amitié.

Merle me fixa, interdite.

— On dirait des mots d'adieu !

— Non, c'est juste que le moment s'y prêtait. Juste avant, elle m'avait parlé de ce mec. Du fait qu'elle était tombée « irrémédiablement » amoureuse de lui.

150

Jusqu'à ce que la mort nous sépare…

— Jette ! Qu'est-ce qui t'arrive ? Tu es toute pâle !

— Jusqu'à ce que la mort nous sépare, Merle.

— Quoi ?

— C'est ce qu'a dit Caro. À propos de son amour pour lui. « Jusqu'à ce que la mort nous sépare. »

Merle éclata de nouveau en sanglots.

— Tu crois qu'elle avait un pressentiment ?

Je ne le croyais pas, non. Mais son subconscient avait peut-être perçu ce que ses yeux refusaient de voir ?

Jusqu'à ce que la mort nous sépare…

— Écoute, Merle ! Il faut qu'on essaie de mettre la main sur ce type.

Son visage se crispa d'effroi.

— Tu penses que c'est *lui* ?

À cette idée, les larmes me vinrent enfin. Merle m'enlaça et me serra dans ses bras, le temps que je me calme.

— J'espère que non ! Mais il peut sûrement nous aider à faire un peu la lumière sur tout ça.

***

Lorsque Bert rentra chez lui, ce soir-là, l'autoroute était fermée suite à un accident et un dense ruban de véhicules avançait par à-coups sur la départementale. Bert avait mal au crâne, les nerfs à vif et l'estomac détraqué. Il éteignit la radio et en éprouva un apaisement immédiat.

Il rêvait parfois d'un métier qui ne nécessite pas de parler. Du tout. Sa gorge était enrouée. Ses yeux fatigués. Et prêter l'oreille avec une telle concentration l'avait éreinté.

Son entretien avec la fille Thalheim s'était encore révélé le plus agréable de tous. Même si Bert ne parvenait toujours pas à s'expliquer l'attitude de son amie, cette Merle. Elle se comportait comme si elle avait un poids sur la conscience. Pourquoi diable ? Il doutait que cela ait un lien avec la mort de Caro, mais il allait garder un œil sur elle, juste au cas où…

Non, c'était la visite des parents de Caro qui l'avait achevé. Un cœur de marbre ! La mère avait littéralement enfumé son bureau. Le père avait fait les cent pas, les mains dans le dos. Comme la première fois.

Ils s'étaient exprimés en phrases courtes, hachées. Non par désespoir mais par habitude, semblait-il. Ils s'étaient montrés agressifs, lançant des reproches à Dieu et au monde entier, ainsi qu'à leur fille.

« On ne se préoccupe jamais de nous autres ! »

Mme Steiger n'avait pas développé ce qu'elle entendait par là, juste jeté la remarque dans la pièce.

Aux yeux de ses parents, Caro était une traîtresse. Elle avait décampé, elle s'était défilée. Et entichée de cette bécasse, la fille de cet auteur à succès, comment s'appelait-elle déjà ?

« … et puis elle avait honte de nous ! »

Caro ? Une prétentieuse, voilà tout ! Elle se croyait supérieure, elle n'avait pas arrêté de semer la zizanie.

« … jusqu'à ce que Kalle se dresse contre nous, lui aussi ! »

Impossible de joindre le frère, pour l'instant. Il avait disparu. Ils ne se préoccupaient pas de savoir où il se trouvait, comment il se débrouillait pour vivre, s'il n'était pas en difficulté.

« … il est assez grand ! Il sait ce qu'il fait. »

Le bureau d'aide sociale était responsable de la mouise de la famille. L'office de protection de la jeunesse aussi. Sans oublier l'agent de probation, qui n'avait pas veillé à ce que Kalle arrête ses cambriolages.

Quant à savoir s'ils connaissaient les petits amis de Caro…

« Aucun intérêt. C'était d'jà une traînée à douze ans ! »

Sur le coup, Bert pensait avoir mal entendu. Mais le père avait bien prononcé ces mots. *Une traînée. À douze ans.*

Bert avait eu envie de lui en flanquer une. Son professionnalisme l'avait sauvé. Il avait de l'entraînement !

Il avait même réussi à sourire aux parents. Une expression totalement mécanique, extrêmement utile lorsqu'il s'agissait d'amener quelqu'un à parler.

Comme il s'y attendait, ils étaient tombés dans le panneau.

Il les avait écoutés, prêtant l'oreille aux nuances de ton. Sans s'en rendre compte, les Steiger avaient brossé de leur « foyer » un sombre tableau : manque d'amour, méfiance, violence sans retenue et colère toujours perceptible. Bert comprenait que Caro soit partie…

Il savait le courage qu'il fallait pour ça. Il le savait, parce que lui ne l'avait pas trouvé. Jour après jour, il avait vécu la peur au ventre. Que pouvait-il faire d'autre ? Il n'allait quand même pas abandonner sa mère !

Son père considérait femme et enfant comme sa propriété. Il hurlait qu'il allait leur tailler les ailes. Au cas où des envies d'indépendance leur viendraient. Mais au lieu de les tailler, il les avait brisées.

153

Après toutes ces années, il arrivait encore qu'elles le fassent souffrir.

Caro semblait avoir connu semblable odyssée. Bert avait repensé aux cicatrices sur ses bras et sa gorge s'était serrée.

« Depuis quand se mutilait-elle ?

— Vous parlez d'une comédie ! » avait lâché la mère d'un air maussade.

Il avait eu de la peine à se maîtriser.

« Votre fille a-t-elle été suivie ?

— Par un de ces abrutis de psy, vous voulez dire ? avait éclaté de rire le père. Y manquerait plus que ça ! »

L'air lui avait brusquement paru irrespirable. Les cigarettes n'étaient pas seules en cause… Bert avait violemment ouvert la fenêtre de son bureau. Il perdait peu à peu son sang-froid. Il était temps de mettre un terme à cet entretien.

Il avait agi sans détour. Leur avait tenu la porte, prenant congé d'un simple hochement de tête. Pour rien au monde, il n'aurait voulu leur serrer la main.

***

Il faisait son boulot et essayait de ne rien ressentir.

Facile à dire ! Il ne contrôlait ses sentiments que s'il avait le moral. Le moral… C'était rarement le cas.

Caro avait réussi à lui faire oublier ses tourments. Caro et son petit nuage.

Elle ne vivait pas dans la réalité. C'était la seule explication, il s'en rendait compte, à présent. Ça l'avait fasciné. Elle l'emmenait en escapade dans un monde forgé de toutes pièces, où il n'y avait ni violence, ni famine, ni guerre. Un monde parfait et harmonieux.

Au début, il l'avait soupçonnée de se droguer. Mais elle n'avait pas besoin de ça. Elle était juste farfelue ! D'une extravagance qui l'avait enchanté et désarmé.

Caro n'aurait pas plu à sa mère. Celle-ci n'aurait pas su par quel bout la prendre. Pour elle, une femme devait se montrer calme, modeste et discrète. Telle qu'elle-même avait tenté d'être, toute sa vie durant.

Peine perdue ! La jeune fille du passé, séduite en un éclair – et avec quelles conséquences –, n'avait cessé d'affleurer sous la façade lisse.

Caro avait été une révélation pour Georg. Elle incarnait tout ce qu'il recherchait. Jeune, belle et pure, elle avait quelque chose d'enfantin. Sa foi en la bonté de l'homme était infiniment touchante, surtout quand on pensait à son enfance sans amour.

« Avec toi, lui avait-elle confié en se pelotonnant contre lui, je serais capable de tout ! Peut-être même de me réconcilier avec mes parents. »

Il aimait l'écouter. Il aimait le timbre de sa voix, plus adulte qu'elle. Il avait aussi savouré les moments où elle était songeuse et silencieuse. Avec Caro, il pouvait se taire.

Des fraises et encore des fraises… D'interminables rangées de plantes tracées au cordeau. Entre deux, des mains, des bras, des dos courbés, des chevelures, le soleil, la chaleur, l'odeur de la sueur, des bruits, des mots et des rires échangés. Et partout, le parfum intense des fruits mûrs.

Georg faisait son boulot et se taisait. Il n'avait plus personne avec qui partager le silence. Alors, il se taisait seul.

10

Ce n'était pas le bon jour pour un enterrement. Le soleil brillait. Les oiseaux se livraient à des concours de trilles. J'avais l'impression de n'avoir jamais vu le ciel aussi bleu.

Tout respirait l'été. Même les murs du cimetière, aux vieilles pierres chargées de lichen, semblaient répandre un parfum. Il n'était pas onze heures, mais il faisait déjà si chaud que le bitume de la chaussée paraissait fumer.

Nous étions à pied, Merle et moi. Nous avions le sentiment confus qu'il devait en être ainsi. Désireuses d'accompagner Caro sur son dernier chemin, de la manière la plus réfléchie, la plus volontaire possible, nous avions exclu la voiture et le bus.

« Son dernier chemin. » Je n'avais jamais compris cette expression. Mais au petit matin, alors que je cherchais le sommeil, elle m'avait fait pleurer.

— On aurait dû veiller Caro…

Merle s'endormait et se réveillait avec cette phrase. Et pendant la journée, elle se débattait contre son sentiment de culpabilité.

Comme chaque fois, je lui répondis :

— Caro a été autopsiée. Tu crois sérieusement qu'ils auraient exposé son corps, après ça ?

— On n'a même pas demandé ! objecta Merle en clignant des yeux, à cause du soleil.

— Et maintenant, on ne peut plus revenir en arrière.

Je la pris par le bras.

— Arrête de te torturer ! On voulait la garder en mémoire telle qu'elle était, tu te souviens ?

Merle hocha frénétiquement la tête. Elle était si désespérée qu'elle se raccrochait au moindre fétu de paille.

— En plus, il aurait été trop tard, tu le sais bien.

Les morts, m'avait un jour expliqué Merle, continuaient à entendre et à percevoir des sensations, des heures après leur décès. Selon elle, il était important de se trouver près d'eux, à ce moment-là, de les toucher et de leur parler.

— Caro était morte depuis trop longtemps pour avoir encore conscience de notre présence.

Le reste du trajet se déroula dans le silence. Toutes les deux, nous luttions contre les larmes.

Si nous pensions arriver les premières, nous nous trompions lourdement : le parking avait été pris d'assaut par des voitures rutilantes. Les gens s'étaient rassemblés par petits groupes devant la chapelle, la plupart vêtus de noir, mais ici et là, on voyait éclore une tache blanche ou colorée.

Tous les élèves de terminale étaient là. Ainsi que Mellenböck, notre professeur principal.

— Il n'en a pas assez fait baver à Caro? murmura Merle.

Mellenböck enseignait la physique. Quand il enseignait… La plupart du temps, on mangeait des gâteaux qu'on devait apporter si on avait oublié de prendre son livre ou de faire ses devoirs.

Aux yeux de Mellenböck, Caro était quantité négligeable. Il le lui avait souvent fait sentir.

Sans lui accorder un regard, j'entrai dans la chapelle et m'assis au deuxième rang avec Merle.

Le cercueil de chêne émergeait d'un océan de fleurs. Ses charnières austères lui donnaient un aspect terriblement sévère. La composition de roses blanches qui le recouvrait presque entièrement n'y changeait rien. Entre les bouquets et les couronnes, des chandeliers se dressaient.

Les fenêtres avaient été obscurcies et on aurait dit qu'on avait enfermé la vie dehors, avec la lumière du soleil.

Caro était morte, mais elle adorait l'astre solaire. L'obscurité la rendait triste. Elle la chassait toujours avec la lueur des bougies.

Elle n'aurait pas aimé cet endroit. Les fleurs sentaient la mort. Les cierges, vacillant dans le courant d'air, ne parvenaient pas à créer une atmosphère chaleureuse. Tout l'arrangement était empreint d'un froid recueillement qui me prenait à la gorge.

— Je ne vais pas pouvoir supporter ça, chuchota Merle.

— Oh que si ! Il va falloir.

Mon ton n'était pas encourageant mais sec, presque comme un ordre.

Les bancs se remplissaient. Plongée dans mes pensées, je trouvais ironique que Caro, qui avait toujours jugé les foules inquiétantes, attire autant de personnes après sa mort.

Le premier rang resta longtemps vide. Puis les parents de Caro et son frère, Kalle, firent leur entrée. Visages de pierre. Pâles et impassibles. Kalle chercha notre regard et nous adressa un sourire hésitant. On voyait qu'il avait pleuré.

Suivirent peu après les autres membres de la famille, qui prirent bruyamment place. Ils chuchotaient et regardaient sans gêne autour d'eux.

Le curé s'installa au pupitre et se mit à tourner les pages d'un livre épais. Nous devions dire un mot en fin de cérémonie, Merle et moi. J'avais la nausée rien qu'à l'idée de me lever, d'avancer sous tous les regards et de prendre la parole. Merle se sentait visiblement aussi mal que moi. Sa main était trempée de sueur, ce qui ne m'empêchait pas de la serrer fort.

Textes… Prières… Musiques… Caro aimait le gospel, et un groupe de la paroisse avait accepté de chanter à ses funérailles. Leurs voix chaudes remplirent la salle, et je me pris à espérer que Caro puisse les entendre, où qu'elle soit.

Puis le prêtre nous fit signe d'approcher.

— Vas-y, toi ! me souffla Merle au dernier moment.

Et elle me fourra dans la main la feuille de papier sur laquelle nous avions recopié notre texte…

Debout devant tout le monde, je me sentis flancher. Les visages attentifs tournés vers moi m'apparaissaient brouillés, comme dans un rêve. J'avais terriblement peur d'éclater en sanglots.

Mais soudain, le calme m'envahit. Brusquement, je savais ce que je voulais dire. Je froissai la feuille.

— Caro…

J'écoutai ma propre voix résonner dans la salle.

— Je ne sais pas si tu peux me voir et m'entendre. Je l'espère. Parce que j'ai quelque chose à te dire.

Je n'avais pas préparé ces mots. Pourtant, je ne craignais pas de me retrouver à court. C'était une affaire entre Caro et moi, et j'entendais la mener à bien.

— Tu n'es pas simplement morte. Tu as été assassinée.

Un murmure parcourut les rangs, un frémissement, une secousse. Mais je n'avais pas l'intention de me laisser freiner.

— J'aimerais bien connaître l'explication de Dieu ! Mais il faut dire qu'Il ne parle pas avec nous, pauvres mortels… Il n'a pas non plus besoin de se justifier quand Il laisse des hommes commettre des actes horribles.

Du coin de l'œil, je vis le curé se frotter le visage, un geste de détresse et d'impuissance, car il pouvait difficilement m'interrompre devant une assemblée si nombreuse.

— Tu avais encore tant de projets ! Avant tout, tu voulais être heureuse.

Je remarquai que Merle pleurait.

— On n'a pas encore arrêté ton meurtrier. Il croit peut-être s'en tirer ! Je ne suis pas prête à lui pardonner. Je le déteste, je le hais ! Il t'a fait du mal. Il t'a volé la vie.

Merle s'essuyait les yeux. Je vis surgir des tas de mouchoirs, et je croisai le regard inquiet de maman. Mais je n'avais pas fini.

— J'ai quelque chose à lui annoncer. Je veux qu'il sache que je vais le traquer !

Les gens chuchotaient. Cela m'était égal.

— Je n'abandonnerai pas, tant qu'il ne se retrouvera pas derrière les barreaux. Qu'il ne sera pas puni pour ce qu'il t'a infligé. Je t'en fais le serment, Caro, et tu sais qu'on tenait toujours nos promesses. Je retrouverai cet homme.

Après ces derniers mots, le calme m'abandonna. Je me mis à trembler de tout mon corps.

***

Bouleversants adieux à Carola

C'est hier que Carola Steiger, la dernière victime du tueur aux colliers, a été inhumée au cimetière de Waldfriedhof, à Bröhl. La chapelle n'était pas assez vaste pour accueillir la foule venue dire adieu à la jeune fille, sauvagement arrachée à la vie.

L'auteur à succès Imke Thalheim était elle aussi présente. Sa fille, Jette Weingärtner, très proche amie de Carola, a tenu un émouvant discours dans lequel elle a menacé l'assassin de le mettre hors d'état de nuire.

Cette déclaration a provoqué une vive agitation. Le père Friedhelm Offtermatt s'est alors élevé, en des termes très clairs, contre la tentation de la vengeance et des représailles.

162

Il a exhorté l'assemblée à ne pas oublier dans ses prières l'assassin de Carola, « un être égaré ».

Dans le trouble qui a suivi, Jette Weingärtner a quitté la salle. Une grande partie de l'assistance lui a emboîté le pas, attendant dehors la sortie du cercueil pour escorter Carola jusqu'à son dernier repos.

***

Bert s'épargna le reste. Il avait lu l'article tant de fois déjà qu'il le connaissait par cœur. Exceptionnellement, Hajo Geerts ne donnait pas dans l'excès. Il avait même renoncé à exploiter les événements jusqu'à la moelle.

Vive agitation et *trouble* : de doux euphémismes pour décrire le tumulte qui avait éclaté après les paroles finales du prêtre.

— S'il vous plaît ! avait crié le curé. Je vous en prie ! Calmez-vous ! Ce sont des funérailles !

— Exactement ! avait aboyé un homme derrière Bert. Des funérailles ! N'oubliez pas ça !

Bert souhaitait que Caro ait des obsèques dignes, appropriées. Mais, tandis qu'il déplorait que la cérémonie échappe à tout contrôle, la pensée lui était venue que ce télescopage d'émotions était précisément la réponse appropriée.

Une jeune fille avait été assassinée. Un geste monstrueux qui exigeait une réaction plus vive que deux ou trois sentences bibliques…

Bert supposait que la réserve inhabituelle du rédacteur avait un rapport avec Jette. Elle avait fait une apparition impressionnante. Sa voix claire avait occupé les moindres recoins de la chapelle. Ses mots pressants avaient atteint chacun.

Y compris Bert. Il avait admiré le courage de Jette. Cependant, malgré le respect qu'il avait pour la jeune fille, son comportement l'exaspérait. Elle avait explicitement menacé l'assassin de Caro !

Il ne manquait plus que ça… Un ange vengeur qui marche sur mes plates-bandes !

Son petit doigt lui disait qu'il ne fallait pas prendre son serment à la légère. Jette semblait on ne peut plus sérieuse. Ce qui signifiait qu'en plus de donner du fil à retordre à la police, elle risquait de se mettre en danger.

Bert se leva et s'approcha du panneau en liège qui occupait presque tout un mur de son bureau, entre porte et fenêtre. Il s'en servait pour ordonner ses pensées.

Il y avait punaisé toutes sortes de choses. Des clichés des victimes et des lieux où leurs cadavres avaient été retrouvés. Des coupures de presse. Des Post-it sur lesquels il griffonnait des idées. Des croquis des chaînes que portaient les mortes. Une carte de la région, avec des croix marquant les endroits où les meurtres avaient eu lieu. Une autre d'Allemagne du Nord.

Bert intervertissait parfois deux Post-it. Sans cesse en mouvement, le panneau évoluait à chaque nouveau développement.

Un de ses gars, qui avait assisté aux funérailles avec lui, avait discrètement pris des photos de l'assemblée avec un appareil numérique. Bert en avait imprimé quelques-unes et les avait aussitôt fixées à son mur d'affichage.

Il était improbable que le tueur se soit mêlé à la foule. Cela dit, le cas s'était déjà produit. Certains assassins se comportaient comme des artistes, contemplant leur œuvre achevée, la présentant au public.

D'ordinaire, Bert n'éprouvait aucune difficulté à se glisser dans la peau d'un meurtrier. Il n'avait pas de mal à comprendre ses motivations, à suivre son raisonnement.

Parce qu'un meurtrier se cache en chacun de nous. Simplement, la plupart ne veulent pas admettre cette idée.

Il examina les clichés. Tous d'honnêtes gens, réunis pour pleurer la disparue. Tant de monde, et personne n'aurait remarqué un visage inconnu ?

Et si… et si l'assassin lui-même pleurait Caro ? Quel type de relation avait-il eue avec ses jeunes victimes ? Avaient-elles été choisies arbitrairement ? Ou connaissaient-elles leur meurtrier ?

Il les a peut-être aimées ! Trop, si ça se trouve.

Bert se rassit à son bureau et ouvrit le journal de Caro.

Sa patte lui était déjà familière : des lettres maladroites et jetées à la hâte, légèrement penchées à gauche, comme menaçant de tomber à la renverse. Une écriture caractéristique du journal intime, sincère et sans fard. Caro était persuadée que personne ne lirait jamais ses pensées les plus secrètes.

Elle employait une langue sobre et directe. Parfois, elle se laissait aller à exorciser sur le papier son dégoût des autres et sa haine d'elle-même.

Caro ne se montrait pas tendre avec elle-même. Elle ne s'aimait pas. Et elle ne s'attendait pas à ce que la vie la gâte.

Jusqu'au jour où elle avait rencontré cet homme… Alors, son cœur s'était mis à faire des cabrioles.

2 juillet
Il remplit chacune de mes pensées. Je vole, je flotte, j'ai des ailes de papillon ! J'ai l'impression de le connaître depuis toujours. Et puis, l'instant d'après, il me fait l'effet d'un étranger. C'est peut-être comme ça, quand on aime vraiment.

Les autres mecs sont ternes à côté de lui. Mais qu'est-ce que je pouvais bien leur trouver ?

Il me contemple et son regard me rend muette. Je ferais tout pour lui, tout !

3 juillet
Il a peu de temps libre. Je suis avide des heures où je peux le voir. J'ai faim du timbre de sa voix, de l'odeur de sa peau, des rares caresses qu'il m'autorise.

Je ne comprends pas pourquoi il est aussi bizarre. Comme s'il avait peur de mes mains et de mes lèvres. On dirait que ce qu'il préfère, c'est me regarder. Encore et encore. Jusqu'à ce que je me mette à rire d'embarras.

4 juillet
Je ne l'ai pas vu, aujourd'hui non plus.
Encore une journée de perdue. Sombre. Sombre. Sombre ! Où es-tu, mon bien-aimé ?
Je ne connais même pas son nom.

5 juillet
Il m'a embrassée ! Enfin !
Son souffle avait le goût du soleil et de l'été.

Être amoureuse la rendait presque lyrique. Précaution-neusement, Bert tourna la page. Chaque mot était si vivant, plein d'espoir, débordant d'enthousiasme et de joie ! Même si les premiers doutes s'annonçaient, petit à petit…

6 juillet
Je n'ai le droit de parler de nous à personne. Pourquoi ? Pour la première fois, je mens à Jette et à Merle ! Il veut que notre histoire reste un secret. Il dit qu'il a vécu de mauvaises expériences.
De mauvaises expériences ! Drôle de coïncidence ! Ma vie est un patchwork d'expériences pourries, cousues les unes aux autres.

7 juillet
On dirait qu'on ne fait que jouer. Pour un public invisible. Comme si quelqu'un avait fixé depuis longtemps, dans un scé-nario, le déroulement de notre histoire d'amour.
Je peux dire tout ce que je veux – il ne m'écoute pas.
« C'est encore trop tôt. » Voilà ce qu'il me répond. Inva-riablement.
Il peut se montrer très tendre. Mais il devient parfois rude, bourru. Et il me fixe avec un regard qui me donne la chair de poule. Je n'ai pas encore découvert ce qui pouvait déclencher un changement d'humeur aussi brutal. Il doit bien y avoir une raison !

8 juillet
Je l'aime, je l'aime, je l'aime !

9 juillet

Il n'apprécie pas que je me maquille. Ou que je m'habille sexy. Un vrai rabat-joie ! Plus vieux jeu que le pape. Mais j'aime même ça, en lui.

Il déteste que je parle ou que je rie trop fort. Il trouve ça « commun ». Je ne savais pas qu'il existait des hommes qui employaient encore ce mot. Parfois, il s'exprime comme les personnages des romans de Danielle Steel.

En fait, il n'aime pas grand-chose. Mais je trouve bon qu'il m'en fasse part. Comme ça, je peux éviter de l'énerver.

10 juillet

Je crois qu'il n'aimerait pas non plus apprendre que je tiens un journal intime. Je ne lui en parlerai jamais ! Pour rien au monde, même par amour pour lui, je ne pourrais renoncer à mon journal. C'est lui qui m'a aidée à rester en vie, toutes ces années.

Rester en vie ! Bert se rendit au distributeur de boissons de l'étage, introduisit une pièce de cinquante cents et regarda la machine expulser un gobelet en plastique marron. Elle émit une série de bruits donnant à penser qu'elle ne tarderait pas à rendre l'âme, avant de cracher un filet de café.

Peut-être que je fais fausse route en suivant cette piste…, se dit Bert tout en retournant lentement à son bureau et en buvant le liquide brûlant à petites gorgées. *Mais je n'en ai pas d'autre.*

Son instinct lui ordonnait de mettre la main sur l'homme dont Caro parlait dans son journal, cet homme qui semblait

168

occuper la moindre de ses pensées. Leur relation n'était pas normale.

Bert se rappelait les premières semaines avec Margot. Après avoir enfin fait sa conquête, il avait été littéralement transporté. Ivre de bonheur ! Il avait flotté sur un petit nuage pendant des jours, et bassiné tout le monde avec son histoire d'amour. Il lui aurait paru inconcevable de ne pas en parler. Cela l'aurait déchiré…

11 juillet

J'aimerais composer des sonnets. Sur lui. Sur moi. Sur nous. Et les éparpiller dans toute la ville, depuis un avion. Pour que tout le monde les lise. Pour que tout le monde sache que c'est l'homme que j'aime.

Mais je n'ai même pas le droit de parler de nous !

Je lui ai demandé : « Et Jette et Merle ? On se confie toujours tout ! »

Et il a dit, en me regardant d'une manière telle que mon cœur s'est mis à battre des ailes comme un oiseau en cage : « C'est temporaire. Après, tu pourras publier un article dans le journal, si ça te fait plaisir. »

Il m'a prise dans ses bras et j'ai eu envie de déboutonner sa chemise. Mais il m'a embrassée en gardant mes mains prisonnières. Puis il a commencé à parler d'autre chose, et l'humeur n'y était plus.

Bert sirotait sa boisson, pensif. Elle avait étonnamment bon goût pour un café de distributeur. La caféine arriverait peut-être à relancer ses méninges ? Il se sentait sans énergie, comme au ralenti…

Une heure plus tard, il refermait le journal intime. Cette affaire le prenait aux tripes… Parce que Caro lui ressemblait beaucoup. Qu'elle avait souffert comme lui ! Mais il ne pouvait pas laisser le sort d'une victime l'affecter. Il devait s'efforcer de rester objectif. Garder un regard froid sur les choses. C'était la seule façon de mener l'enquête à bien !

Il repensa au petit visage étroit. Au corps fluet. Revit les épaules saillantes. Les ongles rongés. Les cicatrices sur les bras et les jambes.

En soupirant, il s'empara du dossier, qui avait considérablement grossi. Il ne demandait qu'à se changer les idées. Mais tout, sur son bureau, tournait autour de Caro.

***

Imke Thalheim avait peur pour sa fille. Elle tentait de refouler son angoisse, comme elle le faisait de tout sentiment menaçant sa tranquillité d'esprit. Écrire l'y aidait, habituellement…

Après l'enterrement, elle était donc retournée au Moulin, avait nourri les chats, s'était préparé un thé (un mélange baptisé *Feu de cheminée*, même si l'hiver demeurait encore lointain), puis avait emporté sa tasse sur la terrasse, pour se mettre en condition.

En vain. Toute la journée, elle avait été incapable de quoi que ce soit, à part se faire du souci. Elle avait eu sa mère au téléphone. Puis Tilo, qui assistait à un congrès à Amsterdam et qu'elle n'avait pas voulu mettre au courant. Même discuter à bâtons rompus ne l'avait pas soulagée.

Après une nuit blanche, elle s'était rassise sur la terrasse, devant une nouvelle tasse de *Feu de cheminée*. Elle pourrait peut-être accoucher de quelques lignes, cette fois ?

Le plein été s'était annoncé très tôt, cette année. Il menaçait de consumer les pâturages. Imke contemplait les moutons broutant paisiblement. Les chats paresseusement allongés à l'ombre de la grange. La buse perchée sur un poteau lui renvoya son regard, imperturbable.

Ces images familières, bien que réconfortantes, ne parvenaient pas à briser sa gangue de peur. Jette devait avoir perdu la raison. Comment pouvait-elle s'exposer à un tel danger ?

S'adresser directement au tueur. Le menacer !

S'il lisait les journaux, l'assassin était maintenant informé du défi qu'elle lui avait lancé. Qu'est-ce qui l'empêchait de l'accepter ? Il se trouvait peut-être même dans la chapelle, assis au milieu de la foule ! Cette idée la glaça…

Imke eut la sensation que ses mains s'étaient engourdies. Elle reposa sa tasse et se massa les doigts. Comment pondre ne serait-ce qu'une phrase, crispée comme elle était ?

On sonna et elle se leva pour aller ouvrir.

Tilo se tenait derrière la porte, son sourire si spécial sur les lèvres.

— Tu me manquais ! déclara-t-il en l'attirant contre lui.

— Je te croyais à Amsterdam ? s'étonna Imke avant de l'embrasser dans le cou, là où sa peau était si tendre.

Elle sentit qu'il avait transpiré. D'une certaine façon, cette odeur familière la rassura.

— Le congrès n'est pas encore terminé, si ?

— Je me suis fait grâce du dernier jour.

Il s'écarta et l'observa attentivement.

— Tu as plutôt bonne mine. Juste un peu pâle. Fatiguée ?

Elle secoua la tête. Le précéda dans la cuisine et prit une tasse pour lui dans l'armoire.

— J'étais en train de boire du thé. Tu en veux ?

Question superflue ! Accro, il ne déclinait jamais une invitation. *Feu de cheminée* ne faisait pas partie de ses préférés, mais il ne s'en plaignit pas. Il semblait préoccupé.

— Un problème ? demanda Imke, une fois sur la terrasse.

— À toi de me le dire ! répliqua-t-il en s'installant sur une chaise longue.

— Tu penses à quelque chose de précis ?

Il avait superbe allure. Légèrement bronzé, les cheveux blonds presque grisonnants, déjà. Même les tempes dégarnies lui allaient.

— Pour être précis, je pense à Jette et à son jeu dangereux avec le tueur aux colliers.

Imke le fixa, stupéfaite.

— Comment sais-tu… ?

— Je lis le journal, comme tout le monde.

— D'accord ! Mais à Amsterdam…

— On trouve aussi des quotidiens allemands. Et tous en parlaient. *Une jeune fille menace l'assassin de son amie. Une jeune fille traque le tueur aux colliers.* La presse ne va pas laisser passer une histoire aussi juteuse, tu penses bien. Surtout quand l'héroïne est la fille d'Imke Thalheim, l'auteur à succès !

172

— Fichus pisseurs de copies !

— Ils se nourrissent de l'actualité des « pipoles ». Tu en sais quelque chose, Ike !

Il était le seul à lui donner ce surnom affectueux. L'entendre dans sa bouche l'émut tant qu'elle éprouva l'envie irrésistible de poser la tête contre son épaule, et de pleurer tout son soûl.

— Et c'est pour ça que tu rentres plus tôt que prévu ?

— Je me doutais que tu devais être à moitié morte d'angoisse.

— Alors aide-moi ! supplia-t-elle en tentant de maîtriser le tremblement de ses mains, qui gagnait peu à peu tout son corps.

Respire profondément ! s'ordonna-t-elle. *Inspire. Et expire. Inspire…*

— Aide-moi et dis-moi ce qu'on peut faire !

11

À vrai dire, il aurait préféré plier bagage. La région, les autres cueilleurs de fraises, la chaleur – tout le dégoûtait. C'était toujours comme ça, après ! Après… Tout s'amplifiait. Son aversion pour les êtres humains prenait des proportions démesurées.

Il avait besoin de recul. Pour reprendre haleine.

Caro lui manquait toujours. Mais outre l'affliction, il y avait de la rage en lui. De la colère qu'elle l'ait déçu.

Il s'y raccrochait. La rage était un sentiment bénéfique. Elle le rendait fort. Contrairement à l'affliction, qui le dévorait. Et l'amour ?

Deux êtres s'unissaient. Comme il se doit. Deux êtres se soudaient pour former un tout. Rond. Parfait.

Puis cette belle unité éclatait. Explosait en mille morceaux.

Et lui-même en sortait effondré. Brisé.

Même s'il rassemblait et recollait péniblement les frag-
ments épars, les fêlures ne disparaîtraient jamais. Elles
seraient à jamais sensibles au toucher. Comme des cicatrices.

À qui la faute ?

C'étaient toujours les femmes qui provoquaient ce genre
de destruction.

Il ne pouvait pas l'accepter. Il ne pouvait pas s'en arranger. Il avait un rêve ! Celui d'une vie sans défaut. Avec
femme et enfants. Dans une petite maison proprette, au
milieu d'une petite ville pimpante.

Il rêvait de dimanches après-midi dans un jardin en
fleurs, avec tarte et café, sous un parasol à rayures bleues
ou vertes.

Des amis viendraient leur rendre visite, pas trop souvent. On mangerait quand les enfants seraient au lit. En
été, sur la terrasse. En hiver, devant la cheminée, autour
d'une table ancienne au bois bien astiqué.

Le repas, le cadre... tout serait parfait. La décoration
de la table. L'éclairage. La musique. On boirait le vin dans
des verres lourds et précieux, et on mangerait du fromage
et des fruits au dessert.

Tout souvenir de son ancienne vie serait effacé. Il ne
serait plus aux prises avec des cauchemars, ne verrait plus
resurgir les moments sombres du passé, pas même l'ombre
d'un regret. Tout serait pour le mieux.

Il aurait un vrai métier dont il puisse se montrer fier. De
la culture, aussi. Les conversations ne lui feraient pas peur.
Sa langue ne fourcherait pas...

— Gorge ! À ton tour !

176

La voix de Malle le tira brutalement de ses pensées. Sa paie dans la main, il lui tenait la porte.

C'est dangereux de partir à la dérive ! pensa Georg. *Il faut que je me contrôle mieux.*

On leur remettait leur salaire chaque jeudi après-midi.

La femme du fermier s'en chargeait, la plupart du temps. La femme du fermier… Il ne lui serait jamais venu à l'idée de l'appeler « la fermière ». Elle avait les ongles trop longs et trop rouges pour ça !

Assise derrière son bureau noir miteux, entre un tas de paperasse et le petit coffret où elle rangeait les enveloppes, elle le regarda entrer et lui sourit.

— Bonjour, Georg…

Il se contenta d'un signe de tête. Il n'appréciait pas qu'elle s'adresse à lui par son prénom et évitait de prononcer le sien, même si elle le souhaitait. Elle s'appelait Vivian, mais à sa connaissance, elle n'était ni anglaise ni américaine.

Comme il ne lui rendait pas son sourire, elle lui tendit sa paie et poussa le carnet des reçus dans sa direction. L'air semblait plus frais autour d'elle.

— Il vaut mieux recompter.

Il l'aurait fait de toute façon. Il ne faisait confiance à personne, hormis lui-même.

— La plus grosse enveloppe, comme toujours !

Dans sa bouche, on dirait une remarque obscène.

Tout en elle paraissait équivoque. Il se sentait oppressé en sa présence, détestait se retrouver seul avec elle. Il signa rapidement le récépissé, parvint à retrousser les lèvres en un semblant de sourire et se hâta de ressortir.

— On va s'en jeter un, ce soir? proposa Malle, qui l'avait attendu.

Georg hocha la tête. De temps en temps, il fallait hurler avec les loups si on ne voulait pas se faire dévorer. Il lui donna une tape amicale sur l'épaule et s'éloigna. Avant de sortir, il allait prendre une douche et se reposer un peu.

Malle était une vraie gazette ambulante. De temps en temps, il fallait aussi se tenir au courant des commérages, qui grouillaient comme jamais depuis les deux meurtres.

***

À voir la cuisine, on avait l'impression qu'on donnait une fête. Ce soir, c'était au tour de Merle d'accueillir le noyau dur de son groupe de protection des animaux. Leurs membres se réunissaient régulièrement pour faire le point, et il arrivait que ça chauffe.

J'avais abandonné depuis longtemps l'idée de débattre avec eux. Sur le fond, nous étions du même avis, mais j'approuvais rarement leurs méthodes. Ils ne respectaient rien ni personne dès qu'il s'agissait d'accéder à un laboratoire d'expérimentation, ou de fouiller les bureaux d'organisations ou d'entreprises douteuses.

Avec Caro et Merle, il nous était arrivé plusieurs fois de remettre sur pied des animaux de labo qu'ils avaient libérés. Des chiens anxieux et craintifs, des chats méfiants et agressifs, des lapins apathiques. À l'époque, Caro se mutilait très souvent. Comme si, pour elle, voir des bêtes mal en point revenait à se regarder dans le miroir…

Merle avait préparé du thé et disposé sur la table petits pains blancs, fromage et fruits. Une agitation incroyable régnait dans la cuisine. Sans cesse, on bondissait d'indignation, on se coupait la parole avec véhémence.

« C'est ça, être engagé ! affirmait Merle. Se préoccuper de la façon dont tourne le monde. Pas comme les petits-bourgeois qui restent assis sur leur gros cul ! »

Bastian, Matze, Kika, Dorit, Uwe, Judith, Lizzie et Bob constituaient, avec Merle, le cœur du groupe. Ils élaboraient les plans d'action, puis transmettaient les consignes à leurs « camarades de combat ». Issus des classes d'âge et des catégories sociales les plus diverses, ceux-ci avaient pour points communs d'aimer les animaux et d'être combatifs, courageux et dignes de confiance.

Je n'étais pas l'une d'entre eux. Ce qui ne m'empêchait pas de mettre la main à la pâte, à l'occasion. Ils appelaient les gens comme moi des « intérimaires ».

Caro était une « intérimaire », elle aussi. Mais elle se montrait encore plus réticente que moi vis-à-vis de leurs opérations. Au cours d'une réunion, elle avait accroché au mur de la cuisine une banderole où elle avait écrit, en lettres rouges : *Et qui protégera l'homme de l'homme ?*

Le tapage était difficilement tenable et la fumée de cigarette me piquait les yeux. Après avoir chipé un pain, je me réfugiai dans ma chambre et m'installai à mon bureau. Tout en mangeant, je donnai libre cours à mes pensées.

Ce commissaire Melzig ne voulait pas nous laisser collaborer. Il nous avait clairement signifié de ne pas nous mêler du travail de la police. Il allait donc falloir faire cavalier seul !

J'engouffrai la dernière bouchée et m'essuyai les mains au pantalon. Puis je sortis et fis halte devant la porte de Caro. Il m'en coûtait toujours de pénétrer dans sa chambre.

Nous n'y avions rien changé, Merle et moi. Simplement remis de l'ordre après le passage des policiers. Ils avaient touché à tout, y compris aux choses que Caro n'aurait jamais montrées à personne.

Après leur départ, nous avions ouvert la fenêtre en grand pour chasser toute trace de leur présence. Jusqu'à ce que la pièce sente à nouveau Caro, ses crèmes, son parfum.

Je poussai la porte avec hésitation. Chaque fois que j'entrais dans sa chambre, je ressentais si fort son absence que mon cœur battait plus vite. Les bruits en provenance de la cuisine m'aidèrent à ne pas tourner les talons, en abandonnant du même coup mon projet.

Je m'assis à son bureau et allumai l'ordinateur. Les policiers ne l'avaient pas emporté – ils avaient dû copier certains fichiers, ou carrément le disque dur.

Mon raisonnement était très simple. Je ne comprenais pas grand-chose à l'informatique, mais Caro, experte en la matière, pouvait résoudre n'importe quel problème technique. Son PC faisait partie intégrante de sa vie et j'avais bon espoir d'y trouver une réponse à nos questions, un renseignement, n'importe quoi !

Toutes ses lettres, tous ses e-mails y étaient soigneusement stockés et classés. Je répugnais à fouiller dans ses affaires, mais je ne voyais pas d'autre solution. Caro était morte et ne pouvait plus rien nous dire sur son assassin. Où chercher des indices, sinon dans sa chambre ?

Après avoir fixé l'écran pendant plus d'une heure et écrasé trois moustiques, j'étais si fatiguée que j'avais du mal à garder les yeux ouverts. Et c'est là que je les trouvai. Les poèmes de Caro.

Je ne savais pas qu'elle écrivait ! J'étais si peu préparée à cette découverte brutale que mes larmes jaillirent. Je lus la première poésie et il me sembla entendre Caro la réciter.

CRÉPUSCULE

le soir tombe
à ma fenêtre
sur la vitre noire
mon visage
pâle et lointain
peau d'une autre

Un frisson me parcourut le dos. C'était bon ! Vraiment bon ! Dire que Caro ne récoltait que des huit en allemand…

AMIE

face à face
silencieuses
côte à côte
proches
pas forcément de mots
les mains peut-être

Je me ruai dans la cuisine. Tous se retournèrent. Ils ne supportaient pas qu'on les dérange. En train de citer des statistiques, Judith s'interrompit, me regarda d'un air interrogateur, puis se remit à lire, hésitante.

Merle se leva brusquement et s'approcha.

— Qu'est-ce qui se passe ?

Je m'essuyai le visage du dos de la main.

— Il faut que je te montre quelque chose !

Je l'entraînai dans la chambre de Caro et indiquai l'ordinateur du doigt. Merle fixa l'écran sans comprendre.

DOULEUR

et parfois
il me faut
plus
que ce peu
de vie
parfois
il me faut
le feu
sous la peau
pour savoir
que je suis
encore
là

Le visage de Merle devint livide.

— Est-ce que ce sont…

— Les poèmes de Caro, oui.

— Elle ne m'en avait jamais parlé !

— À moi non plus.

— Il y en a combien ?

182

— Aucune idée. Je viens de les découvrir.

— *Pour savoir que je suis encore là*, répéta Merle en se frottant le bras. Et maintenant, elle est…

Ses lèvres se mirent à trembler. Elle cligna des yeux pour ne pas pleurer.

— Je les imprime. Quand vous aurez terminé, on regardera les textes de près, toutes les deux. D'accord ?

Merle hocha la tête et sortit. Je me réinstallai au bureau, ma fatigue envolée. La nuit promettait d'être longue. Nous tenions enfin un point de départ.

***

— Non… mais… tu t'rends… compte ! articula Malle avec peine. C'te fille… elle provoque carrément l'tueur !

Georg faisait tourner son verre de bière entre ses doigts. Il savait parfaitement quelle quantité d'alcool il supportait. Jamais il ne se transformerait en un de ces porcs imbibés ! Collés au comptoir soir après soir, ils devenaient agressifs et bruyants, ou plaintifs et inaudibles. Il ne supportait ni l'un, ni l'autre. Rien de plus répugnant que les yeux vitreux des ivrognes !

Enfant, Georg avait vite appris qu'il ne fallait pas les sous-estimer. Son grand-père l'avait souvent fixé de la sorte. Il avait ce regard de chien battu et, l'instant d'après, il levait la main pour frapper.

— Elle en a… du courage ! reprit Malle en faisant claquer sa langue. Mais elle est… complètement dingue, si t'veux mon avis. Faut… qu'elle fasse gaffe à… pas d'venir sa prochaine victime !

Chaque fois qu'on évoquait le « tueur aux colliers », il fallait un temps à Georg pour comprendre qu'on parlait de lui. Ce mot ne lui correspondait pas.

Il ne se considérait pas comme un meurtrier. Il n'avait pas leurs instincts bas, méprisables. Au contraire ! Il attendait beaucoup de la vie et des femmes.

Avoir des attentes et ne pas tolérer qu'on les déçoive faisait-il de lui un criminel ?

Malle tenait ses informations d'une cueilleuse de fraises qui avait assisté aux obsèques de Caro. Mais il affirmait qu'on en parlait aussi dans les journaux. La télévision régionale avait même diffusé une brève (sans doute pour l'unique raison que la mère de la « fille » en question était un auteur à succès).

Georg ne s'était pas rendu aux funérailles. Il ne l'aurait pas supporté… Sans compter que cela aurait été trop dangereux. Il ne fallait pas tenter le diable ! Et comme il ne lisait que très rarement la presse, il découvrait toute cette histoire.

Celle qui l'avait interpellé publiquement à l'enterrement s'appelait Jette. Caro lui avait beaucoup parlé d'elle. La première fois, il avait pensé qu'il s'agissait vraiment d'un drôle de prénom, sage et démodé. Et il s'était demandé à quoi pouvait bien ressembler celle qui le portait.

« Elle est jolie, avait ajouté Caro en se blottissant contre lui. Elle va te plaire ! »

Il l'avait enlacée et ils étaient partis à la recherche d'un coin où pique-niquer. Il faisait encore assez frais, mais ça ne les dérangeait pas. Ils avaient finalement trouvé, entre les hauts arbres, une flaque de soleil qui avait emmagasiné un peu de chaleur. C'était dans la forêt au silence presque solennel, seulement interrompu par le chant des oiseaux, que Georg préférait se retrouver avec Caro.

Très tôt, la forêt était devenue son refuge. Le seul endroit où il pouvait panser son cœur meurtri. Combien de fêlures, combien de déchirures ?

« Jette a une mère pleine aux as, mais on ne le remarque vraiment pas, lui avait un jour confié Caro. Je crois même qu'elle trouve ça pénible. »

Ces mots avaient éveillé sa curiosité, mais il avait toujours fait barrage à ce genre de conversations. Il ne voulait pas se laisser entraîner dans l'intimité de Caro. Pas avant d'être sûr. Chaque fois qu'il avait brûlé les étapes, la vie lui avait infligé des blessures. Son corps en était couvert…

— Y paraît… qu'elle a l'air d'un ange ! conclut Malle avant de commander une autre bière.

Son regard bascula dans le vide, et Georg sut qu'il allait maintenant s'adonner à ses rêvasseries de pochard. Les soirées finissaient toujours de la même façon : Georg devait raccompagner Malle jusqu'à sa chambre, qu'il n'était plus capable de retrouver seul.

Mais avant ça, il voulait terminer tranquillement sa bière.

Jette. Jette Jette Jette… Le nom décrivait des cercles sans fin dans sa tête.

« L'air d'un ange », avait dit Malle.

Qui es-tu, toi qui as le courage de me provoquer ?

À côté de lui, Malle entonna une chanson paillarde. Le patron du café leur lançait déjà des regards noirs.

— Viens ! décida Georg. Je te ramène à la maison.

— Nan nan nan ! on rentre pas… à la maison, bredouilla Malle. Pas… à la maison…

185

Georg paya et le poussa dehors. Malle arrêta de chanter pour gémir sur sa vie pourrie. Son mariage raté. Ses enfants qui grandissaient sans lui. Ne le connaîtraient bientôt plus. Il injuria Georg qui l'empêchait de continuer à boire. Et d'oublier.

Georg n'écoutait pas. Le nom de Jette s'était ancré dans son crâne. Le nom de Jette, et tout ce que Malle lui avait appris. Quelque chose venait de commencer. Un jeu ?

Cette fille l'avait défié.

— Très bien…, marmonna-t-il sur le chemin de l'auberge, après avoir déposé Malle. Que ton vœu soit exaucé, petite !

Ses pas résonnaient dans la nuit sans lune. Il se sentit brusquement d'humeur très légère. Comme s'il avait précisément ce qu'il lui fallait – un but.

***

Ces réunions matinales ! Une véritable torture pour Bert. Surtout depuis qu'il avait arrêté de fumer. Les nuits lui procuraient rarement plus de quatre, cinq heures de sommeil, le laissant petit à petit sur les rotules.

Autrefois, il pouvait dormir n'importe où, n'importe quand. Et aussi longtemps qu'il voulait. À présent, il lui fallait une heure au moins pour s'assoupir. La nuit, il se relevait régulièrement, allait aux toilettes en titubant puis restait étendu sur le lit, parfaitement réveillé. Il entendait la respiration régulière de Margot, ou pire encore, ses légers ronflements. Au petit matin, il sombrait enfin dans un profond sommeil, auquel le réveil l'arrachait.

186

Résultat, Bert traversait la matinée dans une morne lassitude, le pas traînant. Chaque geste, chaque pensée lui pesait. Il lui arrivait de piquer du nez à son bureau et de redresser la tête en sursaut, comme pris sur le fait.

Et voilà que les réunions matinales devenaient quotidiennes…

Depuis le second meurtre, les médias leur secouaient les puces. La population frisait l'hystérie. Le tueur aux colliers pouvait frapper n'importe quand ! Personne ne se sentait à l'abri ! Ce qui mettait la police sous pression.

Si tôt le matin, tout semblait très fragile aux yeux de Bert. Comme si les dieux n'avaient pas encore décidé de la direction à donner à la journée.

Les agents confrontaient leurs résultats. Pour constater que l'enquête ne faisait aucun progrès notable. Ils continuaient à faire du porte-à-porte. Jour après jour, ils recueillaient au compte-gouttes des indications sur lesquelles ils se penchaient consciencieusement.

« Consciencieusement. » Bert butait sur le mot. Qui, aujourd'hui, s'intéressait encore à des concepts tels que sens du devoir, bienséance, assiduité, amour de l'ordre ? Des valeurs d'un autre temps, oubliées et couvertes de poussière…

On en arrivera au point où les enfants devront chercher le sens de ces termes dans le dictionnaire !

Et, aussitôt, il se demanda depuis quand il pensait comme son père, qui s'en prenait sans cesse à la société.

***

187

Le dîner était prêt, la table mise dans le jardin d'hiver. Tilo lui avait proposé d'inviter Jette et Merle.

« Il faudrait réunir les conditions propices à la discussion, sans leur donner l'impression de leur forcer la main. Quoi de plus indiqué qu'un bon repas ? »

Imke se méfiait des psychologues comme de la peste. Elle se méfiait aussi de Tilo lorsqu'il émettait ce genre de réflexions. Il lui arrivait encore de se demander comment elle avait pu tomber amoureuse d'un homme qui, du matin jusqu'au soir, soutirait à d'autres êtres humains leurs pensées et leurs sentiments les plus intimes…

Ils s'étaient mis d'accord sur vingt heures. Le moment idéal. Chacun serait prêt à se détendre après une journée de travail. Même Tilo, à l'agenda surchargé, avait promis d'être ponctuel. Il y aurait une soupe à la tomate garnie de crevettes. Du pain à l'ail sortant du four. Une salade froide mêlant saumon et fruits frais. Au dessert, des fraises à la crème Chantilly. Et pour finir, un espresso.

Imke ne cuisinait plus que très rarement. Ce qui expliquait qu'elle ait autant savouré les préparatifs… Quel plaisir de s'abandonner pour quelques heures à l'illusion que tout était comme avant – Jette à la maison et la vie moins compliquée ! Sans compter qu'elle était enlisée dans un passage délicat de son roman et n'aspirait qu'à se changer les idées.

J'ai toujours eu tendance à fuir les problèmes, songea-t-elle en inspectant à nouveau la table, pour vérifier qu'elle n'avait rien oublié.

Elle lissa une serviette, décala un verre, déplaça un couteau.

Il lui arrivait d'espérer que la vie se déroule comme dans ses livres. De souhaiter pouvoir tout contrôler dans la réalité aussi. Créer des personnages, et les accompagner sur leur chemin. Si elle avait ce pouvoir, elle veillerait à ce que Jette n'ait jamais à souffrir.

Et Caro ne serait pas morte…

Elle entendit le bruit des pneus sur le gravier et alla ouvrir. Elle serra affectueusement Jette, puis Merle contre elle. Ces derniers temps, elle avait souvent eu l'impression d'avoir trois filles. Avec la mort de Caro, il lui semblait qu'elle venait d'en perdre une.

Ne sois pas pathétique! s'ordonna-t-elle. *Et arrête une bonne fois pour toutes de faire tien chaque malheur.*

Elle trouva Jette et Merle pâles, beaucoup trop minces. Elles devaient à peine manger. Comment leur en tenir rigueur? Imke imaginait la torture que cela devait être de continuer à habiter l'appartement où vivait Caro. Avec sa chambre intacte, comme si elle pouvait rentrer à tout moment.

La voiture de Tilo s'arrêta devant le Moulin alors qu'elles venaient de s'installer confortablement dans le salon. Lui aussi prit chaleureusement les deux jeunes filles dans ses bras.

Ils passèrent dans le jardin d'hiver. Imke avait tiré les deux portes coulissantes et la brise apportait un peu de fraîcheur. La chaleur de la journée ne se retirait que lentement. Bientôt, on ne pourrait même plus la chasser.

— Caro écrivait! annonça Jette sans préambule.

Elle avait rempli son assiette à ras bord et remuait la soupe avec sa cuillère, hésitante, comme si elle avait eu les yeux plus gros que le ventre.

189

— On a trouvé les textes dans son PC.

— Des poèmes géniaux ! ajouta Merle. Je n'ai jamais rien lu d'aussi bon.

— Vous ne les auriez pas ici, par hasard ? demanda Imke, dont l'instinct de chasse s'était aussitôt réveillé.

— Pas par hasard, corrigea Jette. On les a pris exprès. On voudrait ton avis.

— Mon avis ?

Imke observait avec satisfaction Merle, qui se servait avec un bel appétit.

— Je ne suis pas certaine d'être capable de les juger… Je ne suis pas poète !

— Il ne s'agit pas de qualité, précisa Merle. Juste de contenu.

— Ça m'étonne que la police n'ait pas emporté son ordinateur, intervint Tilo. Je croyais qu'ils cherchaient des indices partout.

— Il suffisait de copier les données du disque dur ! expliqua Jette, qui sourit en voyant Tilo se frapper le front du plat de la main.

Elle prit le sac à dos posé à côté de sa chaise, en sortit une chemise bleue et la tendit à sa mère.

— Mauvaise idée ! déplora Tilo. Maintenant, elle va passer son temps à lire. C'en est fini de notre agréable repas !

Le visage concentré, Imke avait déjà chaussé ses lunettes, ouvert la chemise et survolé la première feuille.

— Alors, comment vous en sortez-vous ? s'enquit Tilo en faisant tourner le vin dans son verre, étincelant comme du rubis en fusion.

— Encore une petite semaine avant les vacances, et on pourra enfin se mettre au travail, annonça Merle.

— Au travail ? répéta Tilo, qui avait parfaitement compris. Que prévoyez-vous de faire ?

— Trouver le meurtrier de Caro ! s'exclama Jette, étonnée qu'il soit si dur à la détente.

Tilo n'avait pas prévu de leur tenir un sermon... Pourtant, il ne put s'en empêcher.

Pas bon ! Pas bon du tout. C'est contraire à toutes les règles !

Mais il continua de parler, encore et encore, sans pouvoir s'arrêter.

Jette et Merle se servirent largement de salade froide et de pain à l'ail. Elles mangèrent en silence, le laissant poliment achever son discours...

Imke, qui n'avait rien remarqué, referma la chemise et la posa par terre.

— C'est dingue... Quel talent !

— Et sinon ? demanda Jette.

— Que voulez-vous savoir ? répondit Imke du tac au tac.

— Les images, précisa Merle. On a cherché pendant des heures ce qu'elles pouvaient bien exprimer.

— Une même métaphore peut revêtir des sens différents selon les personnes, déclara Imke. Il n'y a pas d'univocité. Toute interprétation est subjective.

— Qui est, par exemple, cet *homme sombre* ? insista Jette. Que signifie *Seigneur des Douleurs* ?

— Les poèmes sont-ils liés ? enchaîna Merle. Peuvent-ils raconter l'histoire de Caro ?

— Et si c'était le cas ? interrogea Tilo.

191

— Alors, fit Jette en jetant à Merle un regard qui en disait long, ça nous ferait bien avancer.

— Je dois vous mettre en garde contre la tentation de prendre ces textes au pied de la lettre, les avertit Imke. Caro a forcément codé ses confidences. Sinon, autant écrire un journal intime !

— Je comprends, admit Jette en repoussant son assiette. Mais on peut les déchiffrer, ou pas ?

— Sans l'aide de Caro ?

Imke balança la tête, l'air préoccupée.

— Ça me semble extrêmement hasardeux.

— Mais tout est là ! protesta Jette en ramassant les poésies. Son enfance ! Ses rapports avec ses parents ! Ses relations avec les mecs ! Sa tendance à se mutiler ! Notre appartement ! Merle et moi !

Son ardeur alarma Imke. La peur s'empara d'elle, pour ne plus lâcher prise. Elle le sentait, Jette était prête à remuer ciel et terre. Et brusquement, elle comprit qu'elle ne cesserait jamais de se faire du souci pour sa fille.

Le sort d'une mère… Ça sonne comme un de ces téléfilms américains qu'on voit sans arrêt à la télévision !

— Tenez ! s'écria Jette. Écoutez…

QUESTIONS

tu me fais promesse
de ta vie
sans rien
me dévoiler

pourtant
de moi
tu sais
tout

— Ce « tu », c'est sûrement son dernier petit copain !

— Pas obligatoirement, objecta Tilo. Il pourrait tout aussi bien s'agir d'un ex.

— Ou du produit de son imagination, renchérit Imke. Tous les textes ne sont pas autobiographiques, tu es bien placée pour le savoir, Jette. Pense à mes romans !

— Et pourtant, dans tous tes livres, ta vraie vie, notre vraie vie transparaît... Si on y prête attention.

— Pourquoi ne pourrait-il pas s'agir d'un ex ? insista Tilo.

— Parce que les poésies de Caro sont datées, intervint Merle. Et qu'on sait qu'au moment où elle les a écrites, elle sortait avec un homme qu'on n'a jamais vu.

— Elle m'a parlé de lui. Juste avant sa... avant d'être... Jette se racla la gorge.

— ... avant d'être assassinée. Il aimait s'entourer de mystère. Caro ne connaissait même pas son prénom !

— Et depuis quand sortait-elle avec lui ?

Tilo dressa l'oreille. Il était incapable d'ignorer les comportements singuliers.

— On ne sait pas exactement. Quelques semaines, je pense.

— Et elle a accepté qu'il lui taise son nom ?

— C'était une sorte de jeu dont elle ne saisissait pas le sens caché. Chaque jour, elle lui en inventait un nouveau.

193

— Fascinant ! commenta Tilo.

Imke le punit d'un regard réprobateur.

— Caro avait l'idée farfelue que, le jour où elle devinerait son prénom, elle aurait mérité son amour.

— *Outroupistache* ! s'exclama Tilo, sans tenir compte du reproche muet d'Imke.

Il vivait d'histoires comme celle-ci.

— Caro aussi avait établi le rapport, confirma Jette. Elle tournait ça en dérision, mais en réalité, elle croyait que tout finirait bien. Comme dans le conte.

— Les contes de fées sont cruels, déclara Tilo. Elle l'avait oublié ?

Sa remarque fut suivie d'un silence pénible. Imke alla préparer des espressos pour tout le monde et Jette l'accompagna dans la cuisine.

— Quelle ineptie ! s'emporta sa mère en entrechoquant les tasses. Un amour qu'il faut mériter !

— C'est une des facettes de l'amour…, avança Jette.

Imke saisit aussitôt l'allusion.

— C'est quand même malsain ! conclut-elle, avant de mettre la cafetière en marche.

— Cet homme, ce fameux « tu » des poèmes, a un côté plutôt sombre, reprit Jette en se rasseyant à table. Je me demande ce que Caro lui trouvait de si fascinant…

— On le découvrira quand on lui aura mis la main dessus, assura Merle.

— Ce n'est pas à vous de faire le travail de la police. Et vous pourriez vous retrouver en danger !

Imke se tourna vers Tilo, cherchant de l'aide.

— En danger de mort !

— Avez-vous envisagé l'éventualité que ce soit l'assassin de Caro ? s'enquit enfin Tilo.

— Dans ce cas, il faut qu'on le trouve, à plus forte raison ! asséna Jette.

Imke savait combien sa fille était obstinée. Inutile de chercher à la détourner du but qu'elle s'était fixé. Il fallait peut-être employer une autre tactique…

— J'aimerais vous faire un cadeau. Trois semaines de vacances dans le lieu de votre choix ! Qu'en pensez-vous ?

Jette posa la main sur son bras.

— Il n'y a pas si longtemps, on aurait sauté de joie. Mais ce n'est pas le moment de prendre des vacances. On doit bien ça à Caro !

— Ça aurait été génial…, ajouta Merle en souriant à Imke, les yeux brillants de larmes contenues. Mais sans Caro, ça ne marcherait pas.

— J'aurais dû m'en douter…, soupira Imke en se retrouvant seule avec Tilo, peu après minuit. Rien ne marche sans Caro ! Et ce sera encore longtemps le cas.

Tilo l'embrassa et lui caressa tendrement la nuque. Elle repoussa sa main.

— Pas maintenant, Tilo. Ne sois pas fâché, mais il faut que j'étudie les poésies de Caro. Moi aussi, je lui dois bien ça.

12

Le tueur avait abusé de ses trois premières victimes, en utilisant chaque fois un préservatif. Il n'avait laissé aucune trace. Caro n'avait pas été violée. Elle avait toutefois eu un rapport sexuel peu avant sa mort.

Sur les lieux du premier crime, ils avaient trouvé un cheveu foncé, prisonnier d'une mèche coupée. Il pouvait cependant appartenir à n'importe qui, pas forcément au meurtrier. Les autres scènes de crime, elles, avaient tout de la page blanche.

Tous les meurtres en province se ressemblaient. Les traces étaient souvent piétinées par négligence. Par les personnes qui trouvaient le corps, par les agents de police arrivés sur place avant le relevé des empreintes, par la presse qui, spécialement dans les petites villes, flairait de loin un bon papier.

Aucun élément tangible. Rien sur quoi fonder un début de piste.

Bert avait recueilli d'innombrables témoignages, sans pouvoir mettre la main sur le petit ami de Caro. Personne ne l'avait vu, pas même Jette et Merle. Pourtant, il avait parfois passé la nuit dans leur appartement. Comment était-ce possible ? Comment pouvait-on entrer dans la vie de quelqu'un sans laisser la moindre trace, hormis une poignée de paragraphes dans un journal intime et autant de poèmes ?

Après le journal de Caro, la disquette contenant ses poésies avait nourri l'espoir de Bert de tenir un point de départ, mais il n'avait rien découvert d'intéressant.

Il en avait distribué des sorties papier à ses subalternes, hommes et femmes, dans l'espoir que l'un d'eux ait la fibre littéraire. Peine perdue ! Il avait appris une seule chose à cette occasion : il était le seul à lire encore des livres.

Les policiers d'Allemagne du Nord piétinaient comme eux. Et la presse locale répandait son venin avec la même violence.

Le creux de l'été ! Les journalistes se félicitent de ne pas être obligés de ressortir les habituels serpents de mer.

Une brigade spéciale avait été constituée. Enquêteurs de la région et d'Allemagne du Nord travaillaient en étroite collaboration, échangeant la moindre information. Sans succès, jusqu'à présent. De quoi devenir fou !

La psychologue de la police, affectée elle aussi à la brigade, sur ordre du patron, avait établi un profil du tueur. Elle l'avait exposé au cours d'une réunion matinale.

Inhibé (l'inverse étant possible). Fils unique d'une mère dominatrice. Enfance marquée par la violence. Fortes convictions religieuses. Aucun lien social. Intelligent. Prudent. Vivant seul. Seuil d'agressivité bas. Sexuellement inexpérimenté.

« Comment se fait-il, lui avait demandé Bert, que je ne lise nulle part le mot *pervers* ?

— Nous ne raisonnons pas avec ce genre de catégories. Il ne s'agit pas d'un jugement de valeur, mais d'une appréciation.

— Vous ergotez ! avait rétorqué Bert. Si ces meurtres ne sont pas l'œuvre d'un pervers, alors, qu'est-ce qui l'est ? »

La psy et lui ne s'entendaient pas. Ce n'était un secret pour personne.

De toute façon, Bert préférait s'en remettre à son instinct plutôt qu'à un profil psychologique. Et son instinct lui disait de se focaliser sur le mystérieux petit ami de Caro. La jeune fille n'avait pas été violée. Peut-être parce que son assassin était amoureux d'elle ?

Il ouvrit sa fenêtre en grand, ôta sa veste et s'attaqua au journal intime et aux poèmes, pour la énième fois. La vérité se cachait là, sur son bureau, quelque part entre les lignes. Il suffisait de la reconnaître.

***

Différente de Caro, elle semblait plus grave, plus réservée. Farouche, en quelque sorte. Le genre d'attitude qui vous tient à distance. Les garçons devaient avoir du mal à l'aborder.

En les voyant, Georg avait immédiatement identifié Jette et Merle. Il n'éprouvait aucune sympathie pour la protection des animaux. Pas quand la cause poussait à l'excès, en tout cas. Il avait récemment entendu à la radio qu'un berger allemand avait droit à davantage de mètres carrés qu'un enfant. Le monde à l'envers !

Garé devant leur immeuble, il avait attendu en se disant qu'elles finiraient bien par sortir. C'était le soir et il avait tout son temps.

Lorsqu'elles étaient apparues, il était descendu de voiture et les avait suivies. Le souvenir de Caro avait surgi en lui, avec une douleur fulgurante sur laquelle il n'avait toujours pas d'emprise.

« Le temps guérit toutes les blessures », répétait sans cesse sa grand-mère.

Il aurait tant aimé la croire ! Mais, petit garçon déjà, il avait compris que la formule n'était qu'un pieux mensonge. Qu'il y avait des blessures que rien ni personne ne pouvait guérir.

Jette et Merle marchaient bras dessus, bras dessous. Elles se parlaient à voix basse, sans glousser comme les filles de leur âge. Pour elles aussi, le temps du deuil durerait longtemps encore.

Elles s'arrêtèrent devant un complexe cinéma et étudièrent les affiches. Un film ? Bien... Parfait, même. Une salle assez sombre et des spectateurs suffisamment anonymes pour lui permettre de s'approcher sans risque.

Elles se décidèrent pour une comédie. Très bon choix. On en apprenait plus sur quelqu'un en découvrant ce qui le faisait rire, que ce qui le faisait pleurer.

Il s'assit dans l'obscurité, juste derrière elles. Si près qu'il lui aurait suffi de tendre la main pour toucher les cheveux de Jette.

***

Elle écrivait, encore et encore. Les mots jaillissaient sans effort. C'était l'œuvre de Caro et de ses poèmes… Imke se faisait l'effet d'un parasite. Mais que pouvait-elle faire ? Interrompre le flot ?

L'histoire d'amour de son roman avait gagné en couleur, en authenticité et en poésie. Elle le devait à Caro, à ses sentiments pour cet homme mystérieux, inconnu de tous.

Imke se consolait en se persuadant qu'à travers ce livre elle rendait une sorte d'hommage à Caro. Ce qui n'empêchait pas une petite voix de lui susurrer avec opiniâtreté qu'elle utilisait Caro, d'une manière tout à fait lamentable.

Edgar et Molly dormaient devant la fenêtre, étendus sur le tapis. Ils aimaient le bruit de ses doigts sur le clavier et le léger bourdonnement de l'ordinateur. Dehors, le paysage luisait, comme poli. L'averse tombée en début d'après-midi avait fait du bien aux plantes.

Un spectacle idyllique… Dire que tout lui appartenait, aussi loin que portait le regard !

Jamais elle ne s'habituerait à sa fortune. Elle nourrirait toujours la crainte secrète de se réveiller. Fin du beau rêve !

Le téléphone sonna.

Elle ne décrocha pas. Quand elle écrivait à perdre haleine, elle ne se laissait pas distraire. La source pouvait se tarir à tout moment.

… Et pourquoi ne pas publier les poèmes de Caro en tant qu'éditrice ? À titre posthume ? Pour lui rendre véritablement hommage ? Mais elle n'avait pas le temps d'y réfléchir. Pas maintenant !

Elle ne voulait plus ressasser son meurtre, non plus. Ressasser l'avait laissée à sec. Sans mots. Elle voulait encore moins penser au tueur. Cela lui faisait peur. Comme si elle pouvait tenter le diable, mettre Jette et Merle en danger.

Encore quelques pages, ensuite elle appellerait Jette et s'assurerait que tout allait bien. Encore quelques pages, c'est tout. Cela faisait si longtemps qu'elle attendait de pouvoir se remettre à écrire !

***

Nous avions bien mérité de nous faire une toile !

Nous avions passé l'après-midi à fouiller la chambre de Caro. Les policiers l'avaient inspectée minutieusement, mais ils ne connaissaient pas Caro. Ils avaient pu ne pas remarquer des choses qui nous sauteraient aux yeux…

« N'importe quelle personne rationnelle garde les lettres de son amoureux ! avait gémi Merle en repoussant le tiroir du bureau. Pourquoi pas Caro ?

— Parce qu'elle était tout sauf rationnelle ! »

Mais ça, Merle le savait aussi bien que moi.

Collectionneuse acharnée, Caro avait disposé un peu partout des sortes de « nids » dans lesquels elle conservait ses trouvailles, comme les pies. Des boutons. Des cartes postales. Des cailloux. Des plumes d'oiseau. Des perles de verre. Au milieu de tous ces objets, se cachait peut-être un cadeau de l'inconnu… Un souvenir… À moins que Caro ne leur ait réservé une place spéciale ?

Il y avait encore un CD dans son lecteur. Phil Collins. Le dernier album qu'elle avait écouté. *Come with me. Driving me crazy. Can't stop loving you. You touch my heart.* Comme si, les derniers jours de sa vie, tout avait revêtu un sens prémonitoire.

Alors que Caro aimait la musique de Phil Collins, tout bêtement ! Une des mélodies était peut-être LA chanson de Caro et de son inconnu ? Chaque couple avait la sienne…

TOI

qui es-tu
tant de questions
non posées
tant de chansons
non chantées
neuf vies
non vécues
sur ta bouche
un doux sourire
terriblement rouge

Depuis le début, ce poème m'effrayait. Chaque fois que je le lisais, ou simplement que j'y pensais, quelque chose en moi se nouait. Jusqu'à devenir aussi petit qu'un raisin sec.

Vies non vécues. Caro voulait arrêter de gâcher sa vie. Elle était en bonne voie d'y parvenir. De vivre toutes les vies auxquelles elle aspirait.

Tant de chansons non chantées. Qu'avait-elle voulu dire ? Qu'elle avait raté quelque chose ? Qu'il avait raté quelque chose ? Quelque chose de beau ?

Et ce *doux sourire terriblement rouge* ! Je n'y comprenais rien. *Terriblement rouge* – aux lèvres peintes d'une couleur criarde, comme un travelo ? Caro avait peur qu'il soit homo, après tout.

Notre dernière discussion… Elle avait uniquement tourné autour de lui. J'aurais dû mieux écouter. J'aurais dû prêter attention aux signaux d'alarme. Il y en avait sûrement eu. Seulement, je ne les avais pas remarqués.

En revanche, j'avais remarqué que Caro avait recommencé à se mutiler. Mais cela n'avait rien d'inhabituel. Il y avait toujours eu des périodes où elle se faisait du mal, et d'autres où elle avait le moral.

Nous nous y étions habituées, Merle et moi. Nous avions cessé de bombarder Caro de questions. La confiance appelle la confiance, nous en étions convaincues. Et ça avait fini par fonctionner !

« Je me demande pourquoi Caro n'a jamais parlé de ce mec…

— Par peur ! avait suggéré Merle, le CD de Phil Collins toujours dans la main. Parce qu'il le lui avait interdit. »

Interdit ! À Caro !

« S'il a réussi ce tour de force, c'est un vrai magicien ! »

Pour la énième fois, je m'étais remémoré notre dernière conversation. Caro la libérée était tombée amoureuse d'un homme qui ne la touchait pas. Qui se coltinait un tas de problèmes et voulait attendre d'être sûr de leur amour.

« Tu crois qu'on peut aimer quelqu'un dont on a peur ?

— On peut avoir peur de quelqu'un qu'on aime », avait répondu Merle.

Nous avions poursuivi nos recherches en silence. Et déniché, enfin, deux choses que nous ne connaissions pas : un foulard en coton noir (un carré de soixante centimètres de côté environ) et une fleur blanche avec trois feuilles vertes.

J'avais trouvé le foulard sous une pile de vêtements et Merle avait découvert la fleur aplatie dans le livre préféré de Caro, une édition d'occasion des poèmes de Rabindranath Tagore. Impossible de savoir s'ils avaient une quelconque importance, mais nous les avions mis de côté avec le sentiment d'avoir progressé…

Oui, vraiment, nous avions bien mérité de nous faire une toile ! Et de rire, même s'il allait falloir nous y réhabituer. Je songeai à la phrase qu'on nous répétait en boucle : « La vie continue. » Aussi terrible que cela soit, nous en étions l'illustration parfaite.

Qu'est-ce que j'avais cru ? Que la terre allait cesser de tourner ?

— On n'est que des fourmis ! On s'affaire, on s'active dans tous les sens, et peu importe si on se fait faucher, parce que toutes les autres continuent à s'affairer, à s'activer sans nous.

— Chut ! fit Merle en me fourrant du pop-corn dans la bouche.

Elle avait raison. Rien dans la vie n'était assuré. Il fallait rire et manger du pop-corn, tant qu'on le pouvait.

***

Il n'arrivait pas à comprendre ce qu'elles se chuchotaient. Mais il était si près qu'en se penchant en avant il pouvait sentir la chaleur de leurs corps.

« Jette est un don du ciel, lui avait un jour confié Caro. Sans elle, je ne serais probablement plus en vie… »

Elle lui avait souri en fronçant le nez, une expression qui l'avait toujours attendri.

« … Ou alors, chez les dingues ! »

Elle n'essayait pas de se rendre intéressante. Ce n'étaient pas des paroles en l'air, ni de l'exagération. Caro disait les choses comme elle les sentait, avec beaucoup de naturel.

Il avait pensé qu'elle avait dû en voir de belles, et il l'avait encore plus aimée pour ça.

Il avait très vite remarqué que ses avant-bras étaient couverts de cicatrices, même si elle se donnait du mal pour les cacher.

Plus tard, elle lui avait permis de les caresser du bout des doigts. Il avait compris qu'elle ne pouvait pas lui donner plus grande preuve d'amour. Malgré cela, il avait encore voulu attendre. Parce qu'il n'était toujours pas sûr. Parce que son cœur était couturé comme les avant-bras de Caro. Sauf que c'étaient les autres qui lui avaient infligé ces cicatrices.

Quant à Merle, Caro appréciait énormément son esprit combatif. Elle l'admirait aussi d'être politiquement engagée.

« Pour moi, s'impliquer pour les droits et la protection des animaux, c'est une démarche vachement politique ! »

Il avait beaucoup appris sur ses colocataires. Bien plus qu'il ne l'aurait voulu. Chaque information avait tissé un nouveau fil le liant à Caro, et Caro à lui.

Abandonnant toute prudence, il avait passé la nuit dans leur appartement, plusieurs fois. D'abord sur le qui-vive, il s'était peu à peu apaisé grâce à la présence de Caro.

Elle lui avait lu des poèmes de Rabindranath Tagore. Des textes qui l'avaient profondément touché, alors qu'il n'y connaissait pas grand-chose en poésie. La langue, sobre, colorée et authentique, l'avait marqué. Elle avait fait naître en lui des images, et resurgir des souvenirs ensevelis.

La ville était plongée dans le sommeil et aucun bruit ne s'échappait des autres chambres. Il s'était glissé dans la salle de bains et émerveillé devant la multitude de flacons, de pots et de tubes de toutes tailles.

Il avait aussi jeté un coup d'œil dans la cuisine, où régnait le chaos. La vaisselle du dîner traînait encore sur la table. Casseroles et plats sales s'entassaient dans l'évier. Tout ce qui avait servi à préparer le repas était éparpillé sur le plan de travail.

Pourtant, il avait trouvé la pièce accueillante. Les plantes sur l'appui de fenêtre débordaient de santé. Les reproductions aux murs dégageaient une impression de chaleur et de gaieté.

Dans l'entrée, plusieurs collages rassemblaient, pêle-mêle, des portraits des trois occupantes.

Devant ces photos, il s'était demandé s'ils seraient amis, un jour…

Il n'avait jamais eu de véritable ami.

Caro aussi souhaitait qu'il rencontre Jette et Merle.

« J'ai juste envie de crâner un peu en me montrant avec toi. Tu trouves ça mal ? »

Ça l'avait stupéfié qu'elle soit si fière de lui.

Leur histoire, Caro et tout ce qui allait avec… Ces belles promesses l'avaient grisé, rendu imprudent en endormant sa méfiance naturelle.

Il croyait vraiment avoir enfin trouvé l'amour qu'il cherchait.

Dans l'obscurité de la salle de cinéma, personne ne vit les larmes couler sur ses joues. Il réprima le sanglot qui montait dans sa gorge et continua de pleurer en silence ; sur lui, sur Caro et sur un amour qui n'avait été qu'envie.

***

Margot le punissait par le mépris. Elle avait déjà couché les enfants. C'était la seconde journée de suite qu'ils ne voyaient pas leur père.

Elle ne lui avait même pas préparé un sandwich ! Assis dans la cuisine, Bert buvait une bière sans goût. Il n'avait rien de solide dans l'estomac depuis le matin, il se sentait barbouillé et frustré.

La télévision bourdonnait, dans le salon. Un film policier. Comme si Margot voulait lui montrer comment résoudre une affaire ! Bert eut un sourire sans joie. Les scénaristes travaillaient sur le papier. Dans le monde réel, hélas, les choses fonctionnaient différemment. On avait beau jouir d'intuitions géniales, être entouré d'une équipe de choc et bosser comme un dingue – s'il manquait un poil de chance, on ratait la cible !

Toute la journée, il avait tourné et retourné dans sa tête chacune des pistes possibles. Fixant pendant plus d'une heure les photos, les cartes géographiques et les notes de son panneau en liège, il avait relu les poèmes et le journal intime de Caro. Téléphoné aux collègues d'Allemagne du Nord puis bu six gobelets de café en ruminant leur conversation. Sans résultat.

C'est comme ça, Margot ! Comme ça et pas autrement. Mon boulot se résume à un travail de fourmi. Laborieux.

208

On gamberge. Rien de spectaculaire. Ton polar, là, c'est n'importe quoi!

Bert avala la dernière gorgée de bière et se leva. Il avait mal partout. Comme les vieillards. Il gravit l'escalier en traînant les pieds et entra sans bruit dans la chambre de son fils. Après avoir remonté son drap, il resta un moment près du lit à contempler son visage innocent.

Si vous n'étiez pas là, ta sœur et toi, je ferais mes valises et je me louerais une chambre. Je me sens tellement vide, tellement utilisé et incompris!

Sa fille, dans l'autre chambre, n'avait pas besoin d'être bordée. Il lui caressa les cheveux. Elle dormait si profondément qu'elle ne bougea même pas.

Bert s'assit au pied de son lit. Il s'adossa au mur et ramena les genoux contre la poitrine. Il entendait son souffle régulier. Il posa la tête sur les bras et ferma les yeux avec soulagement. Elle vivait. Heureuse et en bonne santé. Personne ne l'avait encore fait souffrir. Du haut de ses huit ans, elle était à l'abri, protégée du reste du monde.

Jusqu'à présent..., songea Bert.

Il avait les yeux brûlants de fatigue. Il fallait qu'il se décide à consulter un ophtalmologue, il avait besoin de lunettes. Mais quand? Il n'avait jamais le temps pour ce genre de choses.

Jusqu'à présent... Je devrais savoir, mieux que quiconque, qu'on ne peut protéger personne du reste du monde.

Comme pour ponctuer ses pensées, sa fille poussa un léger gémissement.

— Tout va bien, murmura Bert d'une voix apaisante. Continue à dormir.

Il avait parfois l'impression qu'être parent consistait surtout à réciter des incantations. « Tout va bien se passer ! » « Il ne t'arrivera rien ! » « N'aie pas peur ! » Croyait-il aux paroles qu'il prononçait ?

Chaque fois qu'il se retrouvait face au cadavre d'un mineur, Bert appelait chez lui pour s'assurer que ses enfants allaient bien. Chaque fois, à la vue du corps sans vie, une douleur le traversait, lui coupant la respiration.

Comment réagirait-il si quelqu'un infligeait à sa petite fille ce que le tueur aux colliers avait infligé à ses quatre victimes ?

Je le tuerais ! se dit-il froidement. *Je le débusquerais et je le tuerais.*

Mais il ne voulait pas s'encombrer l'esprit avec ça, pas maintenant ! Il voulait simplement rester assis là et veiller sur le sommeil de sa fille. Pour réparer le fait qu'il ne s'était pas occupé d'elle aujourd'hui.

Encore une demi-heure peut-être, puis il descendrait et tenterait de parler avec Margot. Un mariage ne touchait à sa fin que si les mots venaient à manquer. Les mots, et les sentiments. Tant qu'on se cherchait querelle, il y avait de l'espoir…

Il ne se rendit pas compte que sa tête basculait en avant. Margot le réveilla. Dans un demi-sommeil, il avança à tâtons jusqu'à la chambre à coucher, se déshabilla maladroitement et se laissa tomber sur le lit. Il sentit Margot le couvrir, inspira profondément… et dormit jusqu'au matin. D'une traite.

***

Il ne parvenait pas à trouver le sommeil. Il faisait une chaleur pesante, étouffante. Pas un souffle de vent. L'orage menaçait.

Il n'avait pas compris grand-chose au film. Il n'était ni amateur de comédies, ni doué pour l'espionnage, d'ailleurs.

Il aurait préféré révéler son identité aux deux amies. Leur dire à quel point Caro lui manquait. Mais aussi à quel point elle l'avait déçu. Et que leur amour n'était pas de l'amour, finalement.

Il avait Caro dans la peau. Son souvenir s'était ancré en lui, impossible de s'en défaire.

Dans la salle obscure, les moments passés avec elle s'étaient abattus sur lui telle une nuée de moustiques. Ils l'avaient laissé en nage.

Il se raccrochait à l'espoir que, peut-être, peut-être ! la douleur et l'affliction duraient le temps d'un accès de fièvre. Ensuite, il serait délivré. De Caro. De l'amour. Du repentir.

Délivré de tout sentiment.

Si un miracle pouvait la ramener à la vie, prierait-il pour qu'il se réalise ?

Oui. Oui. Oui ! Il plaqua la main sur sa bouche. Il avait failli crier à pleine gorge. Il n'avait pas le droit de perdre le contrôle.

Pour se changer les idées, il s'était concentré sur les jeunes filles devant lui. Et rappelé pourquoi il les avait suivies dans ce cinéma. Ça avait marché ! La tristesse avait fait place à la curiosité, la curiosité pour celle qui avait osé le provoquer.

Si le déchaînement de ses sentiments pouvait être aussi fugace qu'un brasier, il serait bientôt capable de regarder en avant…

Il lui fallait toutes ses forces. Il devait se montrer prudent. Il serait impardonnable de tenir les policiers pour un tas de demeurés. Sous-estimer son adversaire le rendait plus fort.

Cela valait aussi pour Jette et sa copine. Leur profond chagrin et leur colère les rendaient imprévisibles.

Il s'assit bien droit dans son lit et banda tous ses muscles.

Comme une panthère ! sourit-il dans l'obscurité. *Une panthère qui s'apprête à bondir… Une ombre noire, silencieuse et agile. Dangereuse !*

Cette Jette le savait-elle ?

13

Lorsque Imke éteignit l'ordinateur, l'horloge indiquait deux heures du matin. Elle se sentait épuisée, vidée. Elle n'était pas transportée par l'euphorie comme elle s'y attendait. À vrai dire, elle avait plutôt envie de pleurer.

Elle alla aux toilettes, puis descendit à la cuisine. Elle n'avait rien avalé depuis la fin de l'après-midi. Edgar et Molly miaulaient dehors, sur la terrasse. Elle les avait complètement oubliés ! Imke les fit entrer et posa deux écuelles par terre. Leur avidité lui donna mauvaise conscience. Quand elle écrivait aussi intensivement, plus rien n'avait d'importance.

Elle rangea le tas de vaisselle sale dans le lave-vaisselle, essuya le plan de travail avec un torchon humide et mit la bouilloire électrique en marche. Sa cuisine ressemblait à une vraie porcherie ! Le sol avait besoin d'un bon coup de serpillière. Le carrelage était constellé de taches.

Mme Bergerhausen lui manquait déjà. Même ses airs d'opéra lui manquaient. Les vacances allaient commencer et elle avait pris six semaines pour s'occuper de ses petits-enfants, qu'elle accueillait chez elle pour les gâter.

Imke se prépara des sandwichs au fromage et un thé noir. Elle se serait volontiers installée dans le jardin d'hiver, mais elle s'y sentait exposée à tous les regards. Depuis les meurtres, depuis l'assassinat de Caro en particulier, elle trouvait menaçant l'isolement de sa maison. Surtout la nuit.

— Quelle idée, aussi, d'écrire des polars ! lança-t-elle aux chats, qui tournèrent brièvement les oreilles dans sa direction sans arrêter de manger voracement. Après, il y a forcément un moment où l'imagination s'emballe !

Elle laissa le thé infuser, posa tasse et assiette sur un plateau et porta le tout dans le salon. Il y aurait peut-être encore un beau film à la télévision ? En allumant, elle tomba sur une conversation entre une mère et sa fille.

Jette ! Elle ne l'avait toujours pas appelée. Un tueur se baladait dans la nature, Caro avait été tuée, et son roman lui faisait négliger sa fille !

Imke zappa d'une chaîne à l'autre et vit défiler avec dégoût les spots publicitaires sexistes. Ce qui ne l'empêcha pas de prendre conscience du silence absolu et de la noirceur de la nuit.

Elle n'aimait pas l'atmosphère qui régnait entre deux et cinq heures du matin. Elle avait lu que la plupart des gens mouraient dans ce laps de temps. Elle-même s'était toujours sentie vulnérable, plus proche de la mort que de la vie.

Plus tard...

Après le petit déjeuner, elle téléphonerait à Jette. Et tenterait à nouveau de la convaincre que son offre de voyage était trop séduisante pour qu'on la refuse. Les filles seraient plus en sécurité ailleurs.

Pourquoi ne pas demander de l'aide à Bert Melzig ? Il pourrait en appeler à leur bon sens. Leur faire comprendre le danger qu'elles couraient. Surtout après la menace inconsidérée de Jette ! Il était possible qu'elles sachent quelque chose sur le tueur, sans l'avoir réalisé. Ou que le tueur le croie.

Et s'il possédait un double de leur appartement ? Imke s'enfonça les ongles dans la paume pour ne pas crier. Et si Tilo avait raison, et si le petit ami de Caro était son meurtrier ? Il fallait à tout prix qu'elle persuade Jette de faire changer la serrure. Mieux encore, elle appellerait dès demain matin un serrurier et mettrait les filles devant le fait accompli.

Edgar et Molly voulaient sortir. Imke leur ouvrit la porte de la terrasse et la referma aussitôt. Pas besoin de se faire du souci pour les chats ! Ils n'avaient rien à craindre des meurtriers. Tout au plus des martres qui sévissaient dans la région...

Le monde est décidément un lieu froid et hostile, songea Imke.

Elle éteignit la télévision, laissa son plateau dans le salon et monta. Elle se mit au lit avec un livre. Malgré ses yeux lourds de fatigue, elle était trop retournée pour pouvoir dormir.

***

À mi-chemin dans l'escalier, je croisai notre voisine du dessous, Mme Mertens, sa petite Caroline de deux ans sur

215

la hanche. Elle me salua d'un sourire et poursuivit son chemin après une hésitation. Caroline gazouilla quelque chose que je ne compris pas.

Les habitants de l'immeuble semblaient plutôt désemparés par la mort de Caro. Ils nous avaient tous présenté leurs condoléances avec embarras, mais depuis, ils évitaient craintivement toute conversation. Certains avaient peut-être assisté aux funérailles, mais je n'en avais reconnu aucun, à l'époque.

À l'époque ! J'en parlais comme si cette journée remontait à des années. Depuis que Caro était morte, j'avais perdu la notion du temps.

J'ouvris la porte de l'appartement et agitai le sachet de viennoiseries sous le nez de Merle. En mon absence, elle s'était levée, avait mis la table et nettoyé la machine à espresso. Nous avions décidé de ne pas nous laisser aller, de ne pas nous laisser submerger par la tristesse.

Les vacances venaient de commencer et nous avions l'intention de les exploiter au mieux. Nous habiller, petit-déjeuner et poursuivre notre but, voilà le programme que nous nous étions fixé pour les semaines à venir. Notre but ? Trouver le meurtrier de Caro.

On sonna à la porte. Bob et Dorit venaient nous apporter deux chats, des rescapés de leur dernière opération de sauvetage. Bourrés de médicaments, ils étaient étendus dans leur panier, apathiques.

Je leur installai une litière dans la salle de bains. Merle se servit d'une couverture pour dresser une sorte de tente sous le lavabo. Pour l'instant, les chats avaient besoin d'un espace clos, dont ils puissent voir les limites. Une fois qu'ils auraient pris confiance, ils se mettraient à explorer l'appartement. Ça se passait toujours comme ça.

Après le départ de Bob et Dorit, maman appela et m'informa qu'elle avait chargé un serrurier de changer notre serrure. Tout en l'écoutant, je sentis monter en moi l'ancienne colère. Combien de temps encore allait-elle s'immiscer dans ma vie ?

— On avait passé un accord ! Tu mènes ta barque, et moi la mienne. Tu ne peux pas t'y tenir, une bonne fois pour toutes ?

J'entendais sa respiration rapide, à l'autre bout du fil. Elle était peut-être à cran parce que son roman n'avançait pas comme prévu ?

— Jette, je t'en prie ! Vous devez penser à votre sécurité. Les meurtres, c'est dans la vraie vie, pas qu'aux informations !

Une demi-heure plus tard, j'avais mon père au téléphone. Il se manifestait rarement. Uniquement lorsqu'il y avait quelque chose d'important, à vrai dire. Je n'éprouvais plus de rancune à son égard, mais les relations épisodiques qu'on entretenait me suffisaient.

Cette fois, il voulait me proposer de partir en vacances avec Angie, mon demi-frère et lui.

— C'est une idée de maman ?

Il récusa ma supposition avec tellement d'indignation que je fus certaine d'avoir deviné juste.

— À propos, l'invitation vaut aussi pour ta copine !

On n'était pas assez proches pour qu'il ait retenu le nom de Merle...

— C'est gentil à toi, papa. Mais tu n'as pas à nous protéger. C'est à nous de le faire.

— J'ai besoin de toi, princesse. Fais attention !

Ça faisait longtemps qu'il ne m'avait plus appelée « prin-cesse ». Il parlait si bas que j'avais du mal à le comprendre.

— Je sais… Ne t'en fais pas.

Il raccrocha et je gardai un moment le combiné en main, songeuse. Partir en vacances avec Angie était vraiment le pire des scénarios. Maman devait être désespérée pour avoir ce genre d'idée !

J'entrai dans la chambre de Caro, pris un album dans l'étagère et y choisis une photo. Puis j'allai m'assurer que les chats se portaient bien. Ils dormaient profondément. Je refermai la porte de la salle de bains et passai la tête dans la chambre de Merle.

— On y va ?

Elle replia le plan de la ville qu'elle étudiait et me suivit dehors, jusqu'à ma voiture.

— On commence par où ?

— La *Stille Kerze*, proposa Merle. Caro y était souvent fourrée.

Les punks du quartier se retrouvaient dans ce bar. Caro avait fréquenté le milieu. Après avoir quitté le mouvement, elle était restée fidèle au lieu et y avait conservé quelques copains.

Il ne s'y passait pas grand-chose, si tôt le matin. Des relents de tabac froid se mêlaient à la fumée de cigarette. Deux types tiraient sur un joint, assis à la table du fond. Cette odeur douceâtre m'écœurait. Je l'avais sentie trop souvent dans la chambre de Caro.

— Il n'y a personne d'autre ? demanda Merle à la ser-veuse, qui semblait nouvelle.

Celle-ci haussa les épaules sans arrêter de mâcher son chewing-gum. Jeune, elle avait le crâne entièrement rasé, à l'exception d'une crête rouge pétant qui lui courait du front à la nuque.

Je lui montrai la photo de Caro.

— Tu l'as déjà vue ici ?

Elle la regarda, l'air soupçonneux, et fit lentement un pas en arrière.

— Nan ! Et même si je l'avais vue… en quoi ça vous regarde ?

— Elle s'appelait Caro, c'était notre amie. Elle a été assassinée.

La méfiance s'effaça du visage de la serveuse.

— Le tueur aux colliers, hein ?

Je hochai simplement la tête.

— Je suis vraiment désolée. Mais je peux pas vous aider ! Ça fait qu'une semaine que je suis ici.

Les types à la table du fond n'avaient jamais vu Caro non plus. Il ne nous restait qu'à regagner la voiture.

— On ferait mieux de la laisser là, suggéra Merle.

Elle avait raison. Nous irions plus vite à pied, et puis les places de stationnement étaient très rares dans les ruelles de la vieille ville. Nous aurions besoin de mon auto plus tard, au moment de nous attaquer à la banlieue. Nous comptions passer dans chacun des bistrots, bars et boîtes de nuit fréquentés par Caro. Jusqu'au dernier troquet.

La police avait vraisemblablement eu la même idée, mais un détail avait pu leur échapper. Sans compter que même les gens qui n'ouvraient jamais la bouche devant un flic accepteraient sans doute de nous parler.

Un pas après l'autre… Voilà un bon plan ! Et personne ne nous empêcherait de le suivre.

***

Bert entendit le gravier crisser sous ses pneus. En montant l'allée, il eut la sensation d'être projeté dans un film. Il était inconcevable qu'un être de chair et de sang puisse habiter ce lieu magique ! Il fallait croire que faire fortune brouillait les frontières de la normalité… Il contempla la demeure ancienne et ravala un brin de jalousie. Son rêve venait de prendre forme sous ses yeux.

Comparée à ce moulin restauré avec amour, la maison mitoyenne que Margot et lui avaient pu se payer avait tout d'une boîte à chaussures.

Il faut de l'argent pour créer de jolies choses…

Il descendit de voiture. Imke Thalheim venait déjà à sa rencontre, dans une robe blanche sans manches qui mettait son bronzage en valeur.

— Quelle joie que vous ayez trouvé le temps de venir me voir !

Allez savoir comment, cette femme employait toujours le ton qu'il fallait ! Sa remarque lui coupait l'herbe sous le pied : il n'avait vraiment pas le temps, en réalité. Mais il avait eu droit à un nouveau sermon du patron, le matin même. On lui demandait de traiter l'auteur et sa fille en privilégiées.

« Avec ses relations, elle peut faire de nos vies un enfer ! »

Même sans cet argument, un sentiment indéfinissable aurait poussé Bert à accepter l'invitation d'Imke Thalheim.

Tout en la suivant jusqu'à l'entrée, il se demandait ce dont elle pouvait bien vouloir lui parler. Elle n'y avait fait aucune allusion au téléphone.

Ils pénétrèrent dans un vestibule à la fraîcheur bienfaisante. Dans un fauteuil en rotin, il aperçut deux chats blottis l'un contre l'autre, baignés par la lumière du soleil tombant des hautes fenêtres. Le plus petit s'étira, sauta par terre et se dirigea droit sur Bert, avant de s'enrouler autour de ses jambes.

Imke Thalheim observait la scène avec étonnement.

— C'est comme ça avec la plupart des chats, expliqua Bert non sans gêne. Il doit y avoir chez moi quelque chose qu'ils apprécient.

Puis il remarqua l'eau qui coulait à ses pieds, dans une rigole.

— L'architecte trouvait que ce serait une bonne idée de dévier le cours du ruisseau pour lui faire traverser la maison, commenta Imke Thalheim avec le naturel d'une femme aisée. Mais il n'avait pas prévu que mes chats prendraient plaisir à y pêcher. Je ne compte plus les mini-inondations !

— Et quand le ruisseau est en crue ? s'enquit Bert.

— Il ne peut rien se produire. Ils ont pensé à tout.

Elle le conduisit sur la terrasse et lui fit prendre place à une table dressée pour deux. Puis elle le laissa seul, le temps d'aller chercher du café.

Bert regarda le paysage autour de lui, vaste étendue verdoyante. Il entendait le bêlement des moutons au loin, le murmure du ruisseau tout près. Une agréable torpeur l'envahit. Que ne donnerait-il pas pour mener cette vie !

Il songea au lotissement abritant sa propre maison… Mur contre mur, porte contre porte, fenêtre contre fenêtre avec les autres. Des jardins microscopiques… Tout juste assez de place pour quelques arbustes, un petit bassin à la rigueur.

Imke Thalheim revint avec le café et posa sur la table un gâteau aux amandes suédois.

— Je vous sers ?

— Volontiers, merci.

Il lui tendit son assiette et elle y déposa une part.

— Succulent, mais mortel pour la silhouette !

Elle réalisa ce qu'elle venait de dire et rougit.

Bert avait l'habitude de ce genre de réactions. La plupart des gens confrontés à une mort violente devenaient incroyablement sensibles à certains mots. Il goûta au gâteau.

— Vraiment bon ! Mais… je doute que vous m'ayez fait venir pour parler pâtisserie ?

— En effet.

Elle s'était ressaisie et attaquait sa part avec un appétit manifeste.

— Je voulais m'entretenir avec vous. Comme je n'ai pas encore trouvé le moyen de petit-déjeuner, j'ai pensé que ce serait une bonne idée d'en profiter pour manger un morceau. Avant que vous ne demandiez… je n'ai pas préparé ce gâteau. Je l'ai acheté.

— Je ne vous aurais pas posé la question.

— Bien sûr que non. Ce que je peux être bête !

Bert avait le sentiment de la connaître depuis toujours. La vivacité de leur échange lui faisait l'effet d'un jeu bien rodé. Mais en même temps, tout ce qu'elle disait et faisait lui apparaissait d'une excitante nouveauté.

— J'aimerais que nous parlions de ma fille…

Il aurait dû s'en douter !

— … Je m'inquiète pour Jette et Merle. Pouvez-vous me rassurer ? L'enquête a-t-elle progressé ? Avez-vous un suspect ?

Bert repoussa son assiette.

— Vous savez que je n'ai pas le droit d'en parler.

Il aurait dû être fâché. Elle l'avait fait venir pour *ça* ? Mais il n'était pas fâché. Non, plutôt heureux qu'elle l'ait appelé.

— Rien de ce que vous direz ne sortira d'ici, lui assura-t-elle avec un regard candide.

Et c'est un écrivain qui me fait cette promesse ! De ceux qui ne peuvent pas s'empêcher d'exploiter la moindre information. Jusqu'à la moelle.

Cependant, il ne s'agissait pas seulement d'un écrivain. C'était aussi une mère, la mère d'une jeune fille qu'un danger menaçait peut-être.

— Nous recevons quantité d'appels et nous suivons chaque piste, déclara-t-il prudemment. Mais jusqu'à présent, aucune ne s'est avérée sérieuse.

— J'ai lu les poèmes de Caro, annonça Imke Thalheim.

Bert se demanda pourquoi il s'en étonnait. Inutile de lui demander comment elle s'était procuré les textes…

— Elle avait un talent immense ! Mais j'imagine que vous les avez lus, vous aussi ?

Bert hocha juste la tête.

— Elle a codé très adroitement ses réflexions personnelles…

Il hocha de nouveau la tête.

— … Ce qui m'amène à penser qu'on doit pouvoir y trouver des indications sur son dernier petit ami.

— Vous partez du principe que c'est le meurtrier ? demanda Bert.

— Oui. Parce que les poèmes de Caro décrivent un amour dangereux, très sombre.

N'est-ce pas la seule forme d'amour véritable ? se demanda Bert. *Tout le reste ne serait que bagatelle…*

Imke Thalheim le regardait avec insistance. Il eut le sentiment qu'elle avait lu dans ses pensées. Troublé, il détourna les yeux.

— Pour autant, cet amour ne doit pas obligatoirement déboucher sur un meurtre !

Ses propos lui apparurent aussitôt malhonnêtes. Après tout, ses propres réflexions l'avaient conduit dans la même direction !

— Je me sens très mal à l'idée que cet homme pourrait approcher les filles, reprit Imke Thalheim. Et tant qu'on n'aura pas établi son identité, on ne pourra pas exclure qu'il soit le meurtrier.

— Nous avons affaire à un vrai fantôme ! avoua Bert. J'ai étudié le journal intime de Caro sans y trouver le moindre élément exploitable. Rien. Rien du tout. C'est désespérant !

Imke Thalheim s'adossa à sa chaise et croisa les jambes.

— Pensez-vous que Jette et Merle soient en danger ?

Sa tactique, il l'avait déjà remarqué, consistait à bercer son vis-à-vis, à lui donner l'illusion qu'il était en sécurité, avant de lui poser de but en blanc une question embarrassante. Il était donc armé pour parer son attaque.

— Pas directement.

— Voilà qui va certainement brider mon imagination, commissaire Melzig !

Elle plissa les yeux.

— Vous rendez-vous compte de ce qu'on éprouve quand on voit son enfant courir droit vers le précipice, sans pouvoir lui venir en aide ?

— Envoyez-les quelque part, proposa-t-il. Elles sont en vacances, non ?

— C'est précisément ce dont je voulais vous parler.

— Il faudra juste que je sache où les trouver, poursuivit Bert. Au cas où de nouvelles questions surgiraient.

— Elles refusent de partir en voyage. Tout le problème est là ! J'ai donc pensé à vous. Accepteriez-vous de leur parler encore une fois, de faire un peu pression sur elles ?

— Jette et Merle, sensibles aux pressions ? Vous n'êtes pas sérieuse !

— Vous avez raison… Elles sont tellement obstinées qu'il faudrait que je les traîne à la gare pour les faire monter de force dans un train !

— Qu'est-ce qui vous en empêche ?

— Vous posez encore la question ?

Ils se mirent à rire et la distance qui avait plané sur chacune de leurs phrases se dissipa.

— Très bien. Je vais voir ce que je peux faire, promit Bert. Mais n'espérez pas trop de ma démarche !

Elle le raccompagna jusqu'à sa voiture. Alors qu'il s'apprêtait à lui tendre la main, elle se dressa sur la pointe des pieds, se pencha en avant et lui planta un baiser sur la joue.

***

Sur la départementale, Bert inséra son CD de John Miles et accéléra, en s'efforçant de rassembler ses esprits. Il aimait son épouse. Il tenait à ses enfants. Il n'était pas le genre à faire des écarts et sa vie lui plaisait. Il n'avait pas besoin de complications ! Un policier ne pouvait pas caresser l'idée de se rapprocher d'une femme, partie prenante dans une affaire qu'il traitait.

Impossible ! Une femme comme Imke Thalheim. Avec un homme comme lui. Impensable ! Ce serait comme l'eau et le feu. La montagne et la vallée. L'ombre et la lumière.

Music was my first love, and it will be my last…, chantait John Miles. Chaque fois qu'il l'écoutait, Bert avait la sensation qu'il suffisait d'étendre les bras pour s'envoler. *Music of the future, and music of the past…* Il monta le volume. Sa voiture flottait au-dessus de la route.

Son rire… Sa façon de pencher la tête pour écouter… De bouger… Pourquoi l'avait-elle embrassé ?

Ça serait sans avenir !

Il se rendait bien compte que certains passages de la chanson étaient mièvres. Pourtant, l'écouter lui coupait presque le souffle. Les poils se dressèrent sur ses bras, un frisson lui parcourut le dos.

Il serra le volant de toutes ses forces pour s'empêcher de faire demi-tour et de commettre la plus grosse bêtise de sa vie.

***

Tilo appela alors qu'elle rentrait dans la maison. L'accent tendre de sa voix était précisément ce dont elle avait besoin. Elle lui raconta dans le détail son entrevue avec

Bert Melzig. Elle n'omit rien, hormis le baiser. Passant ainsi le principal sous silence.

Tilo prit le temps de l'écouter, alors qu'il était pressé.

— … Il pourra peut-être faire comprendre aux filles le danger qui les guette, conclut Imke. Moi, j'ai épuisé ma science ! Au fait, je leur ai envoyé un artisan, pour changer leur serrure.

— Bonne idée, approuva Tilo.

— Je sais. Elle est de moi, alors tu penses !

Elle devina qu'il souriait. Et se sentit soudain très proche de lui.

— Merci…, fit-elle doucement.

— Merci ? De quoi ?

— Tout simplement d'être qui tu es.

Après leur conversation, elle resta assise un moment, maudissant sa fichue spontanéité. Un baiser sur la joue ne voulait rien dire. Mais ce commissaire le savait-il ?

***

Je ne me doutais pas que Caro avait pu traîner dans autant de cafés et de bistrots. Connaître autant de gens. Ni qu'autant de gens l'aimaient. Certains se mirent à pleurer en voyant sa photo.

Mais aucun ne savait rien au sujet d'un petit ami.

« Est-ce que c'est le… Je veux dire, est-ce qu'il l'a… »

Je savais combien il était pénible de prononcer ces mots. Le simple fait d'y penser était pénible ! Depuis peu, j'en rêvais même. Merle aussi. Nous redoutions le moment d'aller nous coucher…

— Encore un coup d'épée dans l'eau ! gémit Merle en barrant le *Papagei*. J'ai les pieds en feu, l'estomac qui gargouille et je dégouline de sueur. Je me sens dégueu !

Je jetai un coup d'œil à la liste qu'elle tenait. Le suivant était le *Turmcafé*.

— On mange là, d'ac ?

La seule idée d'avoir bientôt le ventre plein nous redonna de l'ardeur. Le pas plus rapide, je me repris à espérer. Quelqu'un avait forcément vu Caro avec cet homme ! Personne n'avait la faculté de se rendre invisible. On laissait toujours une trace derrière soi, aussi petite soit-elle.

***

Il se demanda ce qu'il éprouvait pour cette Jette. S'il ressentait quoi que ce soit pour elle ! Il n'aurait pas su le dire.

De la curiosité, peut-être ?

Oui… De la curiosité, un peu.

Depuis qu'il avait perdu Caro, quelque chose en lui s'était éteint. Il se sentait fatigué et démotivé, sans énergie. Comme si, jour après jour, il courait à côté de son propre corps, en parfait étranger.

Il avait fallu la provocation de Jette – qui demeurait le sujet de conversation numéro un dans la région – pour le réveiller. Elle avait libéré ses pensées, relancé sa réflexion. Il s'était demandé s'il serait en mesure de la conquérir…

Conquérir. Il aimait ces mots fiers, si rares aujourd'hui. Des mots énergiques et puissants, sans lesquels on ne pouvait survivre dans ce monde superficiel.

Rendre amoureuse de lui celle qui le détestait… Il sourit. Voilà qui lui plairait ! Voilà un jeu à son goût.

Elle ne le connaissait pas. Ne savait rien de lui. Elle ne se douterait pas le moins du monde qu'il était l'homme qu'elle haïssait.

Et puis, il s'agissait de la meilleure amie de Caro. D'une certaine manière, Jette avait fait partie d'elle. Si elle venait à l'aimer, cette partie de Caro lui appartiendrait toujours.

Il sourit encore, tandis que les larmes lui montaient aux yeux. Il ne l'avait peut-être pas définitivement perdue ?

14

Après le premier meurtre, les soupçons de Bert s'étaient portés sur les cueilleurs de fraises. Un réflexe classique, hérité de l'inconscient collectif voulant que tous les gens du voyage soient des voleurs de poules.

Et voilà qu'aujourd'hui, ses réflexions le ramenaient à eux. Dans une poésie de Caro, on pouvait lire :

tu sillonnes
le monde
avec des bottes
de sept lieues

Les travailleurs saisonniers, sans cesse en déplacement, s'arrêtaient là où ils trouvaient du travail. Ces « bottes de sept lieues » pouvaient-elles y faire allusion ? L'homme qu'aimait Caro, son assassin peut-être, pouvait-il être un cueilleur de fraises ?

Bert poussa un juron. Il aurait préféré appuyer son raisonnement sur des éléments plus solides que des poèmes...

Le patron l'avait mis en garde : à se focaliser hâtivement sur une seule personne, il risquait de négliger d'autres pistes.

« Quel rapport le petit ami de Carola Steiger pourrait-il avoir avec la première victime, Simone Redleff ? Dans son cas, il n'a jamais été question d'une relation ambiguë ! »

Impossible de repousser cette objection sans l'examiner. Simone n'avait pas de liaison officielle. En tout cas, elle n'avait jamais abordé le sujet avec ses parents, ni ramené quelqu'un à la maison.

Les Redleff semblaient en décalage avec leur temps. Parents sur le tard, ils avaient fait de Simone une jeune fille très réservée, timide, presque farouche. Tous les élèves de terminale de son lycée l'avaient confirmé.

Le premier meurtre pouvait-il être fortuit ? S'être produit sans que le tueur connaisse sa victime ? Mais alors, comment le second s'inscrivait-il dans le tableau ?

Bert passa un coup de fil en Allemagne du Nord. À l'époque, les policiers avaient mis les travailleurs saisonniers sur le gril. Ratissant un large périmètre, ils avaient établi des listes de noms pour la région de Jever et d'Aurich, comme Bert le ferait plus tard de son côté.

Après le meurtre de Simone Redleff, il avait demandé à échanger les listes. Parmi les cueilleurs de fraises de la région d'Eckersheim, il avait retrouvé quelques ouvriers ayant travaillé en Allemagne du Nord, dans des champs d'asperges et de fraises, et des plantations d'arbres fruitiers. Mais tous avaient un alibi.

Rien de neuf en Allemagne du Nord… Ils tâtonnaient, comme Bert et ses gars, sauf qu'ils tâtonnaient depuis bien plus longtemps.

Il parcourut encore une fois ses notes. Pendant les auditions, la plupart des cueilleurs de fraises ne s'étaient pas montrés très causants, certains susceptibles ou agressifs. Tous avaient fait de l'obstruction. Puisqu'ils ne pouvaient pas éviter que les flics les interrogent, ils voulaient au moins leur rendre la tâche la plus dure possible !

Ces notes constituaient des instantanés des hommes avec qui Bert s'était entretenu. Elles lui paraissaient plus éloquentes que n'importe quel enregistrement sur bande magnétique, parce qu'il devait opérer un tri parmi toutes les informations et les impressions qui lui parvenaient. En général, il s'avérait ensuite qu'il avait couché l'essentiel sur le papier.

« Du bricolage ! » Voilà comment Margot appelait sa façon d'enquêter. De bonne humeur, elle donnait à l'expression un accent affectueux ; dans le cas contraire, elle prenait un ton acide. Il n'empêche qu'elle avait raison… Bert avait élaboré ses méthodes seul. Au fil des années, il avait éprouvé les différentes façons de conjuguer savoir et intuition.

Sa manière de procéder était démodée. Le cas échéant, il faisait davantage confiance à sa matière grise qu'aux techniques les plus raffinées. À sa matière grise, et à son instinct. Mais il en parlait très rarement. On le prenait déjà pour un drôle de zèbre !

Relire ses notes ne lui permettait pas d'isoler un quelconque suspect. Il devrait peut-être questionner à nouveau les cueilleurs de fraises ?

Il n'y avait, le patron avait raison sur ce point, aucun lien flagrant entre la première victime et la seconde. Rien. Nulle part. Sauf que les deux jeunes filles avaient été tuées selon le même mode opératoire et n'habitaient pas très loin d'Eckersheim.

Et que les champs de fraises appartenaient à un agriculteur d'Eckersheim…

Bert referma son calepin et le remit dans la poche de son veston. Il quitta le bureau, monta dans sa voiture et prit le chemin de l'exploitation. Sans savoir au juste ce qu'il allait y faire.

Ensuite, il tenterait de joindre Jette et Merle. Certes, il avait promis de leur parler, mais l'idée qu'elles avaient peut-être déjà commencé à sillonner la région pour retrouver le tueur le rendait nerveux, lui aussi.

***

Le *Turmcafé* était, comme son nom l'indiquait, un café-restaurant situé dans une tour. Celle-ci devait remonter au XVe ou au XVIe. En primaire, j'avais suivi une visite guidée de la vieille ville de Bröhl et dû supporter, devant chaque rempart, un exposé historique de mon institutrice, Mme Laubsam.

J'étais tombée amoureuse pour la première fois pendant cette sortie scolaire. Il s'appelait Justin et avait de magnifiques cheveux roux. De père allemand et de mère anglaise, il mélangeait les deux langues quand il était énervé.

Dans la salle ronde, comme il se devait, les tables et les chaises étaient anciennes, la clientèle bigarrée. Des œuvres originales décoraient les murs. On pouvait les acheter, mais à prix d'or. Je n'avais jamais vu personne quitter le restaurant une toile sous le bras !

Merle avait choisi comme moi une « salade estivale » accompagnée de pain à l'ail. Nous évitions soigneusement de parler de Caro. Nous venions souvent toutes les trois et elle nous manquait terriblement.

— Ça vous a plu ? s'enquit la serveuse.

Grande et mince, très jolie, elle approchait de la trentaine et travaillait ici depuis longtemps. Une petite plaque à son nom, *Anita*, était fixée à son chemisier blanc.

— Super bon !

— Comme toujours, ajouta Merle.

— On est venues sans la copine, aujourd'hui ? remarqua Anita en plaçant l'assiette de Merle sur la mienne.

— Caro est morte.

Merle annonça la nouvelle sur un ton proche du défi. Comme si notre interlocutrice allait chercher à la contester. Anita pâlit et nous fixa sans dire un mot.

— Elle a été assassinée, précisai-je.

Anita lâcha les assiettes et plaqua une main contre sa bouche. De l'autre, elle s'appuya sur la table.

— Quand est-ce qu'elle était là pour la dernière fois ? l'interrogea Merle.

On devrait lui laisser un peu de temps… Elle a besoin de se ressaisir. Elle est complètement retournée !

235

Anita luttait contre les larmes.

— On ne fait pas attention à ce genre de choses. On ne s'attend pas à ce qu'un client se fasse… tuer.

Sa voix devint plus basse et plus aiguë à chaque mot. Elle prononça le dernier dans un souffle.

— Vous vous rappelez si elle était seule ? demandai-je. Les dernières fois, je veux dire.

Tout en réfléchissant, Anita passait et repassait mécaniquement la main sur le plateau de la table.

— Je l'ai vue avec un homme. Pas souvent, peut-être deux, trois fois.

Mon cœur se mit à battre plus vite.

— Vous le connaissiez ?

— Je ne l'avais jamais vu avant. D'ailleurs, je ne l'ai pas revu depuis.

— De quoi avait-il l'air ? intervint Merle, si tendue qu'elle semblait retenir sa respiration.

— Grand. Bien bâti, mais mince. Musclé. Dans les trente ans. Cheveux foncés. Un visage agréable.

Cela pouvait vouloir dire n'importe quoi !

— Rien de particulier ? insistai-je.

— Il avait le teint incroyablement hâlé…, poursuivit Anita en hésitant. Mais, naturellement, pas le résultat de séances d'UV. Au début, j'ai pensé qu'il venait du Sud. Et puis j'ai remarqué qu'il parlait sans accent…

Elle sourit.

— … Ils semblaient très amoureux. De vrais tourtereaux ! Je me souviens m'être dit qu'il me plairait aussi. Mais il n'avait d'yeux que pour elle.

— Vous n'avez rien remarqué d'autre ?

236

— Il parlait très peu. Il ne faisait qu'écouter, comme s'il avait peur de manquer un mot... Désolée, c'est tout. Je n'ai pas trop le temps d'observer les clients et de me creuser la cervelle à leur sujet !

Quelqu'un l'appela. Elle emporta nos assiettes en cuisine et s'occupa d'autres tables. Au bout d'une dizaine de minutes, elle revint près de nous.

— Au fait, pourquoi voulez-vous savoir tout ça ?

— On essaie de reconstituer les derniers jours de Caro, expliqua Merle.

— Pour lui dire au revoir, en quelque sorte, ajoutai-je.

— Je comprends.

— Vous voulez bien nous apporter un cappuccino ?

— Tout de suite. Mais ça serait plus sympa de se tutoyer...

— Entendu ! Je m'appelle Jette, et voici Merle.

Tandis que je la regardais repartir en cuisine, Merle chuchota :

— Il se pourrait bien qu'elle en sache plus ! Des détails lui reviendront peut-être, petit à petit...

Je m'emparai de sa main et la serrai. J'étais si excitée que j'en avais le tournis.

***

Arno Kalmer avait des antennes pour repérer les policiers. Rien qu'à la façon dont la Peugeot sombre tourna dans sa cour, il sut qu'il avait affaire à un flic.

C'est le commissaire de l'autre fois qui en descendit. Il claqua la portière, sans prendre la peine de la verrouiller.

Non mais, sérieusement, il s'imaginait que les voleurs allaient épargner sa bagnole rien que parce qu'il était de la PJ ?

Arno Kalmer cracha par terre. Ils n'étaient pas tirés d'affaire, il le savait bien. La tranquillité à laquelle ils avaient eu droit était trompeuse. Quand il se passait quelque chose, on commençait toujours par soupçonner ses gars.

Il pouvait le comprendre. Les saisonniers formaient un peuple étrange, échappant aux critères habituels, on ne pouvait pas dire le contraire. Il n'y en avait pas deux qui se ressemblaient. Seul point commun, ils plaçaient la liberté au-dessus de tout.

Juste après les auditions, certains avaient décampé. Ces gens-là n'aimaient pas qu'on regarde dans leur jeu. Même quand ils n'avaient rien à cacher.

De toute façon, il y en avait toujours un ou deux qui disparaissaient du jour au lendemain. Il fallait en tenir compte en embauchant la main-d'œuvre, si on ne voulait pas foutre en l'air toute une saison.

Arno Kalmer n'aimait pas ses ouvriers. Mais il dépendait d'eux. Et il respectait leur ardeur au travail. Son unique salarié permanent était fainéant et nonchalant. Il aurait bien fait de prendre exemple sur les saisonniers !

En soupirant, il alla à la rencontre du commissaire. Pas la peine de lui demander le motif de sa visite…

— Installons-nous quelque part et causons, proposa celui-ci.

Ils entrèrent dans la ferme.

— Ma femme est partie faire les courses, annonça Arno Kalmer. Mais je devrais pouvoir préparer du café. Vous en voulez ?

Bert Melzig préférait un verre d'eau. Il s'assit sur le banc de la cuisine et sortit son calepin.

***

Il avait vu passer la Peugeot sombre. La voiture du commissaire ! Du moins, il le supposait… Il avait été incapable de distinguer le conducteur, à cette distance.

Il fallait s'attendre à ce qu'il revienne. Il ne devait pas s'alarmer. Il avait déjà joué à ce petit jeu à plusieurs reprises. Et il gagnerait, cette fois encore ! Avec un petit sourire, il se courba au-dessus des plantes et se remit au travail.

— On est de bonne humeur, aujourd'hui ? lança Malle, un cageot plein en équilibre contre le ventre.

— Pas plus que les autres jours, grogna Georg.

Il aurait aimé lui répondre de s'occuper de ses oignons, mais Malle était le seul ouvrier qu'il supportait. Et, de temps en temps, on pouvait avoir besoin d'un allié.

Quelques-uns avaient déguerpi. Le commissaire allait d'abord s'occuper de ceux-là. Ça lui donnerait du temps…

Georg fit claquer sa langue. Du temps ? Pour quoi faire ?

Les fruits rouge foncé, chauffés par le soleil, dégageaient un parfum extraordinaire. Presque tous les saisonniers s'étaient gavés jusqu'à l'écœurement, mais Georg trouvait les fraises toujours aussi délicieuses.

Pour être honnête, il devait reconnaître qu'il était rongé par l'inquiétude. Le commissaire était revenu. La chasse avait commencé. Il ne fallait commettre aucune erreur.

D'un mouvement désinvolte, il s'accroupit, ramassa son cageot et alla le déposer dans la remorque. Personne ne remarquerait sa nervosité. Il avait manqué sa vocation de comédien. Sa grand-mère le répétait sans cesse !

Mais, dans sa bouche, il ne s'agissait pas d'un compliment. Et chaque fois, son grand-père le traînait jusqu'à la grange.

Georg se raidit. Plus personne ne le frapperait. Jamais. Même le vieux avait fini par comprendre.

Un jour ou l'autre, ils comprennent tous.

***

Anita n'arrivait à se souvenir de rien d'autre. Elle alla se chercher un café et un petit pain au fromage, et s'installa un moment à notre table. Il n'y avait plus beaucoup de clients et elle n'avait même pas pris de petit-déjeuner.

Elle faisait partie de ces filles jolies en toutes circonstances, y compris quand elles mâchaient ou que des miettes s'accrochaient au coin de leur bouche. Cela ne m'aurait pas étonnée qu'elle pleure sans avoir les yeux gonflés !

— Tu ne connaîtrais pas le nom de cet homme, par hasard ? lui demandai-je, sans trop d'espoir.

— Je ne connaissais même pas celui de votre amie.

Elle se pencha et se mit à parler tout bas :

— Sérieusement… Pourquoi vous renseignez-vous sur lui ? Vous ne me ferez pas avaler cette histoire d'au revoir !

Je fixai Merle en hésitant. Après tout, ce n'était pas un secret que nous étions sur les traces du meurtrier de Caro. Je l'avais presque crié sur les toits. On en avait même parlé dans les journaux.

240

— Vous pensez… que c'est le tueur, c'est ça !

Anita reposa le reste de son petit pain et se frotta les mains pour faire tomber les miettes.

— Je le savais… Mon Dieu ! J'ai servi l'homme qui a assassiné quatre jeunes filles…

Merle inscrivit nos numéros de téléphone sur un dessous de verre. Elle le tendit à Anita, qui reprenait lentement ses esprits.

— Très bien ! Je vous appelle si quelque chose me revient. Promis !

Une fois dehors, Merle résuma, en comptant sur ses doigts :

— On a tout de même appris deux ou trois choses… Il est grand, il a la trentaine et les cheveux foncés, et il fait flasher les femmes ! On dirait bien qu'Anita s'était entichée de lui !

— Sans oublier qu'il sait écouter. Et qu'il était fou de Caro.

— On ne tue pas quelqu'un dont on est follement amoureux, objecta Merle.

Elle avait tendance à tirer des conclusions hâtives. En maths, cela ne lui valait que des ennuis.

— Que fais-tu des crimes passionnels ?

— Il leur a coupé les cheveux, exposa Merle. Il n'a pas pu le faire avec Caro parce qu'elle les portait déjà très courts. Sans ça, le schéma est le même pour les quatre meurtres.

— Mais s'il s'agissait dans tous les cas de crimes passionnels ?

Je voulais à tout prix que Caro ait été aimée avant de mourir. Au moins ça !

— Combien de passions crois-tu qu'on rencontre dans une vie ? me fit remarquer Merle avec ironie.

Elle avait raison…

— Et si ce n'était pas l'assassin de Caro ?

— Mais c'est précisément ce qu'on veut découvrir, Jette.

Elle s'adressait à moi comme une mère à son enfant : avec patience, lenteur, et une pointe d'agacement.

— Tu ne veux pas non plus que ce soit le tueur !

— Évidemment ! lança Merle en ressortant la liste de sa poche. Mais ça me perturbe qu'il ne cherche pas à entrer en contact avec nous. Il a forcément mal ! Besoin de se confier ! Il a peut-être envie de choisir quelque chose dans la chambre de Caro. En souvenir.

— Il ne voulait pas qu'elle nous parle de lui, rappelle-toi.

— Exact ! asséna Merle d'un air furibond. J'ai un millier de questions à lui poser. Et c'est pour ça que je veux le trouver.

***

Combien de fois avait-elle essayé de joindre Jette ou Merle ? Dix fois ? Davantage ? C'étaient les vacances, les filles avaient raison de ne pas tourner en rond dans leur appartement. Elle le savait bien, mais cela ne l'empêchait pas de se faire du souci.

Le manuscrit grossissait, chapitre après chapitre. Elle n'avait encore écrit aucun roman avec une telle hâte, presque fébrile. Chaque livre portait une signature différente. Chaque livre représentait un pan de sa vie.

Une demi-heure plus tôt, en faisant une pause-café sur la terrasse, elle était parvenue à un double constat : elle n'avait pas stocké assez de bois de chauffage pour l'hiver, et le tueur de son roman exerçait sur elle un puissant ascendant. Elle avait largement le temps de commander du bois et de l'entreposer dans l'appentis, mais il fallait qu'elle prenne au plus vite ses distances avec son assassin.

Ces derniers jours, elle s'était demandé plusieurs fois si sa prose avait pu faire le lit de ces meurtres affreux. Sa raison avait immédiatement rejeté cette idée en la classant parmi les divagations, mais elle ne parvenait pas à s'en débarrasser.

Elle se fit un autre café et sortit dans le jardin avec sa tasse. La vue du paysage intact et du ciel tendu au-dessus, telle une étoffe bleue tachetée de blanc, l'apaisa.

Si, vraiment, les crimes que j'invente tissaient dans la réalité des fils invisibles servant de trame aux véritables crimes, je cesserais aussitôt d'écrire. Ou je me limiterais aux histoires d'amour !

Le téléphone sonna. Depuis qu'elle habitait une grande maison, en pleine campagne, Imke avait toujours un sans-fil à portée de main. Ce qui lui permit de décrocher dès la deuxième sonnerie.

— Que dirais-tu de m'inviter à prendre le thé ?

Sa mère… Brusquement, Imke réalisa que c'était LA personne dont elle avait besoin. Elle avait un tas de défauts, se montrait souvent impossible, mais on pouvait compter sur elle dans les situations difficiles. Solide comme un roc au milieu du ressac.

— Quand peux-tu être ici ?

Un court silence.

— C'est si urgent ?

Et comment ! Il fallait qu'elles parlent, nom d'un chien ! Sa mère avait ce qu'on appelle du bon sens. D'une manière ou d'une autre, elle réussissait toujours à tout arranger. Les mères étaient là pour ça, non ?

— Je mets l'eau à chauffer.

Comme une petite fille, elle se raccrochait à l'espoir que discuter avec elle écarterait le danger de son chemin. Et, tout doucement, elle se mit à fredonner.

***

— Si je donnerais ma tête à couper pour mes ouvriers ? éclata de rire Arno Kalmer.

Il riait trop fort et sans gaieté.

— Vous savez, je les connais à peine ! Certains reviennent bien chaque année, mais ce n'est jamais que pour quelques semaines.

— Donc, non ? demanda Bert.

Kalmer se pencha en avant. Ses yeux sombres brillaient comme s'il avait de la fièvre. Bert l'avait remarqué à sa première visite. L'homme semblait sous pression, en permanence.

— Oui. Non. Tout est noir ou blanc, pour vous ? fit-il en levant les bras au ciel. Il n'y a rien entre les deux ?

Si Bert ne l'avait pas trouvé antipathique d'emblée, cette seule remarque aurait suffi.

— C'est peut-être, alors ? insista-t-il.

— Vous vous moquez de moi.

244

Kalmer se renversa sur sa chaise et croisa ses bras robustes et velus sur son torse. Une large cicatrice courait sur son poignet droit.

— Loin de moi cette idée, le détrompa Bert. J'essaie seulement d'être précis.

Il vit le flegme affiché se muer en colère. Ça y est ! Il avait réussi à se mettre Kalmer à dos.

— Vous trouvez normal qu'au moindre délit dans le coin, la police se pointe dans ma ferme ?

Bert resta silencieux – la seule façon de délier la langue de son interlocuteur.

— Les saisonniers qui bossent pour moi sont travailleurs et endurants, on ne peut pas en dire autant des gens du cru ! Ils font consciencieusement leur boulot. Leur vie privée ne me regarde pas.

Bert ne disait toujours rien.

— Il y a de temps en temps des frictions entre eux, c'est sûr. Mais il y en a derrière chaque foutue porte de ce foutu village. Vous comprenez ? Bon, d'accord, mes ouvriers n'ont peut-être pas le sens des convenances. Ce sont des vagabonds. Certains refusent de dormir dans un vrai lit, ils préfèrent camper dans la grange…

Il fixa Bert d'un air de défi.

— …Et après ! Est-ce que ça en fait automatiquement des criminels ?

Pourquoi diable est-ce que je n'aime pas cet homme ? se demandait Bert. *Ce qu'il dit là, je le pense aussi !*

— Bien sûr que non, admit-il.

— Qu'est-ce que vous venez faire ici, alors ? Ça fait belle lurette que vous avez interrogé tout le monde. Il y a des éléments nouveaux qui vous conduisent à mon exploitation ?

— Vous comprendrez que je ne puisse pas m'exprimer à ce sujet…, esquiva Bert, remarquant combien son ton était obséquieux.

Il lui arrivait de se détester pour l'image qu'il présentait aux gens dans ce genre d'entretiens. De souhaiter tomber le masque du policier, être lui-même.

Mais que trouverait-on sous le masque ?

L'agriculteur finit par lâcher, à contrecœur, les noms des ouvriers partis avant la fin de la cueillette. Bert les nota à la hâte, puis il vida son verre et se leva.

Kalmer le raccompagna jusqu'à sa voiture et le suivit du regard, jusqu'à ce qu'il ait quitté la cour de la ferme.

Il est soulagé que je m'en aille…

Bert fouillait dans sa mémoire pour trouver quand, pour la dernière fois, une de ses visites en tant que policier avait fait plaisir à quelqu'un.

Imke Thalheim.

Il se sentit aussitôt plus léger. Il monta le son de la radio et prit la direction de Bröhl pour avoir une petite discussion avec Jette et Merle. Parce qu'il l'avait promis à Imke Thalheim, mais aussi parce qu'il ne devait en aucun cas les perdre de vue.

***

La Peugeot sombre repartait. Une vague de soulagement envahit le corps de Georg.

Il faut que je fasse attention. Quand je laisse la peur me monter à la tête, ça me rend vulnérable.

246

Il ne voulait plus jamais être vulnérable.

Georg, le tueur de dragons !

Ses mains tremblaient. Très légèrement, mais elles trem-blaient. Il s'obligea à inspirer profondément et à expirer lentement.

Ça l'avait toujours aidé, jusqu'à présent.

Inspire… Expire… Inspire… Expire…

Pour un peu, il se serait mis à prier.

15

Beaucoup reconnaissaient Caro, mais aucun, à part Anita, ne pouvait affirmer l'avoir vue avec un autre que Gil ou ses anciens petits copains. Certains hésitaient tant qu'ils finissaient par refuser de trancher.

Si seulement on avait eu des photos de l'enterrement… Quelqu'un aurait peut-être pu identifier cet homme. J'étais persuadée qu'il avait, lui aussi, accompagné Caro sur son dernier chemin. S'il était innocent, bien sûr !

Je l'espérais. Il fallait absolument que je le rencontre. Parce qu'il avait aimé Caro. Qu'il était devenu très proche d'elle. Comme Merle et moi.

salut
l'homme sombre
qui appartiens aux ténèbres
pas à moi
salut

mon bien-aimé
montre-toi
au grand jour
avec moi

Quel était son secret ? Pourquoi se cachait-il ? Qu'est-ce qui l'avait poussé à garder Caro prisonnière de cette cage de silence, comme un oiseau auquel on interdit de chanter ?

En fin d'après-midi, nous arrivions presque en bas de la liste. Nous avions envie de rentrer nous occuper des chats et souffler un peu. Au programme ce soir, un tour en banlieue dans des cafés de jazz et des boîtes de nuit.

Nous ne pouvions pas nous limiter à Bröhl. Caro s'y était toujours sentie à l'étroit ; elle avait pris l'habitude de rayonner autour de la ville. Pour la énième fois, je me réjouis d'avoir ma Renault. Même sans la clim, elle nous emmenait plus confortablement à destination que le bus ou le tram.

Les chats s'étaient ramassés craintivement dans le renfoncement entre baignoire et cabine de douche. Leur écuelle était vide, et il y avait une flaque d'urine à côté de la litière.

Je nettoyai le sol et leur présentai de la viande et des croquettes. Ils observaient le moindre de mes mouvements, mais reculaient chaque fois que je tendais la main.

— Ils sont perturbés, diagnostiqua Merle en enfournant deux pizzas baguettes. Pas étonnant, avec les épreuves qu'ils ont traversées ! Et si on les gardait ?

J'y avais déjà songé, moi aussi. Il devenait de plus en plus difficile de trouver un toit pour tous les chats, chiens, cochons d'Inde, rats et souris que son groupe sauvait.

Merle versa de la crème dans une coupelle et l'emporta dans la salle de bains. Je la suivis et regardai par-dessus son épaule. Avec elle, les chats se laissaient toucher. Ils restaient très méfiants, très farouches, mais n'évitaient pas sa main. Tous les animaux aimaient Merle.

— Tu vois, Jette, je trouve qu'un chat, ça donne un coup de pep au train-train quotidien !

— Je n'ai rien contre.

On sonna et je pressai le bouton pour ouvrir le porche. Je le reconnus au bruit de ses pas. Il montait toujours les marches deux à deux. Il arriva en haut, hors d'haleine.

— Un vrai défi sportif, cet escalier !

Je le conduisis dans la cuisine. Il refusa le café qu'on lui proposait.

— Je venais simplement voir comment vous allez.

— Sans arrière-pensée ? fit Merle d'un ton soupçonneux.

— Tu penses bien que oui ! ironisai-je. On parie ?

J'étais fourbue et à cran. Quelque chose ne me plaisait pas, dans la façon dont ce commissaire nous examinait, son regard scrutateur me donnait mauvaise conscience.

— J'espère que vous avez abandonné le projet de chercher le meurtrier de Caro ?

— Eh non ! lâcha Merle.

— Alors ? Dissimulez-vous une information à la police ?

— Pas pour l'instant, déclarai-je.

Ce qu'Anita nous avait appris était si vague qu'il n'avait pas forcément à le savoir.

— Je dois vous mettre en garde, encore une fois. En agissant ainsi, vous vous exposez à un grave danger. Cette idée devrait vous inciter à changer vos plans, non ?

Je secouai la tête, imitée par Merle.

— Je pourrais vous faire surveiller... Pour vous empêcher de saboter le boulot de la police.

C'était peut-être déjà le cas ? Désormais, il faudrait s'assurer que personne ne nous suive.

— Ma mère ne serait pas à l'origine de votre visite, par hasard ?

Son silence, son regard fuyant en disaient long. Mais avant que je puisse m'indigner, les baguettes étaient prêtes. Merle les sortit du four.

— Vous mangez avec nous ?

— Non. Merci quand même pour l'invitation.

Je le raccompagnai. Sur le palier, il se retourna une dernière fois.

— Faites bien attention à vous ! Et ne commettez pas l'erreur de sous-estimer le meurtrier. J'ai posé ma carte de visite sur la table. Vous pouvez m'appeler à toute heure. Vous avez entendu ? À toute heure !

J'entendis le bruit de ses pas s'évanouir dans l'escalier. Il était gentil, finalement, ce commissaire ! Je refermai la porte et retournai dans la cuisine.

— Sa carte, annonçai-je en brandissant le petit rectangle de bristol.

— Rien à foutre ! trancha Merle.

Mais je ne la jetai pas. Je la posai contre le téléphone. On ne savait jamais.

***

Imke reçut la visite de sa mère comme un cadeau. Pour la première fois depuis longtemps, elles n'échangèrent aucune méchanceté. Une situation si inhabituelle, si inattendue qu'Imke en eut les larmes aux yeux.

— Tu m'as beaucoup aidée. Merci…

— Cesse de me remercier ! coupa sa mère en brassant l'air d'une main chargée de bagues. Tu en ferais autant pour moi.

J'espère ! se dit Imke. *Le rôle de la consolatrice ne me colle pas vraiment à la peau…*

Pourtant, sa mère ne l'avait pas consolée. Elle avait juste remis les choses à leur place. « Si on considère les problèmes avec réalisme, ils sont déjà à moitié résolus. » Cette devise lui donnait manifestement toute satisfaction, car elle n'avait jamais appelé Imke à l'aide.

— Tu n'as qu'à envoyer les filles chez moi !

— Jette et Merle ont passé l'âge qu'on les « envoie » quelque part, maman.

— Tu ne veux pas au moins essayer ?

Ce n'était pas une mauvaise idée. Au moins, elles ne seraient pas seules dans un immeuble dont les locataires ne fermaient jamais la porte cochère.

— Je vais y penser, promit Imke.

— Dis-moi, comment avance ton dernier livre ? s'enquit sa mère, changeant de sujet mais s'aventurant en terrain miné.

— Très bien, ma foi ! éluda Imke.

— Quel sujet as-tu choisi, cette fois ?

Fallait-il y voir un réel intérêt, ou se contentait-elle de faire la conversation ? Imke hésitait.

— Je travaille sur les meurtres de Caro et de Simone Redleff.

— Ce n'est pas possible ! s'exclama sa mère en laissant retomber sa tasse. Il ne t'est jamais venu à l'esprit qu'on pouvait… provoquer une catastrophe à force d'en parler ?

— En écrivant là-dessus, tu veux dire ?

— Exactement.

— Je ne crois pas à tous ces machins ésotériques… Tu délires !

Les mots avaient déjà quitté sa bouche. Plus moyen de les ravaler.

— Pardon, maman. Je ne voulais pas…

— C'est bon, c'est bon ! Je sais bien que tu n'as aucune estime pour ces conceptions.

— Ça me fait du bien de m'attaquer au sujet, expliqua Imke. Je me débarrasse de mes peurs en les conjurant sur le papier.

— Tu veux dire sur l'écran de ton ordinateur…

Elles rirent, et ce rire avait quelque chose de libérateur.

Un planeur évoluait silencieusement au-dessus de leurs têtes. Une nuée de moustiques dansaient devant la fenêtre de la cuisine. L'air avait le goût de l'été.

Laisse mon enfant tranquille ! songea Imke. *Laisse mon enfant tranquille.*

Elle se rendit compte qu'elle venait de s'adresser au tueur. Le véritable meurtrier, pas l'image qu'elle se représentait quand elle écrivait.

— Viens, maman, proposa-t-elle en se frottant les bras. Rentrons ! Il commence à faire frais.

***

Frais ? La mère d'Imke lui lança un coup d'œil étonné. Il n'avait pas fait aussi chaud depuis longtemps ! Sans rien dire, elle se leva et la suivit. Sur le seuil de la porte, elle se retourna.

La situation isolée du Moulin était la première chose qui l'avait frappée, lorsque sa fille avait emménagé. À l'époque, elle avait trouvé agréable cette absence totale de bruits « civilisés ». À présent, elle voyait les choses différemment.

Imke ne devrait pas habiter seule. Il faudrait que ce Tilo emménage ici. Jusqu'à ce qu'on ait arrêté le tueur.

Elle n'aimait pas beaucoup le compagnon de sa fille. Il avait le regard trop perçant. On avait en permanence le sentiment d'être démasqué. Seulement voilà, c'était le seul homme disponible !

— Ce Tilo ne pourrait pas emménager ici pour un temps ? lança-t-elle en direction de la cuisine, où elle entendait Imke entrechoquer de la vaisselle.

Elle fit coulisser la porte-fenêtre et la verrouilla soigneusement.

— Quand cesseras-tu de l'appeler « ce Tilo », maman ?

Oui. Quand ? Elle poussa un soupir. Difficile d'éviter les querelles quand on était si chatouilleuse. Que la nuance ou l'intonation la plus subtile ne vous échappait pas.

Un chien, ça ne serait pas mal non plus… Grand et massif, avec des pattes de prédateur. Une bête qui donnerait sa vie pour protéger sa maîtresse.

— Et si tu prenais un chien ?

— Un chien ? Et puis quoi encore !

Elle poussa un nouveau soupir. Sa fille était toujours affreusement intrépide. Comme si un sortilège secret la rendait immortelle.

Très bien ! Je vais dans la cuisine et je lui montre qu'elle se trompe. En douceur. Qu'elle ne peut pas continuer à vivre en se voilant la face. Qu'elle est vulnérable, qu'elle a des points sensibles, elle aussi.

Et on finira par se chamailler, comme d'habitude ! Je me ferai des reproches, elle se fera des reproches. Et dans un moment, on se téléphonera, on s'excusera et on jurera de faire plus attention. De se ménager. Mais on n'y arrivera pas plus qu'aujourd'hui.

Le téléphone sonna. Elle sursauta et s'en agaça. Tomberait-elle à son tour sous l'emprise de la peur ?

***

Il avait du mal à les suivre sans les perdre de vue. Dans les polars, prendre quelqu'un en filature avait toujours l'air tellement simple ! Le trafic était dense. À croire que tout le monde avait décidé de sortir pour profiter de cette belle soirée…

Il se félicitait de conduire une voiture anonyme, une Fiat couleur vase. Ni trop neuve, ni trop vieille ; ni trop grosse, ni trop petite. Bref, rien qui puisse attirer l'attention.

Elles se garèrent sur le parking d'une discothèque et descendirent. Il s'arrêta sur le bas-côté, coupa le moteur et attendit qu'elles franchissent la porte vert criard pour leur emboîter le pas.

Ce n'était pas une de ces boîtes fréquentées uniquement par des jeunes. Tout semblait démodé, comme si le temps s'était figé dix ans plus tôt.

Il n'y avait pas foule et le volume de la musique permettait de discuter sans crier. Il s'installa au bar et commanda un Coca.

Assises à une table déjà occupée, Jette et Merle avaient sorti une photographie qui passait de main en main. Les inconnus l'examinaient. Réfléchissaient. Secouaient la tête ou haussaient les épaules d'un air de regret, avant de la tendre à leur voisin.

L'espace d'un instant, il douta. Une photo de lui ? Ses doigts se crispèrent autour de son verre. Puis il rassembla ses esprits. Caro ne l'avait jamais photographié. N'était jamais venue dans la chambre qu'il louait à l'auberge. On n'y trouvait aucune photo, du reste. Il n'existait aucun cliché de lui. Sauf, peut-être, ceux que sa mère avait gardés…

Non, les deux jeunes filles montraient vraisemblablement un portrait de Caro en espérant qu'on l'ait vu avec elle.

Tu dérailles, mon pauvre vieux !

Elles ne pouvaient rien savoir de lui. Caro avait promis de garder le secret.

Jette et Merle se levèrent et passèrent aux clients suivants. Obéissant à une impulsion, Georg prit son verre et s'installa dans un coin, tout au fond de la salle. Là, il attendit et les vit aller de table en table.

Il se sentait très calme, à présent. Il n'était jamais venu dans cette boîte avec Caro. D'ailleurs, ils étaient rarement sortis dans le coin. En général, ils prenaient son auto et partaient à l'aventure. Ils s'arrêtaient dans les villages qui leur tapaient dans l'œil et s'y promenaient.

Un jour, il l'avait invitée à déjeuner dans une auberge de campagne. Une autre fois, ils avaient mangé une glace et bu un cappuccino chez un glacier. Ils n'avaient jamais croisé aucune connaissance, il y avait soigneusement veillé.

La plupart des autres cueilleurs ne possédaient pas de voiture, ce qui limitait leurs déplacements. Et de toute façon, ils étaient souvent trop fatigués pour entreprendre de longues excursions. À force de se baisser et de trimballer des cageots, on attrapait mal partout, le boulot n'était pas facile à encaisser.

Caro, en revanche, connaissait du monde… Georg avait considéré comme un défi de les éviter. Il l'avait remporté haut la main. Personne ne se rappellerait les avoir vus ensemble. Il était possible qu'on les ait entraperçus, mais un souvenir aussi fugace ne pouvait pas représenter un danger.

Ce serait bientôt son tour ! Il avait pris la précaution d'emporter un paquet de cigarettes, au cas où. Il le sortit de son sac pour se donner une contenance, déchira l'emballage…

— Excusez-nous ! On peut vous déranger un instant ? On aimerait vous demander quelque chose. Ça ne sera pas long.

Les yeux de Jette lui plurent d'emblée. Son sourire la métamorphosait, la rendant douce et sensuelle.

— Allez-y, fit-il en hochant la tête.

Merle lui tendit la photo.

— Vous connaissez cette jeune fille ?

Voir Caro lui causa un choc. Il n'y était pas préparé. Il fouilla dans la poche de son pantalon, en tira un mouchoir et souffla dedans pour gagner du temps.

— Non… Désolé.

Sa façon de rire devant l'objectif ! Ce qu'elle était belle ! Et familière. Elle faisait toujours partie de lui.

Il parvint à sourire.

— J'aurais aimé vous aider.

— À quoi ? répliqua Merle en le jaugeant.

Elle était ainsi que Caro l'avait décrite : assez froide, logique, directe. « Mais avec un cœur merveilleux, très, très tendre ! »

— À la trouver, ajouta-t-il rapidement. Vous la cher-chez, non ? Sinon, pourquoi montrer sa photo ?

— En fait, expliqua Jette, on cherche son petit ami. Grand, mince, cheveux foncés. Et très brun…

Elle lui sourit, brusquement gênée.

— … Un peu comme vous !

Il sentit un fourmillement parcourir son cuir chevelu.

— Je ne verrais pas d'inconvénient à être son petit ami, mais… Dommage ! Votre copine est une jolie fille.

Jette s'apprêtait visiblement à dire quelque chose, mais Merle le remercia et éloigna son amie en la tirant par le bras.

Juste à temps ! Il commençait à se sentir mal, à force de prendre un air naturel. Il attendit qu'elles quittent la disco-thèque pour sortir à son tour. Il était assis au volant, prêt à démarrer, lorsqu'il vit leur Renault s'engager sur la route.

***

Bert était rentré plus tôt, ce jour-là. Il avait joué au foot avec les enfants, dans le jardin. Ensuite, ils avaient « cuisiné ». C'est-à-dire qu'ils avaient passé des frites au four, mis des saucisses à cuire et avalé le tout avec une épaisse couche de ketchup et de grands éclats de rire.

Margot en avait profité pour lire, puis téléphoner, puis se teindre les cheveux. Elle se dérobait depuis longtemps aux activités communes. Comme si les heures qu'elle passait avec elle-même étaient les plus précieuses.

Bert pouvait la comprendre. Le quotidien les pompait complètement. Il fallait recharger ses batteries, se ressourcer. Mais autrefois, ils puisaient justement leur énergie dans ces moments d'intimité. Ils s'accommodaient de tout, pourvu qu'ils soient ensemble. Les choses avaient bien changé.

Bert ne s'y habituait pas. C'était toujours douloureux…

Ils étaient maintenant assis sur la terrasse avec un verre de vin rouge. Quelqu'un dans le quartier faisait un barbecue ; il flottait dans l'air une odeur de charbon de bois et de viande grillée. Les voisins de droite discutaient à voix basse dans leur jardin. La porte-fenêtre des voisins de gauche laissait filtrer des bruits de cavalcade. Ils regardaient le western sur la 2.

Bert revit la propriété d'Imke Thalheim. Était-elle assise dehors ? À cette heure, elle devait entendre le chant des grillons…

Il jeta un regard coupable à Margot, qui feuilletait un magazine de jardinage pour « trouver des idées », comme elle disait. Bert ne pouvait s'imaginer Imke Thalheim en train de faire la même chose. Chez elle, il n'avait vu aucune « idée ». Le paysage semblait intact, à perte de vue.

— Comment avance ton travail ? demanda Margot, comme pour le détourner de ses pensées.

Concentre-toi ! s'ordonna Bert.

Et il songea que les cachotteries commençaient bien avant l'infidélité…

— On ne progresse pas. Je piétine !

Elle referma sa revue, le regarda dans les yeux.

Avec une patience un peu forcée, pas vraiment intéressée…

Elle se faisait peut-être une représentation bien précise de la façon dont une femme de policier devait se comporter ? Brusquement, il n'eut plus du tout envie de lui parler de l'enquête.

Il alla chercher le journal intime de Caro dans son porte-documents. Lorsqu'il ressortit, Margot s'était retirée dans la maison avec son magazine et son verre de vin. Possible que son mutisme l'ait vexée…

Bert parcourut les pages au hasard. Elles exprimaient les émotions d'une jeune fille qu'il n'avait pas connue, des réflexions personnelles qui ne lui étaient pas destinées. Pourtant, il les avait si souvent lues qu'il les connaissait presque par cœur. Comme il se sentait sale, parfois !

Caro n'était pas bavarde, elle n'avait pas aligné faits et anecdotes. Chaque paragraphe se suffisait à lui-même, pesait lourd. Les mots étaient choisis, le style concis.

Bert consacra une heure environ au journal. Puis il s'attaqua de nouveau à la liste arrachée à Arno Kalmer. Les noms des ouvriers ne lui disaient rien. Il se promit de charger un gars de la brigade de les retrouver, jusqu'au dernier, pour les cuisiner. Pourquoi partir avant la fin de la récolte ? Pourquoi une telle hâte ?

Cela étant dit, leur fuite n'impliquait pas nécessairement leur culpabilité dans cette affaire. La seule apparition de la police avait pu les rendre nerveux. Beaucoup de saisonniers devaient tremper dans des affaires pas très catholiques. Bert se foutait bien de tout ça ! Il regrettait de ne pas l'avoir fait clairement comprendre.

Il relut quelques poèmes, laissant les images opérer. La réponse se cachait là, quelque part. Il en était certain. Avec un soupir, il enfouit les mains dans ses cheveux et s'absorba dans ses réflexions…

Lorsqu'il émergea, la bouteille de vin était vide. La maison plongée dans l'obscurité. Apparemment, Margot ne l'avait pas attendu pour aller se coucher.

Ça m'est égal ! pensa-t-il en débarrassant la table.

Mais il se mentait à lui-même. Il aurait aimé un peu de chaleur humaine, ne serait-ce qu'une demi-heure.

***

Résultat des courses ? Personne, à part Anita, n'avait vu Caro avec son dernier petit ami. La poisse ! Sur le chemin du retour, je n'ouvris pas la bouche, Merle non plus. Nous étions fatiguées et frustrées.

Les chats nous attendaient et réclamèrent même à manger. Un bon signe : ils nous avaient acceptées. À partir de maintenant, la porte de la salle de bains resterait ouverte pour qu'ils puissent explorer tranquillement l'appartement.

Merle s'occupa d'eux pendant que je nous préparais un thé. Puis elle vint broyer du noir avec moi.

— Le commissaire a peut-être raison ! On ne fait pas le poids.

— Arrête tes bêtises, Merle ! Il s'agit d'une affaire extrêmement complexe. Sinon, l'enquête de la police aurait déjà fait des progrès, tu ne crois pas ?

Qu'avions-nous, au fond ? Les poésies de Caro, un foulard noir, une fleur séchée et la description de l'homme qu'elle aimait. Pas vraiment de quoi triompher… Nos recherches semblaient reposer sur des éléments aussi volatils qu'un parfum (ou plutôt un after-shave), dont le sillage risquait fort de s'évaporer.

— Je me sens bizarre, reprit Merle en faisant la grimace. Je crois que j'ai peur.

— Peur ? De quoi ?

— Rien de précis. Juste une sensation de menace. Pas toi ?

— J'ai surtout la sensation d'être vannée ! Dans ces cas-là, on se fait facilement des films. Je vais me coucher, moi.

— Bonne idée…

Merle se leva et alla déposer nos tasses dans l'évier.

— … Demain est un autre jour !

Le dicton favori de grand-mère.

Je tombai sur mon lit comme une masse et sombrai aussitôt dans le sommeil.

Pendant la nuit, je fus réveillée par du bruit.

Sûrement les chats…

Il allait falloir nous habituer au fait que nous étions quatre.

***

Les chats l'avaient fait sursauter. Il ne s'attendait pas à les trouver là. Il avait d'abord cru entendre une des filles dans la cuisine, puis une petite ombre était passée furtivement devant lui, suivie d'une autre.

Encore heureux qu'elles n'aient pas pris un chien ! Ça aurait tout fait foirer.

Il ne savait pas ce qui l'avait poussé à venir. Caro avait fait faire un double de ses clés. Elle avait beaucoup insisté pour qu'il l'accepte.

« Au cas où ! » Elle n'avait pas expliqué ce qu'elle entendait par là.

Il resta un moment dans la cuisine, s'imprégnant de son atmosphère comme autrefois. Le faible éclairage venant de la rue éclairait assez la pièce pour qu'il en distingue les contours.

Que faisait-il là ? C'était de la folie !

Sans un bruit, il traversa l'entrée et ouvrit avec précaution la porte de la chambre de Caro.

Apparemment, elles n'avaient touché à rien.

Il s'assit sur le lit et passa la main sur le drap.

Peut-être était-il venu dire adieu à Caro ?

Définitivement.

Jamais cela n'avait été aussi pénible.

16

Elles avaient encore renvoyé le serrurier ! Il était reparti bredouille. « On n'a pas besoin d'une nouvelle serrure... Il doit s'agir d'une erreur. » Voilà ce qu'il avait rapporté de manière lapidaire. Il s'en moquait. Tant qu'on lui payait le déplacement...

Imke était sidérée. Les filles ne pouvaient quand même pas être bêtes au point d'ignorer le danger ! Sauf si elles continuaient à défier le meurtrier, si elles voulaient qu'il pénètre dans leur appartement...

Divagation ! Imke sortit. Il fallait qu'elle s'occupe. Du travail manuel, de préférence. Sans quoi elle perdrait la tête.

Dans le jardin, elle regarda autour d'elle, indécise. Par où commencer ? Elle marcha un moment en direction des pâturages, avant de rentrer.

En partant en congé, Mme Bergerhausen lui avait laissé une maison impeccable. Il n'en restait pas grand-chose...

265

Tout paraissait moins net. Moins resplendissant. Terne, en quelque sorte. Même dehors ! Mais il se pouvait que cela ne soit, là aussi, que le fruit de son imagination.

Imke débarrassa la table du petit déjeuner et mit le lave-vaisselle en route. Puis elle passa un coup d'éponge sur le plan de travail. Rangea le journal dans sa corbeille. Fourra la nappe sale dans le panier à linge. Remplit la machine et lança un lavage. Au bout d'un moment, elle cessa de réfléchir et ses gestes devinrent automatiques.

Elle se trouvait à la cave lorsque le téléphone sonna. Elle remonta l'escalier à toute allure et décrocha, à bout de souffle. Bert Melzig.

— … Ma visite ne leur a pas fait grande impression, je le crains. Je leur ai laissé ma carte en partant. Désolé de n'avoir pas mieux à vous annoncer.

— Vous avez fait ce que vous pouviez ! Merci.

Imke raconta ce que le serrurier lui avait appris. La peur faisait jaillir les mots malgré elle. Pourquoi l'importuner avec cela ? Il ne pouvait pas l'aider.

Il l'écoutait. Il faisait ça merveilleusement bien. Comme s'il posait sa large main sur votre tête et que tout rentrait dans l'ordre.

Mais rien n'était en ordre. Rien ne serait plus comme avant. Rien ne pourrait ramener à la vie Caro et les autres jeunes filles assassinées.

***

Enfin, elle quittait l'immeuble seule ! Il la laissa s'éloigner avant de descendre de voiture, de boucler sa portière

266

et de la suivre. Espionner les deux jeunes filles dès qu'il avait une minute de libre menaçait de tourner à l'obsession…

La veille, ce petit jeu l'avait simplement amusé. Mais l'affaire prenait une tournure sérieuse, désormais. Il voulait faire la connaissance de Jette. Pour de bon. Ensuite, il se demanderait quelle suite donner à tout ça. Il fallait du temps pour prendre une décision, et il attendrait patiemment que l'heure vienne.

Elle avait une démarche légère et élastique. Ses cheveux se balançaient sur ses épaules à chaque pas.

Comme les mannequins…

Il essaya de s'imaginer son odeur. Est-ce qu'elle mettait du parfum ?

Elle semblait avoir en tête de faire du lèche-vitrines. Sa filature allait se compliquer si elle s'arrêtait devant chaque devanture ! Il avait l'impression d'être un détective privé, dans un de ces films américains. Sauf qu'il manquait vraiment d'expérience…

Dans la vieille ville, Jette entra dans une librairie. Georg resta dehors et fit mine de contempler l'étalage, organisé selon la thématique du voyage. C'étaient les vacances scolaires et même les livres semblaient tributaires des saisons.

En levant la tête, il pouvait la voir. À trois mètres de lui, elle prenait en main des volumes qu'elle finissait par reposer. Puis elle s'absorba dans la lecture d'un ouvrage.

Il jeta des petits coups d'œil autour de lui, mal à l'aise. Il ne pouvait pas rester planté là. Faire les cent pas dans la rue n'était pas non plus une solution. Il ne pouvait pas se permettre d'attirer l'attention. Alors, il entra dans la boutique.

Jette consultait un guide du chat au rayon « Animaux ». Georg repensa à sa rencontre inopinée de la nuit passée, à la panique qui s'était emparée de lui.

Il commençait à s'intéresser à cette fille. Et cela ne lui plaisait pas. En même temps, il savourait la façon dont, lentement, elle prenait possession de ses pensées, de ses émotions.

Comme un poison insidieux…

S'il ne sortait pas, maintenant ! ce serait trop tard.

Il resta. Et il savait très bien ce que ça signifiait.

***

Merle ? Encore fourrée chez Claudio. Il suffisait qu'il siffle pour qu'elle accoure ! Ce n'était pas un mec pour elle. Un jour ou l'autre, il la laisserait tomber et retournerait vers sa fiancée.

Sa fiancée… Ridicule. Ce qu'il pouvait être vieux jeu ! En réalité, je soupçonnais ces prétendues fiançailles de n'être qu'une invention de Claudio. Pour tenir Merle à distance.

Je pensais qu'un peu de shopping me changerait les idées. M'apaiserait. Regarder les vitrines, essayer quelques fringues, boire un café ou manger une glace… Ça m'avait toujours remonté le moral.

Mais pas aujourd'hui. Il était déjà tard, une heure à peine avant la fermeture des magasins. Les gens couraient d'une boutique à l'autre. Leur agitation fébrile me gagnait peu à peu, une sensation vraiment désagréable. La librairie tombait à pic !

Je sortis deux ou trois livres d'une étagère, et bientôt, j'étais absorbée dans ma lecture. Cela m'arrivait très souvent. Chaque fois que j'émergeais, je me sentais comme engourdie. Pendant un moment, les couleurs se faisaient moins intenses, les bruits moins nets.

Ce qui ne m'empêcha pas de sentir un petit point froid vriller ma nuque. Ça me faisait toujours cet effet quand j'étais observée. Je me retournai et croisai le regard d'un mec, debout dans la section des sciences physiques et naturelles, dont le visage me parut familier. Il détourna brusquement les yeux, comme si je venais de le prendre sur le fait.

J'achetais généralement les livres qui avaient retenu mon attention. Et on n'avait pas encore de bon guide sur les chats. Je déambulai en direction de la caisse, m'arrêtai au niveau des beaux livres d'art, puis des marque-pages. J'en offrais souvent. Cette fois, j'avais envie de me faire plaisir, pour changer.

J'en choisis un second pour Merle. Elle avait la sale habitude de corner le haut des pages. Ça me rendait dingue ! Un signet l'aiderait peut-être à se débarrasser de cette manie…

— Dix-huit euros cinquante, m'annonça la vendeuse. Vous voulez un emballage ?

— Pas la peine.

J'ouvris mon sac à main et constatai que j'avais laissé mon porte-monnaie à la maison.

Rien de plus gênant que de se retrouver devant une caisse, juste avant la fermeture, à la tête d'une longue file de clients pressés… et de ne pas pouvoir payer.

Les joues brûlantes de honte, je balbutiai :

— Je suis désolée, je n'ai pas d'argent.

La vendeuse aurait pu réagir avec plus de philosophie, mais elle avait sans doute eu une journée fatigante. Agacée, elle m'examina de la tête aux pieds, puis consulta l'écran de sa machine. Dans mon dos, je commençais à entendre des murmures irrités.

— Mais j'avais déjà saisi le montant !

Comment venir à bout de ce casse-tête ? Comment ?

— Combien vous manque-t-il ?

Une voix agréable… Je me retournai et croisai son regard pour la seconde fois. Non ! la troisième. Ça y est, je me souvenais de lui ! L'homme au teint hâlé, assis seul à une table, dans la boîte de nuit.

— Dix-huit euros cinquante, répéta la vendeuse.

J'aurais voulu disparaître dans un trou de souris !

Il posa l'argent sur le comptoir. Sans un mot. Juste comme ça.

Au lieu de lui sauter au cou de soulagement, je murmurai un remerciement, casai bouquin et marque-pages dans mon sac à main et sortis. La vendeuse glissa son livre dans un sachet et l'inconnu me rejoignit dehors en souriant.

— Quand puis-je vous rembourser ?

— Disons qu'il s'agit d'un cadeau…

Sa peau bronzée faisait paraître ses yeux encore plus bleus. Ses dents étincelaient. Il me faisait un peu penser à

Terence Hill. Mais en très brun, et d'une beauté plus naturelle.

— Pourquoi me faire un cadeau aussi coûteux ?

— Peut-être parce que je vous trouve sympathique ? proposa-t-il en me regardant d'un air songeur. Ou parce que je n'ai pas pu vous aider hier. À vous de choisir !

— Non, ça ne va pas. Je ne peux pas accepter !

— Mais si !

Il sourit à nouveau et commença à s'éloigner. Puis il fit volte-face.

— Envie d'un café ?

Je ne répondis pas. Je m'avançai vers lui et descendis la rue à son côté, à la recherche d'un bistrot.

***

Elles avaient encore dû baisser la sonnerie du téléphone. À moins qu'elles ne soient sorties ? Imke composa tour à tour le numéro des deux portables.

Votre correspondant n'est pas joignable pour le moment…

Imke poussa un soupir. Jette et Merle n'allumaient jamais leur portable ! Et combien de fois leur avait-elle demandé d'acheter un répondeur ?

« Pourquoi on aurait besoin d'un répondeur, maman ? »

Pourquoi !

« Eh bien, pour être joignables.

— Pour devoir rappeler Pierre et Paul, tu veux dire ! On n'a pas de fric pour ça.

— Comme si l'argent posait un problème !

271

— Peut-être pas pour toi, maman. Pour moi, si. Et pour Merle encore plus. »

Jette et sa fichue fierté ! Elle n'acceptait que le strict minimum, pas un cent de plus. Il suffisait de regarder sa voiture pour s'en convaincre. Cabossée, déglinguée. Un dangereux tas de tôle ! Pourtant, elle n'envisageait même pas d'en changer.

Imke se prépara un thé et monta dans son bureau. Elle voulait tenter de travailler. Elle regrettait de ne pas avoir choisi un autre sujet pour son roman. Elle revoyait sans cesse Caro. Chaque phrase lui rappelait sa mort affreuse.

Le commissaire chargé d'élucider les meurtres présentait une trop grande ressemblance avec Bert Melzig. Elle en était parfaitement consciente, sans rien pouvoir y changer. Peut-être plus tard, au moment de remanier le texte… Pour l'instant, elle ne pouvait que suivre son inspiration, pas à pas.

Mais avant tout, il fallait qu'elle prenne du recul par rapport à son tueur. Être capable de se glisser dans sa peau et de savoir ce qu'il pouvait penser la remplissait d'une grande nervosité. Imke devait prendre position. Elle n'avait pas l'intention de légitimer les actes d'un meurtrier, fût-ce sur le papier.

Imke resta assise une heure devant son ordinateur, sans parvenir à taper la moindre phrase. Son coup de folie ménagère l'avait épuisée, l'appel du serrurier l'avait frustrée et l'attitude irresponsable de Jette et de Merle l'inquiétait au plus haut point. Si elle avait eu un chien, elle l'aurait sorti pour aller s'oxygéner dans les champs… Alors elle s'allongea sur le canapé occupant un coin de son bureau, s'enroula dans un dessus-de-lit et s'enfonça dans un profond sommeil.

***

Merle se méprisait pour son manque de volonté. Claudio la traitait une fois comme une princesse, la suivante comme une moins-que-rien. Ce jour-là, il avait décidé de jouer au petit chef. Il passait son temps à l'envoyer balader, à l'enguirlander pour un oui ou pour un non.

Les autres employés ne cherchaient même pas à intervenir. Ils n'écoutaient plus. Claudio se comportait toujours comme ça. Mais dans le fond, c'était un type génial !

Régulièrement, Merle rentrait en pleurs. Elle jurait de ne plus se faire avoir, de ne plus tomber dans le panneau. Chaque fois, Jette et Caro l'avaient soutenue.

« Aucun mec ne vaut la peine qu'on verse des larmes », avait un jour affirmé Caro.

C'était avant qu'elle rencontre cet homme.

— Bouge-toi un peu ! s'impatienta Claudio. Je ne te paie pas à rien foutre !

Merle défit son tablier d'un vert hideux et le roula en une grosse boule qu'elle lui colla dans la main. Elle s'étonnait de son détachement. Calmement, elle planta son regard dans les beaux yeux de Claudio, écarquillés de stupéfaction.

— Ciao, bello ! lança-t-elle avant de se diriger vers la porte avec une lenteur provocante.

— Si tu t'en vas maintenant, pas la peine de revenir !

Il avait toujours été mauvais perdant.

Elle ne répondit pas, ne se retourna même pas. Elle leva simplement le bras et tendit le majeur dans sa direction.

La porte se referma derrière elle. Ça y est, elle était libre ! Et seule.

Et merde ! Pour couronner le tout, les larmes coulaient déjà sur son visage.

***

Rien à redire aux alibis des saisonniers partis précipitamment. Certains traînaient bien quelques casseroles, mais aucun ne pouvait être le tueur aux colliers. Dans ces conditions, pourquoi restait-il persuadé qu'il fallait chercher la clé de l'énigme chez les cueilleurs de fraises ?

Pure intuition. Aucun indice ne justifiait qu'il continue à s'intéresser à eux.

On lui avait rarement rendu la tâche aussi difficile. Dans l'affaire Simone Redleff, ils disposaient de ridiculement peu d'informations. La jeune fille menait une vie très solitaire. Elle n'avait qu'une amie ; les autres élèves de terminale la connaissaient à peine.

Dans le cas de Caro, la difficulté résidait dans le fait que sa famille ignorait presque tout d'elle. Y compris son frère, qu'ils avaient interrogé depuis. Jette et Merle étaient les seules à pouvoir éventuellement l'aider, mais elles préféraient mener leur propre enquête.

Bert se leva et ouvrit violemment la fenêtre. Le vacarme de la rue s'engouffra dans la pièce, et avec lui, la moiteur qui pesait sur la ville. Brusquement, tout l'exaspérait. Même les bruits de fond des locaux de la police – le claquement des portes, la sonnerie des téléphones, les discussions et les rires.

Ils avaient soumis la famille de Caro, ses anciens petits amis et ses copains, garçons et filles, à un feu roulant de questions. Des alibis en béton, ils avaient pu le vérifier.

Il fallait à tout prix qu'ils débusquent ce mystérieux soupirant !

Bert referma la fenêtre. Il était temps de rentrer. De prouver sa bonne volonté à Margot.

Il avait une femme et des enfants. Il y avait une vie en dehors de ces murs.

***

Quelle sensation étrange de marcher dans la rue à son côté. De sentir sur lui son regard scrutateur. Elle devait toujours se demander si elle pouvait accepter son argent. Pour la première fois depuis que Caro n'était plus là, il se sentait presque insouciant. Pour un peu, il se serait mis à chanter !

Sa grand-mère avait l'habitude de fredonner en travaillant. Des chants religieux, pas de vraies chansons. Moins l'expression d'une joie de vivre qu'une tentative pour rendre le quotidien moins oppressant. C'était en tout cas ce qu'il avait ressenti, enfant. Mais cela n'avait jamais allégé le fardeau de sa grand-mère. Ses gestes étaient restés pesants, ses mouvements traînants.

Georg emmena Jette au Grand Café, place du marché. Il y avait toujours foule et les serveurs ne prêtaient pas attention aux clients. Il était conscient d'aller au-devant du danger, mais tous les joueurs le faisaient et il était un joueur passionné. Même si ça impliquait de miser sa liberté. Sa vie.

Jette se taisait, mais il sentait que son silence n'avait rien d'inconfortable.

Enfin quelqu'un qui ne bavarde pas à tout-va ! C'est rare.

Il l'observa du coin de l'œil. Ce qu'il vit lui plut. Beaucoup trop. Elle lui avait jeté le gant, et il l'avait relevé. Il avait l'intention de répondre à sa provocation. De quelle manière ? Il n'y avait pas mûrement réfléchi.

Il aurait moins de mal à mettre une stratégie au point si elle le laissait de marbre. Mais ce n'était pas le cas. Bien au contraire ! Il enfouit les mains dans les poches de son pantalon et tendit les muscles, pour qu'elle ne remarque pas qu'il s'était mis à trembler.

***

Dans son rêve, Imke courait dans un tunnel inondé. Interminable. Au loin, elle distinguait une lueur.

Ses pieds faisaient gicler l'eau, qui lui arrivait aux chevilles. Ce clapotement et son souffle haletant étaient les seuls bruits alentour.

Elle savait confusément que c'était un cauchemar. Les jambes, les bras, les flancs, elle avait mal partout.

Qu'est-ce que je vais encore devoir traverser pour arriver au bout du tunnel ?

Son pantalon était maculé de boue, ses cheveux trempés de sueur. Elle toussa et l'écho lui revint, répercuté de tous côtés. En proie à une peur bleue, sans savoir pourquoi, elle s'efforça de se réveiller, mais resta prisonnière de son rêve.

***

Et par-dessus le marché, Jette n'était pas dans l'appart ! Personne à qui parler, personne pour la réconforter… Contrariée, Merle alla dans la cuisine et mit la machine à espresso en marche.

Les chats se frottaient à ses jambes. Merle leur versa de la crème et coupa deux tranches de jambon blanc en petits morceaux. Elle allait mal, d'accord, mais il n'y avait aucune raison qu'ils en pâtissent.

Elle s'allongea sur son lit et alluma la télévision. Surtout, ne penser à rien ! Ne pas laisser Claudio reprendre possession de sa tête, encore moins de son cœur. Les émissions de fin d'après-midi… Pile-poil ce qu'il fallait ! Assez idiot et creux pour lui vider le crâne.

***

Ça me plaisait qu'il n'essaie pas de me draguer. Qu'il ne lâche pas une de ces phrases toutes faites, affligeantes de banalité. Il me paraissait très calme, presque renfermé, exactement comme moi.

Je trouvais l'ambiance du café trop fébrile et bruyante. Cela ne semblait pas le déranger. Sa placidité me gagna et je me sentis protégée. Comme autrefois, quand j'étais assise dans la cuisine avec maman ou que je roulais dans le noir avec papa.

On avait commandé tous les deux un café au lait. En remuant le mien, je lui adressai enfin la parole :

— Il n'y a pas beaucoup de gens avec qui on peut se taire.

— Et pas beaucoup avec qui on peut parler.

Son sourire me toucha au plus profond. Un éventail de petits plis apparut au coin de ses yeux. J'eus envie de les toucher tout doucement. Au lieu de ça, je déchirai l'emballage de mon biscuit.

Il devait avoir dans les trente ans, beaucoup trop vieux pour moi. Qu'est-ce qui me prenait ? J'étais dans un café de beaufs, en adoration devant ses pattes-d'oie. Il ne manquerait plus qu'un orchestre se mette à jouer pour le thé dansant !

— Du succès dans vos recherches ?

— Malheureusement pas.

— Envie d'en parler ?

Je secouai la tête. Pendant un moment, je voulais oublier tout ce qui avait trait à la mort de Caro. Ne penser à rien de triste. Rester assise à cette table, le regarder, l'écouter ou me taire avec lui, peu importe !

Remarquant les tables blanches et les parasols multicolores, inondés de lumière, je proposai :

— On n'irait pas s'installer dehors ?

— J'ai passé toute la journée au soleil. Je préférerais rester à l'intérieur, si ça ne vous dérange pas.

Pas de problème. Il m'expliquerait peut-être pourquoi il avait passé toute la journée au soleil. Et peut-être pas. Peu importe. Rien n'était important. À part l'instant.

***

278

Il ne se lassait pas de la regarder… Encore et toujours.

Une nouvelle histoire venait de commencer.

Il ne l'avait pas voulu. Mais c'était arrivé. Il pouvait encore se lever et partir…

Il la regarda de nouveau. Et il sut que ce n'était plus possible.

17

Jette rentra enfin, un peu après vingt et une heures. Merle éteignit la télévision et se rendit compte qu'elle avait terriblement faim. Son estomac était aussi vide que sa tête. Elle n'aurait pas dû se gaver de séries à la con !

Adossée à la porte d'entrée, Jette souriait comme après trois verres de vin.

— Salut…

Fabuleux ! C'était bien le moment de tomber amoureuse…

— Qui, quand, pourquoi et comment ! ordonna Merle en la tirant par le bras et en la poussant dans la cuisine. Et surtout, n'omets rien. Je veux tout savoir !

— Déjà rentrée ?

— Je me suis encore engueulée avec Claudio.

Pourvu qu'elle ne cherche pas à en savoir plus ! Merle avait péniblement tenu bon, toute la soirée. Un mot de travers, et tous ses efforts tomberaient à l'eau.

— J'ai faim, déclara Jette. Si on se prenait quelque chose au chinois ?

— À condition que tu paies. Je suis fauchée. Et je n'ai plus de boulot.

— Je t'invite, ça va de soi !

Elles passèrent commande, puis Jette commença son récit.

**

Imke se réveilla en pleine nuit, dans une obscurité totale, et dut faire un effort pour se rappeler où elle se trouvait. Elle se redressa péniblement et glissa les pieds dans ses chaussures. Elle avait passé toute la soirée à dormir !

Elle se sentit vieille, mais vieille ! en descendant l'escalier. Elle avait mal au crâne. L'œil gauche larmoyant. Un goût amer dans la bouche.

Elle s'installa devant la télé avec un verre de lait et un reste de salade de poulet. Sa solitude, le silence de la nuit… Un sentiment si insupportable que, sans réfléchir, elle prit le téléphone. Une voix ensommeillée lui répondit.

— Tilo ?

Il émit un son étouffé, entre grognement et gémissement.

— Tu ne veux pas finir la nuit chez moi ?

Il bâilla de façon attendrissante. Elle s'attendait à une réponse irritée, mais il dit juste :

— Bon. Je serai là dans vingt minutes.

Parfaitement réveillée, à présent, elle alla chercher une bouteille de vin rouge à la cave et posa du pain, du fromage et des fruits sur la table de la cuisine. Elle avait besoin que Tilo l'écoute, qu'il parle avec elle. Besoin de ses câlins et de ses caresses. Dans cet ordre-là. Elle était peut-être née sous une bonne étoile, finalement ! Seule une femme née sous une bonne étoile pouvait trouver quelqu'un comme Tilo.

***

Le simple fait de parler de lui me rendait heureuse. Je n'avais pas besoin de fermer les yeux pour voir son visage.

— Eh ben ! lâcha Merle. On dirait que t'es carrément mordue !

— D'ailleurs, tu le connais ! On l'a rencontré hier.

J'essayai de le décrire, mais Merle ne se souvenait pas clairement de lui.

Elle voulait tout savoir… Quel âge il avait. Quel métier il faisait. Où il habitait.

Je haussai les épaules. Des informations sans intérêt. On n'avait pas discuté de ces choses-là.

— De quoi vous avez discuté, alors ? s'étonna Merle.

Très juste, de quoi ? Il m'avait parlé de son enfance. Il avait été élevé par ses grands-parents. Son grand-père le maltraitait. J'avais touché du bout des doigts la petite cicatrice claire qu'il avait au menton. J'en avais aperçu d'autres. Dans son cou et sur son front, à demi cachées par la naissance des cheveux.

Il avait tressailli à mon contact et je m'étais juré de ne jamais, jamais lui faire de mal.

Je lui avais aussi parlé de Caro. Surtout d'elle.

— Il avait les larmes aux yeux. Tu te rappelles quand tu as vu un mec pleurer pour la dernière fois ? Et malgré ça, c'est un homme, un vrai !

— Ah bon, vous avez déjà pu le vérifier ensemble ?

— Arrête tes conneries ! Ce que je veux dire, c'est qu'il est moins… qu'il est plus… enfin, plutôt…

Merle m'écoutait bredouiller avec un sourire moqueur.

— Résumons. Il s'appelle Gorg, il a dans les trente ans, ou peut-être que non, il a eu une enfance difficile, c'est un vrai mec, qui n'a pas honte de pleurer, et il a réussi à t'embobiner en moins de trois heures. J'ai tout bon ?

— À t'entendre, on dirait un feuilleton à l'eau de rose !

— Parce que l'amour, c'est comme les couchers de soleil, décréta Merle. On les trouve à la fois ringards et beaux à couper le souffle.

Et elle se mit à pleurer.

Ah, ce Claudio ! Avec un peu de chance, il appartiendrait bientôt au passé. Définitivement.

Je tendis un mouchoir à Merle et me préparai à passer une nuit blanche.

***

Il n'arrivait pas à dormir. Il y avait clair de lune et il faisait trop chaud sous les combles. Ça ne servait à rien d'ouvrir la fenêtre. Juste à attirer les moustiques.

La voix de Jette l'avait accompagné jusque dans sa chambre. Il l'avait toujours en tête… Étoffée et veloutée. Incomparable !

Elle lui avait parlé de Caro. Il avait eu beaucoup de peine à retenir ses larmes. Il y était parvenu en se concentrant pour graver dans sa mémoire ce qu'il voyait. Le petit grain de beauté sur la tempe, la fossette au menton, l'épi au-dessus du front.

Jette n'était pas jolie, mais belle. À sa façon. Elle ne correspondait pas au canon moderne : sans doute trop fragile, trop anguleuse, pas assez ronde pour ça. Des personnages marquants de l'histoire avaient été beaux de cette manière.

On reconnaît la beauté véritable au premier regard ! Et on ne l'oublie plus.

Il revoyait chacun de ses traits. Il mourait d'envie de caresser sa joue, son cou, ses cheveux.

Tout doux ! Patience. Le temps viendrait…

Il lui avait raconté des choses vraies, d'autres fausses, inévitablement ! Un jour, il pourrait lui faire entièrement confiance. Alors, elle comprendrait et ne le repousserait pas.

Il avait tué sa meilleure amie…

Les tremblements le reprirent par surprise. Il se mit en boule et s'enroula étroitement dans le couvre-lit.

Gorg. Il devait retenir le nom qu'il lui avait donné. Il avait ajouté que c'était polonais, vieux de plusieurs centaines d'années.

Il devait tout retenir. Il ne pouvait pas commettre la moindre erreur.

Cette fille avait tout pour devenir l'amour de sa vie.

***

Juste après le départ de Tilo, Imke avait appelé les filles et s'était invitée pour le petit déjeuner. Son coup de fil tirait Jette du lit, elle l'avait entendu à sa voix.

— Excuse-moi de te réveiller, mais je voulais éviter que vous filiez à l'anglaise, encore une fois !

Jette et Merle semblaient heureuses de la voir et de déguster les petits pains encore chauds. Dans la cuisine, deux chats chassaient des moutons de poussière en sautant un peu partout. Imke aurait aimé que ce soient des chiens, de grosses bêtes rassurantes.

Elle espérait que les filles se confient à elle. Si seulement elle pouvait avoir une idée de ce qu'elles manigançaient, elle se sentirait moins impuissante. Mais ces deux-là savaient comment s'y prendre pour éviter les sujets délicats !

Jette avait changé. Il irradiait d'elle une lumière qu'Imke reconnut aussitôt.

— C'est le jeune cadreur ?

Sa fille rayonnait de bonheur. Et elle portait ce bonheur comme un habit invisible qui la rendrait invulnérable.

Mon trésor ! pensa tendrement Imke.

Mais il lui revint à l'esprit que Caro aussi était amoureuse… Que cet amour ne l'avait pas protégée, l'avait peut-être même tuée.

Ce n'était pas le jeune cadreur, mais un autre. Jette ne savait pas grand-chose sur lui, elle l'avouait elle-même. Leur histoire commençait. Tout était possible, aucune entrave, rien qui puisse freiner leur envol.

Ce n'était pas non plus un copain de classe, ce qui dérangeait Imke. Il avait une dizaine d'années de plus. Un homme… Hier encore, Jette n'était qu'une enfant !

Quand elles vivaient sous le même toit, Imke avait au moins appris une chose : tenter de dissuader sa fille, c'était obtenir à coup sûr le résultat inverse. Elle prêta donc l'oreille et s'abstint de tout commentaire…

— Mais sois prudente ! demanda-t-elle en se levant pour partir, deux heures plus tard. Ce n'est pas le moment de faire aveuglément confiance à quelqu'un, tu me le promets ?

Jette acquiesça. Mais son signe de tête n'avait pas le moindre poids.

Son sourire racontait une histoire vieille comme le monde : « girl meets boy ». Jette était tombée amoureuse de cet homme, et rien ne pourrait contenir ses sentiments.

***

— Maman, je suis amoureux…

— Georg ! Mon garçon ! Où es-tu ?

Elle ne l'écoutait jamais !

— Tu as entendu ce que j'ai dit, maman ?

Elle se mit à pleurer. Il détestait qu'elle pleure.

Est-ce à moi d'être le berger de ma mère ?

Sa grand-mère l'avait forcé à apprendre cette foutue Bible par cœur. À présent, chaque situation lui inspirait une citation. Il aimait jouer avec les saintes paroles, les détourner. Par esprit de vengeance, peut-être…

— Tu m'écoutes au moins, maman ? Je te dis que je suis amoureux !

Comme si ça avait de l'importance… Elle ne l'avait jamais écouté, pas une seule fois dans toute son enfance, et elle avait été diablement longue !

— Tu me l'annonces si souvent, Georg…

Il ne supportait pas ce ton larmoyant. Elle croyait encore que cela servait à quelque chose de faire appel à sa pitié ? Et ces reproches continuels… Comment osait-elle le critiquer sans arrêt !

— Georg ? Georg ! Parle-moi !

Il raccrocha et glissa la télécarte dans son portefeuille. Une jeune fille attendait à côté de la cabine en fumant. Il fallait qu'il s'achète un portable. C'était pratique. Et anonyme. Personne ne pourrait plus espionner ses conversations.

Dehors, il s'efforça de se dominer. Ces dialogues de sourds le retournaient complètement. Il n'en avait pas terminé avec sa mère ! Mais, dès qu'il aurait tiré un trait définitif sur cette partie de sa vie, il serait libre.

Tout en se promenant dans le village, pour la première fois depuis son arrivée, il goûtait la beauté des lieux et le spectacle des gens qu'il croisait. Tout lui était étranger, ce qui lui donnait un sentiment de sécurité.

Il pensa à Caro et se rendit compte, avec étonnement, que ça ne faisait plus mal. Elle était passée à l'arrière-plan. Son souvenir s'estomperait un peu plus chaque jour, semaine après semaine, mois après mois… Comme pour les autres.

Pourtant, il l'avait réellement aimée.

Il parcourut les rues bordées de maisons en moellons, explora un jardin public planté d'arbres centenaires, étudia les épitaphes d'un petit cimetière… Jusqu'à ce que les pieds lui fassent mal. Il s'assit à la terrasse d'un café et commanda un espresso.

Il savourait la demi-journée de repos qu'il s'était prescrite. De loin en loin, il avait besoin de récupérer, de se laisser porter, tout simplement.

À toujours trimer, on avait vite fait de se ruiner la santé !

Des jeunes filles, des jeunes femmes passaient devant lui en flânant. L'été faisait briller leurs yeux, sublimait les mouvements de leur corps et de leur chevelure. Georg prenait plaisir à les contempler, comme on admire un tableau.

Mais il n'avait pas envie d'elles… Soulagé, il mit ses lunettes de soleil et se renversa sur sa chaise. À travers les verres teintés, tout paraissait encore plus idyllique !

Il avait la vie devant lui. Une vie merveilleuse. Celle dont il avait toujours rêvé. Avec, à ses côtés, une femme qui éclipserait toutes les autres.

Tendrement, laissant le nom fondre sur sa langue, il chuchota :

— Jette…

***

Merle donna à manger aux chats, puis se prépara pour sa réunion de groupe. Jette traînait encore avec ce type ! Trois jours que ça durait… Tous les soirs. Quand elle rentrait, Merle dormait déjà.

Elles se croisaient vers midi. Elles avaient évoqué plusieurs fois, sans trop de conviction, la suite à donner à leurs recherches. Et les choses en étaient restées là.

Merle ne s'était pas du tout imaginé les vacances comme ça. Elles s'étaient juré de retrouver le meurtrier de Caro.

Ce n'était pas le genre d'entreprise qu'on pouvait exécuter par-dessus la jambe !

En colère, elle refusait même de lui faire plaisir en demandant des détails sur son histoire d'amour. Jette n'avait qu'à se vautrer dans le bonheur parfait, si ça lui chantait ! Elle s'en fichait complètement.

toi
mon tout
que me faut-il
de plus

C'était le même refrain, avec Caro. Jette ne pouvait quand même pas l'avoir déjà oublié ! Sauf si elle avait vu les choses sous un angle différent… Merle referma la porte de l'appartement derrière elle. Brusquement, elle avait envie de pleurer.

***

La police dort-elle ?

Ils n'auraient pas pu choisir meilleure accroche ! Dès la réunion matinale, le patron avait fait la démonstration de son tempérament colérique.

Le visage écarlate, il avait hurlé, gesticulé et transpiré abondamment. Après avoir déversé sa bile, il était sorti en trombe, en claquant la porte si violemment que la vitre s'était fendue.

Cette entrée en scène tonitruante n'avait pas impressionné Bert. Il en avait trop vécu de semblables. Il lui arrivait de se dire que ça faisait partie des « traditions ». On laissait mugir la tempête, puis on se remettait au boulot.

En ce qui le concernait, cela signifiait qu'il devait retourner faire un petit tour à l'exploitation d'Arno Kalmer. Lors des auditions, ils s'étaient focalisés sur les hommes, négligeant les femmes. Il voulait entendre les cueilleuses, maintenant.

Il sentait qu'il tenait le bon bout. Même s'il n'avait rien, mais vraiment rien de solide. Ça serait dur à faire avaler au patron. Il ne marchait qu'aux résultats, et quand il n'y en avait pas, eh bien ! il fallait se donner les moyens d'en obtenir !

Bert avait passé une autre soirée à étudier le journal intime et les poésies de Caro. Sa pesanteur d'esprit le désespérait. Il se sentait lamentable. Avec son expérience, il devrait être capable de démasquer la vérité, aussi parfaitement déguisée soit-elle. Elle n'avait pas vingt ans, bon sang ! Chaque poème était porteur d'indices. Il suffisait de les regarder comme il fallait.

Facile à dire...

Leur travail obéissait essentiellement à des mécanismes routiniers. L'enquête suivait son cours. Mais elle n'avait pas encore produit de résultats concrets. La publication dans les journaux d'une photo de Caro n'avait pas davantage livré d'éléments tangibles. Les agents qui traitaient les appels frôlaient le désespoir. Les indications avaient plu, mais aucune n'avait permis d'approcher le coupable.

Soit ils avaient affaire à un meurtrier extrêmement habile, d'une grande intelligence... Soit il avait une veine insolente !

Mais un jour ou l'autre, même toi, tu commettras une erreur ! pensa Bert avec férocité, en tournant dans la cour de la ferme. *Et ce jour-là, je serai paré à riposter.*

***

Il aimait partir en balade avec moi, me montrer les lieux qui lui plaisaient. Il avait le coup d'œil pour juger les choses. Les choses, et les gens. Sauf qu'il se tenait à l'écart de ses semblables.

Durant nos trajets en voiture, j'avais la sensation d'être en vacances. Le genre de voyage où l'on pouvait vivre chaque situation sans vraiment s'impliquer. J'éprouvais régulièrement l'envie de prendre des notes. Peut-être pour réduire cette distance ?

Il me faisait découvrir le monde, ou plutôt son monde, celui qui comptait pour lui. Et il me parlait de son passé. Son enfance se déroulait sous mes yeux, comme un film.

Il ne pouvait pas avoir un travail régulier. Bien sûr que non ! On ne ligotait pas les hommes comme lui ! Il fallait les laisser déployer leurs ailes.

L'idée de bosser une fois ici, une fois là, de ne pas devoir décider aujourd'hui ce qu'on ferait demain, me fascinait. Comment rivaliser avec ça ? Je marchais bien sagement sur les traces de mes parents…

Il connaissait le Moulin, il l'avait souvent admiré en se promenant à travers champs. Il faisait partie des cueilleurs de fraises que j'apercevais quand j'allais voir maman. Il avait même lu certains de ses livres. Il me confiait tout cela de sa voix calme et profonde, et chaque fois qu'il me touchait, j'avais le souffle coupé.

Je lui parlais de ma mère et de mon père. De grand-mère, de Tilo et de Merle. Je lui parlais même d'Angie et de mon demi-frère. Tout en me demandant comment il pouvait s'intéresser à quelqu'un d'aussi insignifiant que moi…

Il prit ma main gauche et embrassa chacun de mes doigts. Un délicieux frisson me parcourut et j'enfouis l'autre dans ses cheveux.

— Psch ! Psch ! fit-il à mon oreille, comme un père apaise son enfant. Prenons notre temps. On a toute la vie devant nous.

Toute la vie. Oui… Je ne demandais rien d'autre.

***

Beaucoup d'amitiés ne résistaient pas, dès qu'un mec pointait le bout de son nez. Merle ne l'avait jamais compris. Surtout, elle n'aurait jamais cru que ça puisse leur arriver. Et voilà que Jette se comportait comme une de ces gourdes !

Elle avait tenté plusieurs fois d'aborder le sujet, mais son amie n'avait pas du tout compris où elle voulait en venir…

« Bon sang, Merle ! Ça devrait au moins te faire plaisir que je sois heureuse ! »

La goutte d'eau qui avait fait déborder le vase.

« Faut pas déconner ! Tu me crois vraiment incapable de me réjouir pour toi ? »

Merle avait balayé du bras la coupe de fruits trônant sur la table, et constaté avec satisfaction qu'elle se brisait en mille morceaux, tandis que les pommes se mettaient à rouler dans toutes les directions.

« Dans ce cas-là, t'es vraiment la reine des connes ! »

Elle avait quitté l'appartement et marché au hasard. Pour se retrouver tout à coup devant une certaine pizzeria. Elle s'était immobilisée, hésitante. Claudio l'avait découverte, plantée sur le trottoir…

Pris de remords, il sortit, la serra dans ses bras, l'embrassa, pleura, lui jura fidélité éternelle et l'entraîna dans le magasin. Là, il insista pour que Merle s'assoie. Il alluma des bougies et lui servit un repas de réconciliation.

— Et maintenant, raconte-moi ce qui t'arrive, *bella* ! Qu'est-ce qui te chagrine, hein ?

Merle n'avait aucune envie d'en parler avec lui. Elle le fit quand même. Parce qu'il fallait qu'elle se libère de sa colère et de sa déception.

Claudio leva les yeux au ciel avec exaltation.

— Mais enfin, si elle l'aime, *cara mia* ! Comment peux-tu exiger qu'elle se montre raisonnable ?

Il avait raison. Comment exiger cela de Jette alors qu'elle-même ne se comportait pas en personne raisonnable ! Combien de fois s'était-elle promis de quitter ce fumier de Claudio ? Combien de fois avait-elle essayé ? Et chaque fois, elle était revenue vers lui.

Elle vit la joie dans ses yeux, se rappela leur dernière dispute et comprit à quel point elle l'aimait. Malgré, mais aussi pour toutes ses contradictions. Et soudain, elle n'eut plus de mal à penser à Jette sans sentir aussitôt l'indignation monter en elle.

— Tu restes, ce soir ?

294

Merle hocha la tête. Oui, ce soir, elle allait enfiler son tablier d'un vert hideux et travailler pour Claudio. Elle resterait, aussi longtemps qu'il voudrait. Et même si c'était mal, c'était bien aussi, quelque part.

***

Dangereux, très dangereux d'aller aussi loin… Il lui avait révélé son identité. Une grande marque de confiance, même si elle ne s'en doutait pas. Si elle parlait, Dieu sait ce qui pouvait arriver. Le commissaire n'était pas stupide !

Il ne pouvait pas demander à Jette de garder le silence. Si jamais Caro avait laissé échapper une confidence à ce sujet, elle établirait aussitôt le lien.

Un jour ou l'autre, il devrait tout lui avouer. Au plus tard, quand viendrait l'heure de prendre un autre nom. Serait-elle de son côté ?

Bonnie and Clyde…

Après s'être enfermé à double tour, il sortit de sa cachette la boîte contenant ses reliques. Prudemment, il souleva le couvercle.

Il avait noué toutes les mèches de cheveux à l'aide d'un fin ruban doré. Il les fit glisser entre ses doigts, l'une après l'autre. Puis il les mit dans un sac en plastique.

Il contempla une dernière fois les colliers. Une coïncidence qu'elles aient toutes porté une chaîne au cou. Une coïncidence précieuse, qui avait permis d'égarer la police.

Il n'était pas fétichiste ! Il avait juste emporté des souvenirs. Des souvenirs qui lui tenaient toujours autant à cœur… Il pouvait difficilement se résoudre à s'en débarrasser. Pourtant, il le fallait. Ils le mettaient inutilement en danger.

Il avait décidé de ne pas les détruire. Il n'en aurait pas eu le courage. Il avait l'intention de les enterrer. Quelque part à la campagne, où personne ne le connaîtrait, où personne ne l'observerait.

Le sac dans la poche de son blouson, il quitta l'auberge, s'installa au volant de sa voiture et démarra. Il allait prendre un nouveau départ. Ensevelir son passé, au propre comme au figuré ! Pour être libre. Et s'engager définitivement. À tout jamais.

***

Bert s'étonnerait toujours de constater combien les dons d'observation pouvaient différer selon les individus. Les uns ne remarquaient rien en dehors de leur petit monde, les autres s'intéressaient passionnément à tout ce qui se passait autour d'eux. Les uns enregistraient un moment leurs impressions, les autres les oubliaient instantanément. Et puis, il y avait ceux qui gardaient le moindre détail en mémoire… Ceux sans qui le travail de la police ne pourrait se faire.

Les femmes, Bert l'avait constaté, avaient presque toujours le souvenir plus précis que les hommes. Certes, leur récit déviait souvent, il s'effilochait, s'écartant de l'essentiel. Il fallait alors le remettre sur les rails.

Margot trouvait son point de vue typiquement masculin. Elle le lui avait reproché, l'autre jour. Et l'avait blessé en refusant de s'expliquer.

Bert ne saisissait pas ce qui pouvait être « typiquement masculin » dans le fait d'avoir plus de considération pour les qualités d'observation de la femme…

« Parce que tu n'écoutes pas ! lui avait-elle craché à la figure. À moins qu'on ait commis un meurtre, ou au moins trempé dedans ! »

Arno Kalmer avait mis son bureau à la disposition de Bert. Une petite pièce, morne et sombre, dont le seul attrait était le parfum des fraises entrant par la fenêtre.

Bert reçut les cueilleuses une par une. Elles étaient toutes en « tenue de travail », mélange hétéroclite de vêtements d'été bariolés. Certaines semblaient ravies de cette récréation, d'autres étaient pressées de retourner dans les champs. On les payait au rendement, pas à l'heure !

Bert trouvait plus correct de les interroger dans un cadre familier. Certains collègues voyaient ça d'un autre œil, mettaient la pression sur leur interlocuteur pour accélérer les choses. Et quoi de plus efficace pour exercer cette pression qu'un environnement étranger ?

« Tu ne seras jamais un vrai flic ! » lui répétait souvent Margot, et cela sonnait comme un compliment affectueux dans sa bouche.

Il ne l'avait plus entendu depuis longtemps. Si elle devait le redire aujourd'hui, ce serait certainement d'un ton déçu…

Il posa des questions, écouta les réponses. Il portait un intérêt tout particulier aux femmes arrivées avant la récolte. Simone Redleff avait été assassinée au début du mois de juin.

En avril, l'exploitation ne comptait que onze ouvriers et dix ouvrières. Arno Kalmer lui avait remis leur liste.

Bert s'était déjà entretenu avec les hommes. Aucun ne s'était singularisé, rien qui l'incite à creuser davantage.

Êtes-vous ami(e) avec d'autres cueilleurs ? Y a-t-il des camarades de travail que vous n'appréciez pas ? Êtes-vous au courant de tensions entre certains ? Avez-vous pu observer des choses qui vous semblent étranges, avec le recul ?

Il n'avait pas posé ce genre de questions, la première fois. Il n'était pas entré dans les détails, n'avait pas abordé le plan personnel. Erreur ! Il aurait dû écouter son instinct depuis le début. Mais, dans ce cas précis, son instinct confirmait un préjugé...

Les gens du voyage, tous des voleurs de poules !

Deux noms se détachaient des témoignages : Georg Taban et Malle Klestof. L'un était décrit par la plupart des femmes comme inquiétant, l'autre comme gentil, parfois un peu pénible.

Les deux hommes semblaient amis, à en croire les cueilleuses de fraises. Pas de vrais amis, proches, intimes ; plutôt des potes qui allaient de temps en temps se faire un ciné ou boire un coup.

« Pourtant, ils ne vont vraiment pas ensemble ! »

Cette phrase aussi revenait souvent.

Bert se détendit. Il avait le sentiment infaillible de toucher du doigt une piste. Enfin ! Elle pouvait très bien ne déboucher nulle part, mais c'était la seule dont il disposait.

18

Affaire classée ! Le passé était révolu et enterré.

Un homme doit faire ce qu'un homme doit faire…

John Wayne ou une autre pointure du western américain avait prononcé cette phrase. Bien que trop théâtrale au goût de Georg, elle décrivait parfaitement le sentiment qui le dominait.

Il avait fait le nécessaire. Loin, dans un petit bois en pleine cambrousse…

En route pour le dortoir des cueilleurs, il aperçut Malle de loin. Assis sur un muret, il lisait le journal gratuit qu'un blond grassouillet distribuait chaque vendredi dans les boîtes aux lettres.

Il étudiait toujours les petites annonces avec la plus grande attention. À côté des travaux saisonniers, il vendait des pièces détachées d'occasion, un commerce douteux dont Georg ne voulait rien savoir.

— Ça fait un bail ! jeta Malle. À part au boulot, j'veux dire.

— J'avais différents trucs à régler… Mais là, j'aurais du temps pour une bière.

Il n'en fallait pas plus pour ragaillardir Malle.

— Ce flic est revenu…, raconta-t-il en chemin. Il s'est uniquement occupé des bonnes femmes. Ça nous change !

Il ricana et se gratta le ventre sous son tee-shirt.

Personne ne peut rien savoir ! se rassura Georg, luttant contre le sentiment de panique qui montait en lui. *Même Malle, ce gros malin, ne sait rien d'important. Du calme ! Du calme. Ils devaient reprendre les auditions, forcément. Ça ne veut rien dire du tout.*

Il se félicita de s'être débarrassé de ses souvenirs compromettants. Il devait encore faire disparaître le double de l'appart. Il lui trouverait peut-être une cachette qui reste accessible ? On ne savait jamais… Il pourrait en avoir besoin un jour.

Au troquet du village, Malle leva le coude à une allure folle. Georg but modérément. Il ne pouvait pas se permettre d'avoir le cerveau embrumé. Il devait garder les idées claires, au cas où le commissaire l'aurait dans le collimateur. Il entendait Malle bredouiller près de lui, sans comprendre un traître mot.

Les idées claires ! Je ne dois pas devenir négligent.

Il avait trouvé la femme qu'il lui fallait. Pas le moment de risquer qu'on le démasque ! Il avait le devoir de sauver sa peau, de se mettre à l'abri. Pour Jette. Pour leur vie à deux. Et pour les enfants qu'ils auraient un jour.

Avec Caro aussi, il avait cru toucher au but. Il avait été si amèrement déçu !

Au fond, elles m'ont toutes déçu…

Sentant de nouveau la colère sourdre en lui, il alla passer sa rage sur le flipper.

Malle le regarda jouer et s'arrêta enfin de jacter. Georg avait parfois du mal à le supporter. Comme il avait du mal à supporter la plupart des gens. Tous, en réalité… À part Jette.

***

Nous étions dans une impasse. Plus moyen d'avancer d'un pouce ! Nous ne savions plus où chercher le petit ami de Caro.

— Et si on demandait simplement aux passants, dans la rue et les magasins ? proposa Merle d'un ton plein d'espoir.

— Tu veux agiter la photo de Caro sous le nez de parfaits inconnus ?

— On ne connaissait pas non plus ceux qu'on a interrogés dans les boîtes de nuit et les cafés.

— Ça n'a rien à voir, Merle !

— Ah bon ? Et pourquoi ?

— On avait un point de départ, au moins ! C'étaient des lieux que Caro fréquentait.

— Parce qu'elle ne fréquentait pas la rue et les magasins, peut-être ?

Elle me tapait méchamment sur les nerfs avec sa manie d'avoir toujours raison ! Depuis un moment, je ne me sentais plus à l'aise en sa compagnie. Elle se prenait pour Jeanne d'Arc. Comment pouvait-elle prétendre que j'avais trahi Caro ? Que j'avais oublié la tâche qu'on s'était fixée ? Tout ça parce que j'étais sortie quelques fois avec Gorg ! Je n'avais pas trahi Caro. J'avais juste besoin de faire une pause.

— Écoute, Merle… Pendant quelque temps, on devrait un peu vivre notre vie, chacune de son côté. Histoire d'assainir l'atmosphère…

Elle prit une profonde inspiration, probablement pour me balancer une réplique bien gratinée, mais elle changea d'avis et quitta l'appartement aussi sec.

Je n'avais pas l'intention de la blesser ! Je ne me voyais pas non plus lui courir après. Alors, je décidai de me faire couler un bain, de lire tranquillement dans la baignoire. Et de penser à Gorg…

Ce soir, j'arriverais peut-être à le convaincre de venir manger ici ? Une fois que Merle aurait fait sa connaissance, elle ne pourrait que l'apprécier. Et me comprendre.

J'aurais présenté Gorg à tout le monde depuis longtemps… si seulement cela ne lui avait pas fait aussi peur. Pas étonnant, avec l'enfance qu'il avait eue ! Ses grands-parents ne lui avaient pas permis de se faire des amis. Il n'avait jamais pu inviter un camarade de classe. Même pour son anniversaire. Le genre d'expériences qui vous marquaient à vie.

La mousse crépita sur ma peau quand je m'allongeai dans l'eau chaude, parfumée aux fleurs d'oranger. Je fermai les yeux et me représentai le visage de Gorg.

Je serais patiente avec lui.

Et je l'aimerais, je l'aimerais, je l'aimerais !

Jusqu'à ce que…

J'entendais encore Caro prononcer la phrase que je ne voulais pas achever en pensée. Ses traits vinrent se superposer à ceux de Gorg et les chasser. Son visage, tel qu'il m'était apparu à la morgue.

Malgré la température de l'eau, un frisson me parcourut le dos.

***

Merle n'alla pas se réfugier dans les bras de Claudio et en conçut une grande fierté. Elle préféra rendre visite à Bob et Dorit, les membres de son groupe dont elle se sentait le plus proche. Elle avait à la fois envie de compagnie et de solitude. Pour Bob et Dorit, ça n'avait rien d'une contradiction.

Ils avaient emménagé six mois plus tôt dans un appartement dont chaque pièce, minuscule, débouchait sur une autre. Si bien qu'on pouvait y tourner en rond, à l'infini.

— Du thé ? demanda Bob, qui prenait déjà la bouilloire pour la remplir.

Merle s'assit sur leur canapé élimé.

— Si tu veux parler…

Dorit laissa la phrase en suspens et ouvrit l'armoire où ils rangeaient petits gâteaux et autres friandises.

Merle regardait ses deux amis évoluer dans leur cuisine lumineuse et accueillante. Tous les gens qu'elle connaissait passaient le plus clair de leur temps dans cette pièce. Ce qui expliquait, peut-être, qu'elle ne parvienne pas à couper les ponts avec Claudio ? Avec sa pizzeria, fatalement, presque toute sa vie se déroulait dans sa cuisine…

— Tu veux qu'on boive le thé ensemble, proposa Dorit, ou tu préfères rester un peu seule ?

— Seule, trancha Merle. Vous ne m'en voulez pas, hein ?

— Ça va pas la tête ! protesta Bob avant de lui envoyer un baiser.

Ils prirent leurs tasses et quittèrent la pièce. Merle n'en éprouva pas mauvaise conscience. Elle aurait fait la même chose pour eux. Elle avait besoin de réfléchir… Et dans l'immédiat, leur cuisine était l'endroit idéal pour ça.

***

Bert attendait dans le bureau. La femme d'Arno Kalmer lui avait ouvert. Vêtue d'une robe d'été largement décolletée, presque transparente, elle bougeait de façon provocante. Avec ses manières, elle devait faire tourner la tête à plus d'un saisonnier !

Bert ne marcha pas, perturbé par sa voix dépourvue de timbre. Blanche, unidimensionnelle, mécanique. Comment une voix si peu sensuelle pouvait-elle loger dans un corps si voluptueux ? Il réfléchissait encore à cette contradiction lorsque Malle Klestof frappa et entra.

Dès les premières phrases, Bert se rappela qu'il avait devant lui la commère de la ferme. Klestof paraissait au courant de toutes ces histoires qu'on cache soigneusement.

Qui avait des vues sur qui, qui devait de l'argent à qui, et combien…

Il se fit prier pour révéler ce qu'il savait. Bert dut lui tirer les vers du nez. Mais il le soupçonnait d'être secrètement avide de parler. Aux yeux de Klestof, être informé de tout conférait, sinon de la reconnaissance, du moins une certaine autorité.

Un béni-oui-oui, selon Bert, un homme changeant tous les jours d'opinion, à l'aise au milieu de la masse.

Son alibi pour les meurtres de Caro et de Simone Redleff avait été confirmé par la femme de Kalmer, et par Georg Taban. Ces deux jours-là, Klestof travaillait à la ferme. Le soir, il avait pris la route de Bröhl, où il avait bu des bières jusque tard dans la nuit avec son pote Georg Taban.

— Ce Georg Taban…

— Gorge ? le coupa Malle en avançant le menton d'un air agressif. Qu'est-ce qu'il a, Gorge ?

Gorge… Bert prit mentalement note du prénom.

— Parlez-moi de lui.

— De quoi voulez-vous que je vous parle ? Il n'y a rien à raconter sur Gorge.

— Il y a des choses à raconter sur chacun de nous.

— C'est un loup solitaire, exactement comme moi…

Un loup ? Toi ? Tout au plus une hyène !

— … Et c'est mon ami.

Les hyènes vivaient-elles en horde ? Faisaient-elles cavalier seul ? Bert avait en tête deux ou trois images d'un documentaire animalier, pas plus. Dans son souvenir, ces charognards flairaient de loin les animaux blessés.

Une demi-heure plus tard, il avait compris que Klestof ne savait quasiment rien sur son prétendu ami Gorge.

— Et où est-il, en ce moment ?

— En congé pour la journée. Il tourne dans la région. Les gars dans les westerns sellent leur cheval, Gorge, lui, prend sa voiture.

— Il tourne dans la région ? Que voulez-vous dire par là ?

— Depuis qu'il est ici, il a dû parcourir des centaines et des centaines de kilomètres. J'ai regardé plusieurs fois son compteur, discrétos, bien sûr ! Gorge déteste qu'on fourre le nez dans ses affaires…

Une autre demi-heure plus tard, Bert mettait un terme à l'entretien. Devenu méfiant, Klestof craignait sans doute d'avoir trop parlé. Il s'était fermé, petit à petit. Comme si un rideau de fer descendait devant son visage.

— À la prochaine fois, alors ! conclut Bert en lui tendant la main.

— La prochaine fois ? Qu'est-ce que vous me voulez encore ?

Sa poignée de main était molle.

— Des éclaircissements. Penser que l'assassin de quatre jeunes filles continue à rouler tranquillement sa bosse me fait horreur !

— Et en quoi ça me concerne ?

Le ton de Klestof révélait qu'il se sentait en sécurité. Il avait un alibi pour chaque meurtre. Il ne pouvait rien lui arriver.

— Il est possible que vous le connaissiez. Bien, même ! Qui sait, vous travaillez peut-être avec lui, tous les jours ?

Klestof écarquilla les yeux. Il ouvrit la bouche, la referma. Il commençait à gamberger… Bert l'enregistra et nota que son enquête venait de faire un pas en avant.

Enfin ! se dit-il en regagnant les locaux de la police. *Enfin, les rouages se mettent en branle.*

***

Montre-moi la chambre que tu loues ! Je veux savoir comment tu vis. Pour pouvoir m'imaginer ce que tu fais, quand on n'est pas ensemble. Conduis-moi chez ta mère, dont tu ne parles jamais. On s'entendra forcément, puisqu'on t'aime toutes les deux.

Viens chez moi ! Fais le tour de notre appartement, dont je suis si fière, et bavarde avec Merle. Après, je t'emmènerai au Moulin. Tu pourras admirer notre belle maison de l'intérieur. Faire la connaissance de maman, d'Edgar et Molly. Et de Tilo, s'il est là. Tilo est ce qui pouvait arriver de mieux à ma mère.

Et quand tu n'auras plus la moindre crainte, on rendra visite à grand-mère. Son regard pénétrant ne s'arrête pas aux apparences. Elle te passera aux rayons X et te donnera peut-être l'adoubement. Sinon, je t'aimerai encore plus, je te le promets !

Je mourais d'envie de lui dire ces choses, et tant d'autres… Mais je devais me contenter de les penser en le regardant manœuvrer, changer de vitesse, jeter des coups d'œil dans le rétroviseur, et tout faire comme aucun autre avant lui. Chacun de ses mouvements me paraissait parfait. Chacun de ses mouvements me rendait dépendante, avide du suivant.

Il aimait se taire avec moi. Je me taisais donc… Alors que mon cœur débordait de tendresse et de désir.

Qu'est-ce qui m'empêchait de le lui dire ?

Il me lança un regard ténébreux. Comme s'il envisageait de s'arrêter sur le bas-côté, de m'embrasser et de glisser la main sous mon chemisier. Au lieu de ça, il mit la radio plus fort.

Nous allions visiter un très vieux village classé monument historique. Cette perspective le transportait d'enthousiasme. Il rêvait de pouvoir, un jour, s'acheter une maison ancienne et la rénover.

J'en savais tant sur lui, et si peu à la fois ! Il avait évoqué ses mauvaises expériences avec les femmes, la thérapie qu'il avait suivie.

« Donne-moi du temps… Il faut d'abord que je reprenne confiance. »

Visiblement, je m'étais embringuée dans une histoire d'amour vraiment compliquée… Comme Merle. Ou Caro.

je te touche
et j'ai peur
que sous mes doigts
tu ne t'effrites

On aurait dit que Caro avait prévu ce moment. Ma peur de le toucher et de constater, brusquement, qu'il n'était que le fruit de mon imagination.

— À quoi tu penses ?

— À Caro, à toi et à moi.

Jamais je ne lui mentirais.

Il ne posa pas d'autres questions. Il prit seulement ma main, la pressa et accéléra légèrement.

***

Imke avait travaillé dur, sans se laisser distraire. Elle avait juste fait un peu de ménage, de lessive et de repassage, pour que Mme Bergerhausen ne perde pas foi en l'humanité, en rentrant de congé.

Imke ne parvenait vraiment pas à s'expliquer son sentiment d'urgence. Elle avait le temps ! Sans compter qu'elle n'était jamais pressée de taper le mot « FIN », qui impliquait de se séparer de ses personnages… Chaque fois, elle appréhendait de quitter le microcosme parfait qu'elle avait bâti. D'arpenter à nouveau les sentiers battus du quotidien.

— En fait, je suis une handicapée de la vie ! lança-t-elle à Edgar.

Il la regarda d'un air apparemment compréhensif, alors qu'il n'attendait qu'une chose : qu'elle lui donne à manger.

Molly vadrouillait dehors. C'était une chasseuse exceptionnelle qui tuait ses proies et les engloutissait.

— Molly est un vrai chat, au moins ! Pas un tigre de papier comme toi.

Imke composa le numéro de l'appartement. Personne ne décrocha. Elle essaya de joindre Jette sur son portable.

Votre correspondant… Blah ! Blah ! Blah !

Les filles sont en vacances, voyons. Rien de plus normal qu'elles ne restent pas enfermées, par ce beau temps !

Mais une part d'elle-même voulait savoir où elles traînaient. Le meurtrier de son polar aurait bientôt des comptes à rendre à la police. Celui de Caro courait toujours…

Elle téléphona au commissariat. Bert Melzig était en déplacement. L'aimable dame à l'autre bout du fil demanda s'il fallait lui transmettre un message. Imke répondit que ce n'était pas nécessaire.

Pour échapper à la frustration, elle appela sa mère, qui revenait de chez le coiffeur et passa cinq bonnes minutes à maudire sa permanente ratée.

— … Alors ? Les filles ont prévu de s'installer quelque temps chez moi, finalement ?

— On ne peut pas parler avec Jette en ce moment, maman. Elle est amoureuse !

— Amoureuse ? De qui ?

Incapable de tourner autour du pot, il fallait toujours qu'elle entre dans le vif du sujet ! Imke savait apprécier ce trait de caractère, même s'il se révélait souvent embarrassant.

— Je ne sais rien, à part qu'il a la trentaine et qu'elle le trouve unique.

— Invite-les à prendre le café ! Je veux être là. Le plus tôt sera le mieux, tu m'entends ?

Comme sa voix devenait pressante ! Ils se faisaient tous un sang d'encre pour Jette et Merle. Simplement, ils le cachaient sous le masque qu'ils portaient chaque jour.

Pour supporter la vie… songea Imke. *La vie, et la mort.*

Et elle ne fut même pas gênée d'éclater en sanglots, au beau milieu de la conversation.

***

Il ne parlerait pas de son audition à Gorge… La saison des fraises serait bientôt terminée. Ensuite, leurs chemins se sépareraient. Pourquoi risquer de l'énerver ?

Gorge paraissait nerveux. Quelque chose le tarabustait. On le sentait, quand on se tenait près de lui. Il était sous haute tension.

Mais cela n'avait pas nécessairement un rapport avec les meurtres !

C'est mon pote, réfléchissait Malle, *ça ne peut pas être un assassin… Impossible ! J'aurais remarqué quelque chose. On ne peut rien cacher quand on passe des jours à suer côte à côte dans les champs, par tous les temps.*

Ensemble, ils avaient bossé, mangé, bu et ri.

On est devenus les deux faces d'une même médaille ! Ce n'est pas le premier flic venu qui va pouvoir nous diviser…

Dans ce cas, il ferait peut-être mieux d'en parler à Gorge ? Ils étaient plusieurs à savoir que le commissaire s'était déplacé spécialement pour lui. En se taisant, Malle ferait une montagne d'une taupinière.

Si cet entretien n'avait pas d'importance, pourquoi se faire du mouron ? Pourquoi se sentir aussi mal à l'aise ? Il ne faisait pas partie de ces gens qui avaient peur de Gorge !

Il fallait avouer que son comportement avait de quoi intimider… Son regard devenait souvent si perçant qu'on se sentait coupable, alors qu'on n'avait commis aucun crime.

311

Et sa voix pouvait se faire si froide et tranchante qu'on n'avait plus qu'une idée en tête : prendre le large.

Non, Malle n'avait pas peur de Gorge… C'était son pote !

Il décida de passer la soirée à Bröhl. Il avait besoin de monde autour de lui. Des étrangers qui ne lui poseraient aucune question. Il n'avait plus envie de ruminer. Il voulait juste boire quelques bières, peinard.

Il n'avait surtout aucune envie de croiser le chemin de Gorge.

**

Assise près de lui, Jette regardait la route en silence. Elle devait sentir qu'il n'avait pas envie de parler. Une bonne épouse sentait toujours ce que son mari attendait d'elle.

Il avait les nerfs à vif. L'impression d'être dépassé par les événements. Pas le moment idéal pour un nouvel amour…

Mais l'amour ne demandait pas la permission de vous foudroyer !

La nécessité de tout contrôler, de se demander systématiquement ce qu'il pouvait raconter à Jette, ou pas, le soumettait à une pression énorme.

Il devait rester prudent. Il ne pouvait pas encore lui faire totalement confiance.

Du temps… Il nous faut du temps !

C'était là que le bât blessait… Il reprendrait bientôt la route. Et après ? Jette était seulement au lycée. Comment allait-il supporter de se retrouver sans elle ? La rejoindre le week-end ? Les saisonniers n'avaient pas de week-end !

Pour la première fois, il regrettait de ne pas mener une vie sédentaire. Il tourna la tête et leurs regards se croisèrent. Jette sourit et effleura sa main, posée sur le volant.

Je l'aime. Mon Dieu, ce que je l'aime !

Elle l'aiderait à tout oublier. À devenir un homme meilleur. Mais surtout, elle resterait à ses côtés. Jusqu'à la fin de sa vie.

19

Merle entendit Jette rentrer. Elle consulta son réveil. Une heure du matin. Rien à foutre ! Elle ne dormait pas, de toute façon…

La lumière du couloir filtrait sous la porte de sa chambre. Merle avait très envie de se lever, d'aller dans la cuisine et d'improviser un petit repas de minuit. Ou de boire un thé, au moins. Elles le faisaient souvent, quand Caro était encore vivante.

Mais Jette n'avait sûrement pas faim. Son prince charmant avait dû l'inviter à pique-niquer dans un écrin de verdure ! Merle en était réduite à imaginer ce qu'ils faisaient ensemble : Jette ne racontait pas grand-chose. Ça lui tapait sur les nerfs ! Pourtant, d'habitude, elle ne faisait pas de cachotteries…

Et moi qui parle toujours à cœur ouvert, comme une conne !

Merle avait passé la soirée à étudier les poèmes de Caro et à feuilleter ses albums photos. Après mûre réflexion, elle avait conclu que la fleur séchée devait avoir un rapport avec le copain de Caro. Sinon, pourquoi l'aurait-elle conservée, aplatie entre les pages de son livre préféré ?

Toute petite, assez insignifiante, elle devait revêtir une signification particulière, sans quoi il aurait plutôt décidé de lui offrir une rose, par exemple.

Quant au foulard… Il appartenait probablement à un homme. Il n'était pas assez joli pour appartenir à une femme. Et Caro ne l'avait pas mis, Merle en était sûre et certaine, elle s'en serait souvenue !

Les hommes âgés en costume clair portaient souvent un carré de tissu autour du cou. Mais Merle avait examiné l'étiquette et ce n'était pas de la soie, même pas de la viscose. Du simple coton.

Elle n'avait pu s'empêcher de penser à un pirate, et avait poursuivi son raisonnement. Quel type d'homme portait un foulard autour de la tête ?

Les jeunes, pour qui c'était un accessoire de mode. Les cuisiniers, qui devaient se couvrir la tête pour leur travail. Et sinon ?

On pouvait aussi en avoir besoin pour protéger ses cheveux de la saleté. De l'humidité. Ou de la lumière du soleil.

Merle avait la quasi-certitude que le petit ami de Caro portait le carré de tissu pour protéger ses cheveux. Elle l'avait inspecté sous sa lampe de bureau, centimètre après centimètre.

Elle avait découvert quelques taches. Évidemment, elles étaient sèches depuis longtemps et ne dégageaient plus aucune odeur. Difficile de les faire parler !

Il n'en restait pas moins que Caro avait dû garder le foulard parce que son copain le mettait souvent, qu'il faisait partie de lui.

Merle aurait aimé partager ses réflexions avec Jette, mais la blessure était trop fraîche. Elle voulait prendre du recul ? Aucun problème. Elle allait l'avoir, son recul !

Alors, lorsque Jette poussa doucement sa porte, passa la tête et chuchota son nom, Merle fit semblant de dormir.

***

J'allumai la bougie posée sur la table de la cuisine et éteignis le plafonnier. Je tirai une chaise près de la fenêtre, m'assis et regardai la rue en contrebas. J'aimais contempler la ville plongée dans l'obscurité. Les maisons, ombres grises ponctuées de carrés de lumière jaune.

Depuis que je connaissais Gorg, j'aimais encore plus Bröhl. J'avais envie de l'explorer à nouveau, avec lui. De lui faire découvrir tous les lieux importants pour moi. Plus tard, une fois qu'il serait prêt…

Je me réjouissais de lui montrer le château. Le parc, avec ses massifs de fleurs dessinant des motifs géométriques. Son petit labyrinthe, derrière l'étang aux nénuphars. Les ruelles anguleuses de la vieille ville. Et puis, naturellement, le marché de Noël !

Je n'y emmenais pas n'importe qui. C'était toujours un moment spécial pour moi, que je ne partageais qu'avec les personnes faisant partie intégrante de ma vie.

jamais
nous ne verrons
le cortège
de lumières sacrées

Pourquoi ces vers me revenaient-ils en mémoire ?
Caro… Tu n'as pas cessé de nous mener en bateau. De quelles « lumières » parles-tu ? Qui est ce « nous » ? Et pourquoi toutes tes poésies sont-elles aussi affreusement tristes ?

À l'approche de Noël, Gorg serait ailleurs depuis longtemps…

Cette nuit, je rêvai de Caro. Elle et moi, on se promenait sur le marché de Noël, au hasard des allées. Plus loin, un saint Nicolas distribuait des cadeaux aux enfants. C'est en passant devant lui que, sous la barbe en coton, je reconnus le visage de Gorg.

Je lui touchai le bras.

— Gorg, j'aimerais te présenter mon amie Caro !

Lorsque je me retournai, Caro avait disparu. Elle avait abandonné son manteau sur le trottoir. Si petit, si étroit qu'on aurait dit celui d'une poupée.

***

Georg Taban, « grand taciturne au regard farouche », avait noté Bert dans son calepin. C'était l'impression qu'il lui avait faite, à la première audition.

L'homme semblait peser chaque mot. Ses yeux fixaient Bert sans le lâcher, enregistrant apparemment le moindre détail.

318

Il se révélait plus réservé que ce Malle Klestof. Et nettement plus intelligent. Sa voix, calme et profonde, dissimulait mal sa nervosité intérieure. À l'intérieur, il était incroyablement nerveux. Bert ressentait presque physiquement la tension qui l'habitait.

Cela ne signifiait pas nécessairement quelque chose. La plupart des gens s'inquiétaient d'avoir affaire à la police, à plus forte raison dans le cadre d'un meurtre. On ne subissait pas un interrogatoire comme on discute le bout de gras, assis sur son canapé.

Non, il n'avait jamais entendu parler de Carola Steiger avant son assassinat. Son surnom, « Caro », ne lui disait rien non plus.

Bert remarqua que Taban s'attardait sur la photo de Caro. Il avait rapidement reposé celles de Simone et des deux autres jeunes filles, comme s'il craignait de se brûler. Ou de se salir.

— Vous m'avez déjà posé ces questions.

Bert lui avait déjà montré les photos, également. La première fois, la façon dont Taban les avait regardées ne l'avait pas marqué. Pourtant, il prêtait une attention extrême à tout. La plus petite hésitation pouvait fournir une indication.

— De nouveaux éléments sont apparus, affirma-t-il.

Taban se renversa sur sa chaise et croisa les bras.

Attitude désinvolte ou muraille défensive ? se demanda Bert.

Lors des interrogatoires, il avait appris à noter le moindre geste, la moindre inflexion. Au point qu'il ne pouvait plus s'en défaire dans le privé. Une vraie malédiction !

« Arrête un peu avec ton regard de flic ! » lui reprochait souvent Margot.

Avec la meilleure volonté du monde, il ne savait pas comment s'en débarrasser.

Les « clients » avares de paroles s'avéraient particulièrement difficiles à cerner. Il en fallait, de la confiance en soi, pour se taire ! Laisser les choses se faire. Spontanément. Cet homme, là, avait une grande confiance en lui. Il regardait Bert en se taisant et il attendait. Tout simplement.

Autrefois, Bert se laissait facilement démonter. Il se mettait à parler trop, diminuant la pression qu'il cherchait à exercer sur son vis-à-vis. Depuis, il avait appris à faire face à ce type de comportement. Taban voulait se taire ? Parfait ! Lui aussi savait se taire…

Rompre le silence de manière inattendue se révélait parfois une bonne méthode. Au bout de quelques minutes, obéissant à une impulsion, Bert lut à voix haute :

mon prince
et mendiant
sage
et charlatan
jamais
je ne te touche
jamais
tu ne restes
tu détestes
les espaces clos

Taban pâlit sous son hâle. Bert continuait à le fixer, sans ciller.

— Il s'agit d'un poème écrit par Caro. Peu de temps avant sa mort. Je me demande qui peut être cet homme à la fois prince, mendiant, sage et charlatan…

Taban soutint son regard.

— Je ne comprends rien au lyrisme.

Lentement, son visage reprenait des couleurs.

Faux. Archifaux ! Quand on ne comprend rien à la poésie, on n'emploie pas le mot « lyrisme ». À supposer qu'on le connaisse…

— Dommage ! Nous aurions pu tenter d'interpréter ces lignes. Connaissez-vous quelqu'un qui écrive ?

Taban secoua la tête.

Bert n'avait rien contre lui. Un vague soupçon et une mauvaise réputation auprès de ses camarades de travail ne suffisaient pas. Le mobile faisait le meurtrier – et Bert était incapable d'en trouver un.

Y avait-il des signes indiquant que Taban était un psychopathe ?

Bert essaya de s'imaginer Caro avec cet homme. Il n'y parvint pas. Et regretta de ne pas l'avoir connue de son vivant.

— Avez-vous tué ces quatre jeunes filles ? demanda-t-il à brûle-pourpoint.

Un tir au jugé, au mépris de la raison et de l'expérience.

Bert était préparé à différentes réactions. Son interlocuteur pouvait s'indigner. Rester sidéré. Éclater de rire. Il pouvait répondre avec ironie. Hausser les sourcils avec étonnement. Il pouvait s'exclamer : « Moi ? Ne soyez pas ridicule ! »

Taban ne fit rien de tout cela. Il regardait Bert sans vraiment le voir et son visage prit une expression de tristesse infinie. Pendant un long moment, il sembla totalement replié sur lui-même.

Bert l'observait, fasciné.

Puis, subitement, une secousse agita le corps de Georg Taban. Il regarda Bert. Ses yeux se firent de glace.

— Je ne suis pas un meurtrier, monsieur le commissaire.

Une phrase hachée, saccadée. Je / ne suis / pas / un meurtrier.

Bert ne pouvait pas se défaire de l'impression que cet homme mentait.

***

— Alors, comment ça s'est passé ? demanda Malle.

Bien sûr, il savait que le commissaire était revenu ! Tout le monde devait être au courant…

— Comment veux-tu que ça se soit passé ? riposta Georg avec un sourire méprisant. Il farfouille à droite et à gauche en faisant semblant d'avoir une piste.

— Exactement !

Malle rit, de son rire qui ressemblait plus à un bêlement. Sa gaieté semblait un peu forcée et Georg se demanda s'il n'avait pas peur de lui, tout à coup. Il se montrait plus distant. En temps normal, il lui aurait déjà tapé sur l'épaule.

Georg savait que Malle avait été entendu, lui aussi. Un secret de Polichinelle. Mais le saisonnier, d'ordinaire incapable de tenir sa langue, n'en avait pipé mot. Il ne pouvait y avoir qu'une explication à ce silence, à cette peur soudaine : Malle le soupçonnait et tentait désespérément d'éviter ce sujet sensible.

Espèce de lâche ! pensa Georg.

Il prit son cageot et retourna au travail, laissant Malle en plan.

Il avait oublié son foulard dans les sanitaires, les cheveux lui tombaient dans les yeux et restaient collés à son front mouillé de sueur. Une sensation horripilante !

Georg fit abstraction des bruits extérieurs pour arriver à réfléchir. Le commissaire n'avait rien contre lui, c'était impossible. En Allemagne du Nord, il avait utilisé un autre nom et des faux papiers. On ne pouvait établir aucun lien avec lui.

Mais que se passerait-il si la police avait un quelconque échantillon d'ADN et leur faisait subir un test de salive ? Il serait fait comme un rat ! Il lui faudrait passer le reste de sa vie en cavale. Avec Jette. Serait-elle prête à le suivre ?

… Pourquoi se casser la tête, au juste ? Le commissaire était reparti. Il ne savait rien, rien du tout !

Georg sourit. Son amour le protégeait. Tant qu'il aimerait, il ne pourrait rien lui arriver.

***

Un cueilleur de fraises !

Merle rentrait chez elle au pas de course. Pour la première fois, elle était reconnaissante à Claudio d'être aussi radin ! Sinon, il ne l'aurait pas envoyée chercher des fraises dans un champ où il fallait les cueillir soi-même. Et elle ne se serait pas rendu compte que la fleur conservée par Caro était une fleur de fraisier.

Brusquement, tout s'expliquait ! Merle avait souvent aperçu les cueilleurs en se rendant au Moulin avec Jette. Beaucoup portaient des foulards pour protéger leurs cheveux du soleil et de la sueur.

sur ta bouche
un doux sourire
terriblement rouge

Même ces vers prenaient soudain sens ! Le copain de Caro avait sans doute mangé une fraise. Le fruit avait coloré ses lèvres en rouge et leur avait donné un goût doux, sucré. Et Caro avait pu trouver ce sourire terrible car tout, dans leur relation, lui apparaissait obscur et insondable.

Elle avait recommencé à se mutiler. Cela avait toujours été un signal d'alarme, chez elle.

— Merde…, haleta Merle. Merde, merde et merde !

Elles n'avaient pas pu aider Caro, parce qu'elle s'était laissé entraîner dans le jeu de cet homme. Elle n'avait parlé de lui à personne. À part dans sa dernière conversation avec Jette. Et encore, elle n'avait rien révélé d'essentiel !

qui es-tu
tant de questions
non posées

tant de chansons
non chantées
neuf vies
non vécues

Brusquement, tout sonnait comme une prophétie. Caro ne pouvait plus poser de questions. Elle ne pouvait plus chanter de chansons. Et elle ne pouvait pas vivre sa vie jusqu'au bout.

Merle courait. Elle sentait la sueur couler partout sur son corps. Elle suffoquait. Et elle pleurait. Les gens s'écartaient pour la laisser passer. Ils regardaient son visage et ce qu'ils y voyaient les effrayait.

***

Bert rappela Imke Thalheim. Il avait attendu, car il s'était juré de prendre ses distances. Mais dès qu'il entendit le son de sa voix, ses résolutions se mirent à chanceler. Il éprouvait le besoin d'être près d'elle, de la contempler et de l'écouter parler.

— Y a-t-il du nouveau ?

— Je pense que nous sommes sur la bonne voie. Mais vous savez que je n'ai toujours pas le droit de vous communiquer d'informations.

— J'avais espéré que dans mon… cas, vous feriez une exception.

Dans son cas… Le cœur de Bert battait à une vitesse folle. Ressentirait-elle plus ou moins la même chose que lui ?

— Ce ne serait pas juste.

— Vous avez raison, reprit-elle après un silence. Pardonnez-moi. C'est seulement que… je suis morte de peur pour les filles. J'ai une drôle d'impression…

Il prenait au sérieux ce malaise indéfinissable, cette inquiétude larvée que les gens éprouvaient parfois.

— Quel genre d'impression ?

— Que Jette est en danger.

— Y a-t-il quelque chose que j'ignore ?

— Elle est amoureuse.

— Mais c'est une bonne nouvelle, au contraire !

— En êtes-vous si sûr ? Caro aussi était amoureuse…

Il fallait mettre un terme aux agissements de ce type ! Son arrestation permettrait de lever toute une série d'angoisses. Et favoriserait le travail de deuil. Chacune des personnes affectées par ces meurtres avait besoin d'un point final pour être capable, un jour, d'aller à nouveau de l'avant.

— Ne vous laissez pas enfermer dans votre peur !

Un bon conseil… qu'elle ne pourrait pas suivre. Elle s'en sentait déjà prisonnière.

— Il est beaucoup plus âgé que Jette. Et il y a quelque chose d'étrange dans leur histoire… Normalement, ma fille déborde de bonheur. Cette fois pas. Elle ne m'a encore rien raconté !

Bert pensa à Caro. Elle aussi aimait un homme dont elle ne parlait pas.

Absurde !

Se mettrait-il à fabuler, à son tour ?

Mais le parallèle était là… Tout comme la tension nerveuse qu'il ressentait toujours, au cours d'une enquête, lorsqu'une nouvelle porte s'ouvrait.

— Prenez le temps de bavarder avec votre fille ! Demandez-lui des détails ! Essayez d'obtenir son nom.

— Je vais voir ce que je peux faire…

Il avait raison. C'était la seule façon de venir à bout de cette peur obsédante. Jette avait toutes les réponses.

— … même elle ne passe plus chez elle qu'en coup de vent.

Après leur conversation, Bert resta assis un moment, songeur. Il avait le sentiment de tenir entre les mains un écheveau qu'il pouvait démêler en un clin d'œil. À condition de tirer sur la bonne ficelle.

***

Il attendait Jette, assis dans sa voiture. Ils avaient prévu de retourner à Blankenau, la petite ville aux magnifiques maisons anciennes. Il ignorait pourquoi, mais il puisait de la force dans la vue des monuments historiques. De la force, et du courage.

Il appartenait à une autre époque. Il l'avait toujours senti. Si la réincarnation existait, Jette et lui s'étaient sûrement rencontrés dans une autre vie…

Ils étaient peut-être déjà tombés amoureux ! Ils avaient peut-être même vécu ensemble !

Tout à l'heure, il lui demanderait si elle croyait au cycle des renaissances.

Il lui demanderait si elle l'aimait. Si elle avait déjà aimé quelqu'un autant que lui.

Et il lui demanderait si elle voulait partir avec lui, une fois qu'il aurait fini de travailler dans la région.

Il la guettait, impatient. Il ne fallait rien précipiter. Surtout, ne pas lui faire peur ! Il devait y aller en douceur.

Midi. Il avait pris l'après-midi.

« Je dois aller chez le médecin… »

C'était aussi ce qu'il avait raconté à Malle.

Jusqu'à présent, il avait toujours réussi à brouiller les pistes.

***

Il y avait un mot sur la table de la cuisine.

Chère Merle,

Je suis désolée, je me suis conduite comme une vraie garce. S'il te plaît, ne sois plus fâchée ! Ne crois pas que je refuse de te mettre dans la confidence. Le truc, c'est qu'on en sait encore très peu l'un sur l'autre, Gorg et moi, même si on parle d'un millier de choses…

Tu vas trouver ça bizarre, mais j'ai l'impression de le connaître depuis toujours. Comme si je savais déjà l'essentiel. Quelle importance qu'il soit médecin, contrôleur du fisc ou cueilleur de fraises ? Je l'aime. C'est ça, l'important !

Qu'est-ce que tu dirais si, demain, on prenait le temps de bavarder tranquillement, rien que nous deux ? Et de donner un grand coup de balai dans toutes ces conneries qui nous séparent ? Je suis impatiente d'y être !

Bisou,
Jette

P.-S. : On a l'intention de retourner dans un de ces villages médiévaux qu'il aime tant. Je regarde des tas de vieux murs et je ne m'ennuie même pas, tu peux le croire ? Les femmes deviennent vraiment bêtes quand elles sont amoureuses, je sais, je sais !

Merle lut la lettre plusieurs fois de suite. Chaque fois, les mêmes mots lui sautaient aux yeux. Médecin. Contrôleur du fisc. *Cueilleur de fraises.*

Quelle chance y avait-il que Caro et Jette tombent toutes les deux amoureuses d'un cueilleur de fraises ? Pour ainsi dire aucune. À moins… à moins qu'il ne s'agisse d'un seul et même homme, et qu'il n'ait donné un petit coup de pouce au destin, dans le cas de Jette.

L'instant d'après, Merle s'emparait de la carte de visite du commissaire et composait son numéro.

Il n'était pas dans son bureau et avait visiblement éteint son portable. Comment pouvait-il être injoignable quand Merle avait besoin de lui ?

20

J'étais un peu en retard et je craignais de le contrarier. Il attachait une grande importance à la fiabilité, je l'avais déjà remarqué. En apercevant son visage, méconnaissable, je pris peur. J'avais juste quelques minutes de retard, une broutille ! Comment réagirait-il quand il aurait une vraie raison de s'énerver ?

— Un des chats s'était oublié dans l'entrée, il a fallu que je nettoie avant de sortir.

Son expression se modifia. Je vis la colère s'effacer et faire place à un sourire hésitant.

— C'est bon !

Il m'attira contre lui, derrière le volant, et m'embrassa. Enfin, je le retrouvais !

Il démarra. Au bout de quelques kilomètres, les sourcils froncés, le front plissé de fines rides, il semblait déjà plongé dans ses réflexions. Cela ne me dérangeait pas qu'il se taise. J'étais près de lui. Je ne désirais rien d'autre !

Dehors, le paysage défilait. Bois, prairies, champs et pâturages… Je me réjouissais de vivre dans une ville qu'on pouvait embrasser du regard, et dont les proches environs étaient encore marqués par la vie champêtre.

— Tu pourrais t'imaginer habiter dans une grande ville ?

— Avec toi, je pourrais vivre partout ! répondit Gorg sans quitter la route des yeux. Le principal, c'est qu'on soit ensemble. Le reste ne compte pas.

— À part la famille et les amis ! Maman, grand-mère et Merle sont les femmes les plus importantes de ma vie. Je crois que, sans elles, je ne serais pas entière. Amputée, en quelque sorte.

Il n'ajouta rien. Ses mains serrèrent le volant plus fort.

Je posai la nuque contre l'appuie-tête et fermai les yeux. Je pensais à mon sac. Et au préservatif que j'avais glissé dedans. Je l'avais toujours sur moi, depuis que j'avais rencontré Gorg. Je me demandais si j'allais le sortir aujourd'hui…

***

Gorge, chez le médecin ? À d'autres ! Il se fait porter pâle, oui…

Malle déposa son cageot plein dans la remorque. La sueur lui dégoulinait dans le cou. Un vrai travail de forçat, mais au moins, ça rapportait ! Pas des mille et des cents, mais assez pour vivre.

Malle avait un besoin aigu de liberté. Il étouffait dans les espaces confinés. Il fallait qu'il soit dehors, qu'il sente le vent, le soleil et la pluie ! Comme la majorité des hommes faisant les mêmes boulots que lui.

Les saisonniers ne se faisaient pas porter pâles sans une bonne raison. Il ne leur suffisait pas de fournir un certificat médical, comme les employés, pour continuer à toucher leur salaire. Sans compter qu'ils étaient rarement malades. Endurcis, ils bravaient tous les virus.

Gorge tenait peut-être un petit commerce pas très réglo ? Pas le genre à faire des confidences, plutôt à se fermer comme une huître… Pourtant, c'était justement maintenant que les flics se remettaient à fouiner dans le coin qu'il fallait savoir ce que l'autre fabriquait ! Pour pouvoir se tirer mutuellement du pétrin, au cas où.

Personne ne comprenait pourquoi Gorge s'était lié d'amitié avec lui. Si on pouvait appeler ça de l'amitié… Malle lui-même ne pigeait pas. Ils n'avaient rien, mais vraiment rien en commun ! À part qu'ils aimaient bien s'en jeter un, le soir. Et encore, là aussi, Gorge se maîtrisait. Malle ne se souvenait pas de l'avoir déjà vu soûl.

On dirait qu'il doit toujours garder le contrôle… Mais pourquoi ?

Il prit un cageot vide et retourna dans son allée. Il se rendait compte qu'il ne savait presque rien de Gorge. Gorge, au contraire, savait à peu près tout de lui.

***

Enfin, quelqu'un décrochait ! Imke rit de soulagement.

— Merle ! Je me demandais où vous étiez passées ! Vous ne donnez jamais de vos nouvelles…

Merle se mit à pleurer. Imke sentit son corps se figer.

— Que se passe-t-il ?

Je vous en prie… Pitié, je vous en prie ! Faites qu'il ne soit rien arrivé à Jette !

En sanglotant, Merle lui fit part de ses soupçons. Pour elle, Jette était amoureuse du même homme que Caro, peu avant sa mort. Elle lui exposa brièvement comment elle était parvenue à cette conclusion.

— Mais de là à dire que…

Imke avait la bouche très sèche. Elle déglutit avec effort.

— … Où est Jette ?

— Partie avec lui, répondit Merle.

Si bas qu'Imke eut du mal à la comprendre.

— Attends-moi ! Je suis là dans dix minutes.

Elle jeta le téléphone sur la table, attrapa son sac à main et courut à sa voiture. Elle ne prit pas la peine de refermer la porte du garage et descendit le chemin d'accès à une allure telle que ses roues soulevèrent des gerbes de gravier.

***

Il ne lui en voulait plus d'être arrivée en retard. Sa colère était rapidement retombée. On ne pouvait pas en vouloir longtemps à Jette. Et puis, elle ne l'avait pas fait attendre exprès.

Assise à côté de lui, elle fredonnait l'air qui passait à la radio. Comme s'il n'y avait aucun problème. Comme si elle ne remarquait pas ce qui se tramait autour d'elle.

Il ne fallait pas sous-estimer la police, encore moins ce Melzig ! Dès l'instant où il avait vu le commissaire, il avait su qu'il ne pourrait pas le mener facilement en bateau. Aujourd'hui, son instinct lui disait que le moment était venu de réagir. Melzig le traquait.

Jette lui caressa le bras.

— Ce que je suis heureuse !

Il lui pressa la main. Jamais il ne permettrait que quelqu'un la rende triste.

***

Entendu… Merle allait attendre ! Attendre la mère de Jette, attendre le coup de fil du commissaire. Elle lui avait laissé un message, demandant qu'il rappelle de toute urgence.

Il lui en coûtait de faire confiance à un flic. Elle n'aurait jamais pensé devoir en appeler un à l'aide. Mais elle ne savait plus quoi faire, seule. Elle n'avait pas le choix !

Les chats sentaient sa nervosité. Ils l'évitaient, feulaient même quand elle s'approchait trop. Elle les comprenait. Ils avaient déjà eu une vie suffisamment agitée…

Sur la table de la cuisine, Merle avait posé la fleur de fraisier séchée, le foulard noir, la lettre de Jette et les poèmes de Caro. Elle ne pouvait pas s'empêcher de les regarder, de refaire tout le raisonnement dans sa tête. Encore et encore.

— Et après ? lança-t-elle à voix haute. Supposons que ce soit effectivement un cueilleur de fraises. Ce n'est pas pour autant l'assassin de Caro !

Mais elle savait qu'il s'agissait de son meurtrier. S'il avait juste été son petit copain, il se serait manifesté auprès d'elles. Tous les journaux avaient parlé de l'assassinat de Caro. Et même s'il ne les avait pas lus… Il se serait forcément étonné de son silence et aurait cherché à avoir de ses nouvelles.

— Espèce de porc, salaud ! Elle t'aimait !

***

Bert retourna une fois de plus à la ferme. Pour voir Taban. Resserrer le nœud coulant qu'il lui avait passé autour du cou. Il était sur la bonne piste, il n'en doutait pas une seconde.

La femme de Kalmer l'informa que Georg Taban avait pris l'après-midi pour aller voir le médecin.

Alarmé, Bert demanda s'il donnait l'impression d'être malade.

— Pas vraiment… Il avait l'air comme d'habitude. Je dirais même qu'il est solide comme un chêne !

Tout en parlant, elle classait des papiers. Bert eut la sensation que son détachement était feint.

Y aurait-il anguille sous roche entre ces deux-là ?

— J'aimerais m'entretenir avec M. Klestof. Voudriez-vous le faire venir ?

De mauvaise grâce, elle sortit du bureau pour envoyer quelqu'un chercher Malle Klestof.

Et merde ! Il avait effrayé le bonhomme. Ça faisait partie de son plan, mais il n'avait pas prévu que les choses lui échappent. Restait à espérer que son instinct le trompe, cette fois… et que Taban ait bel et bien pris congé pour aller consulter un médecin.

***

Après la panique qui l'avait saisie au téléphone, Imke ne ressentit plus rien. Elle conduisait de façon froide et routinière, comme toujours, respectant feux rouges et panneaux de signalisation, remarquant chaque piéton, chaque auto, chaque vélo.

Je dois être en état de choc. Comme après mon accident.

… Ce jour-là, elle avait refusé la priorité à une Audi, qui l'avait percutée côté passager. Le fracas avait été épouvantable. L'aile droite de sa voiture ressemblait à du papier de chocolat froissé. Ce n'est qu'ensuite qu'elle avait à nouveau pris conscience des choses.

Tandis qu'elle approchait de Bröhl, elle se demandait ce qu'elle pourrait faire si les soupçons de Merle étaient fondés. Pas grand-chose… Avertir Bert Melzig. Et espérer, et prier !

Elle ne trouva pas de place dans le parking et se gara en stationnement interdit.

Quelques secondes plus tard, elle montait l'escalier quatre à quatre.

Merle l'attendait à la porte d'entrée, un mouchoir roulé en boule dans la main, le visage gonflé d'avoir pleuré.

Imke la prit dans ses bras, la tint serrée contre elle un moment, puis entra dans la cuisine.

— Là, vous voyez ? fit Merle en montrant la table. Une fleur de fraisier ! Il devait utiliser le foulard pour protéger

337

ses cheveux. Ils travaillent en plein soleil, vous imaginez ce qu'ils doivent transpirer !

Imke avait si souvent longé les champs de fraises… Elle était si souvent allée acheter les fruits charnus, au village… Jour après jour, elle avait vu les ouvriers avec leurs chapeaux et leurs foulards aux couleurs vives.

Si près…

Il a toujours été si près !

Les éléments rassemblés permettaient raisonnablement de penser que le petit ami de Caro était un cueilleur de fraises. Mais était-ce aussi son assassin ?

— Est-ce qu'il aurait pu ignorer sa mort, sinon ? demanda Merle, comme si elle lisait dans ses pensées.

Elle avait raison. Une conclusion des plus logiques.

Merle prit la feuille du dessus, sur la pile de papier, et la tendit à Imke.

— Lisez ça !

salut
l'homme sombre
qui appartient aux ténèbres
pas à moi
salut
mon bien-aimé
montre-toi
au grand jour
avec moi

— Quand il ne cueillait pas des fraises, commenta Merle d'un ton méprisant, il se terrait comme un rat ! Caro ne savait rien de lui, elle n'avait pas non plus le droit de divulguer le peu qu'elle avait fini par apprendre. Une relation malsaine d'un bout à l'autre !

Avait-il aussi contraint Jette au silence ? Imke se rappelait une autre poésie :

tu me fais promesse
de ta vie
mais rien
ne me dévoiles
pourtant tu sais
tout
de moi

Tilo avait refusé d'examiner les poèmes et d'aider à les interpréter. Ses arguments ?

Pour commencer, s'agissant de littérature, il ne pouvait pas transposer d'emblée les textes dans la réalité d'une vie.

Ensuite, il se voyait dans l'incapacité de se prononcer, en engageant sa responsabilité, sur une personne qu'il n'avait pas connue.

Enfin, il ne souhaitait pas s'immiscer dans le travail de la police.

Imke, elle, trouvait que cette poésie en disait long sur Caro. Elle pensait qu'on pouvait en déduire qu'elle souffrait tant de tous ces secrets qu'elle avait recommencé à se mutiler.

Mais si cette déduction s'avérait juste, on pouvait peut-être en tirer aussi des conclusions sur lui ?

— Tenez ! fit Merle en lui tendant un autre poème. Les trois derniers vers…

sur ta bouche
un doux sourire
terriblement rouge

— Un sourire coloré et parfumé à la fraise ! Doux et rouge. Et terrible ! Caro devait avoir peur de lui.

— Doucement ! demanda Imke en se massant les tempes.

Elle avait mal au crâne.

— Doucement… Sinon, je perds le fil.

Un tueur en série pouvait-il tomber amoureux ? Avoir entretenu une relation suivie avec chacune de ses victimes ? Peut-être que chaque fois, quelque chose était allé de travers, le poussant à tuer ?

Imke aurait aimé se poser ces questions dans le cadre strictement professionnel de ses recherches pour un nouveau roman…

Brusquement, sa peur réapparut. Elle avait surmonté le choc ! Et bien que l'angoisse lui retourne l'estomac, elle était heureuse d'éprouver à nouveau un sentiment.

— Il faut appeler le commissaire !

— Je n'ai pas réussi à le joindre à son bureau ni sur son portable.

— Dans ce cas, on va lui laisser un message !

— Déjà fait. Il ne reste plus qu'à attendre.

Attendre…

Imke s'assit et fixa les objets que Merle avait étalés sur la table.

— Sais-tu où… où ils sont partis ?

Elle avait le plus grand mal à associer sa fille à cet homme dans la même phrase.

Merle secoua la tête.

— Ils avaient prévu de se rendre dans une petite ville médiévale, mais Jette n'a pas mentionné son nom.

Elle donna la lettre à Imke.

En reconnaissant l'écriture de sa fille, Imke éclata en sanglots. Ce fut au tour de Merle de la réconforter. Elle passa les bras autour de ses épaules et se mit à la bercer doucement.

— On va les trouver…, murmura-t-elle. On aura bien une idée !

***

Je trouvais vraiment cette ville d'une beauté idyllique, même si je ne partageais pas totalement l'enthousiasme de Gorg. Des maisons voûtées se pressaient autour d'un petit marché pavé. On avait jadis brûlé des femmes accusées de sorcellerie sur des places identiques.

— Le Moyen Âge était une époque cruelle ! On ne doit pas l'oublier en contemplant ces adorables maisonnettes.

— Chaque époque est cruelle ! corrigea Gorg en m'enlaçant. L'homme d'aujourd'hui a juste raffiné ses méthodes.

Il était pétri de contradictions… Capable de se réjouir comme un enfant, et de prononcer ce genre de phrases l'instant d'après. À cause de sa maturité ? Il avait déjà vu et vécu tellement plus de choses que moi !

Un moment plus tard, assis à la terrasse d'un café, nous buvions un espresso en regardant flâner les passants. Le bien-être adoucissait le visage de Gorg. Je me penchai et l'embrassai sur la joue.

Je me montrerai patiente avec toi ! lui promis-je en pensée. *Et je ferai tout pour te rendre heureux.*

***

Le téléphone sonna alors que Merle et Imke ruminaient leur impuissance, penchées sur une carte. Il y avait tellement de vieux patelins dans la région ! Comment savoir dans lequel Jette était partie avec cet homme ?

Il s'appelait Gorg. Imke, qui entendait ce prénom pour la première fois, le détesta instantanément. Elle détesterait tout ce qui avait trait à ce type, même s'il ne s'agissait pas du meurtrier. Rien que pour le mal qu'il avait fait à Caro de son vivant...

— J'arrive immédiatement ! déclara Bert Melzig.

Une demi-heure plus tard, assis dans la cuisine, il écoutait Merle lui expliquer en détail comment elle était parvenue à ses conclusions.

— Il s'appelle Gorg, il a dans les trente ans et...

— Comment s'appelle-t-il ? coupa Bert en se penchant en avant.

— Gorg. Et il...

— Il y a un Georg Taban parmi les cueilleurs de fraises. Son ami le surnomme Gorge.

Imke tressaillit. Merle fixait le commissaire comme si elle venait de recevoir une décharge électrique.

— Je suis passé à la ferme pour l'interroger, mais il avait pris l'après-midi. Pour aller voir le médecin, à ce qu'il paraît.

Imke en avait assez entendu.

— Merle ! Tu es sûre que Jette n'a jamais parlé de cette ville, avant ça ? Essaie de te souvenir, pour l'amour de Dieu !

Merle appuya la tête entre ses mains et ferma les yeux. Mais elle n'arrivait à se souvenir de rien. Elle doutait que Jette ait évoqué le nom de la ville devant elle. Jette avait été réduite au silence… Comme Caro.

**

Le charme opéra : la beauté sans artifice des maisons l'apaisa. Dans une certaine mesure… Cette histoire continuait à le travailler. Tôt ou tard, il se ferait serrer par les flics ! Et même s'il ne s'était encore rien passé de définitif, il avait le sentiment que le commissaire lui avait déjà mis la main au collet.

Apparemment, Jette ne soupçonnait absolument pas les tourments qui l'agitaient. Lorsque leurs regards se croisaient, elle souriait. Le soleil jouait avec son visage et ses cheveux, faisait briller ses yeux.

Acculé comme un animal sauvage, voilà comment il se sentait ! Très tôt, il avait compris son impuissance face à ses sentiments. La raison n'y pouvait rien.

Ils n'ont encore rien contre moi ! pensa-t-il pour se redonner du courage. *J'ai le temps de réagir.*

— On marche un peu ? demanda Jette.

Son visage était si jeune, si innocent ! Pas le moindre pli qu'aurait laissé une expérience malheureuse…

Il fit signe à la serveuse pour payer.

***

En route pour son bureau, Bert appela Arno Kalmer pour savoir quel type d'auto Georg Taban possédait.

— Une Fiat Punto foncée, répondit Kalmer, laconique.

— Le numéro d'immatriculation ?

— Un moment…

Bert entendit un cliquetis, des pas qui s'éloignaient, se rapprochaient, puis un froissement de papier.

— … Désolé. Je ne l'ai pas noté. Vous voulez que je me renseigne ?

— Pas la peine. Merci !

Un coup de fil lui suffirait pour obtenir l'information. Et après ? Qu'avait-il contre Taban ? Une fleur de fraisier séchée. Un foulard noir. Les poèmes et le journal intime d'une morte. Nulle part dans ces textes le nom de Georg, Gorge ou Gorg n'apparaissait !

Rien ne prouvait que Taban était le tueur aux colliers. Rien ne prouvait qu'il se promenait avec Jette.

Bert s'appuyait sur de simples suppositions. Et sur son flair. Une fois de plus.

Taban était domicilié dans un village d'Allemagne du Sud. Un collègue de la région avait pris des renseignements auprès des propriétaires du logement. Ces derniers lui avaient appris que M. Taban se déplaçait très souvent.

344

Quand il était chez lui, c'était un locataire agréable, calme et discret. Sans histoire.

Rien ne plaidait en sa défaveur… Calme. Discret. Casier vierge. Le parfait citoyen ! Mais Bert avait déjà lancé la mécanique policière pour moins que ça. Il allait le faire rechercher. Lui, et Jette aussi. Le risque qu'il arrive quelque chose à la jeune fille, s'il hésitait, était bien trop grand.

Plus jamais ! se jura-t-il.

Plus jamais il n'éteindrait son portable pour pouvoir déjeuner peinard.

La seule idée que Merle avait tenté de le joindre, en vain, le mettait en nage.

Il composa un autre numéro et, depuis sa voiture, commença à organiser sa chasse à l'homme.

21

— Allez ! lança-t-il. On rentre.

Ensuite, on fait nos bagages et on s'en va… Elle et moi.

Mais aussitôt, le doute l'assaillit. Était-ce la bonne décision ? Le seul chemin possible ?

— On rentre ? s'étonna Jette. Mais on vient à peine d'arriver !

— Jette ! S'il te plaît !

Il n'arrivait pas à avoir les idées claires. Dans ces conditions, comment faire le choix juste ?

— Si tu y tiens tant que ça…

Jette regarda une dernière fois autour d'elle. Comme pour prendre congé de tout ce qu'elle aurait encore aimé contempler.

Il se rendait bien compte qu'elle se posait des questions. Mais elle les gardait pour elle. Il aimait son côté réservé… D'un autre côté, ça le rendait dingue ! Il voulait savoir ce qu'elle pensait. Ce qu'elle ressentait. Il y avait dans sa tête trop de niches où elle pouvait se retirer. Seule. Inaccessible !

Sur le chemin de la voiture, il lui prit la main. Pour qu'elle ne se replie pas dans ses pensées.

Elle ne devait jamais le quitter.

***

Elles étaient restées dans l'appartement. Au cas où Jette téléphonerait. Installée près de la fenêtre, Imke regardait fixement la rue. Merle avait décidé de faire une tarte. Quand Jette rentrerait, elles en mangeraient une part ! Jette aimait les surprises…

Les chats s'amusaient comme des fous dans la cuisine. Ils grognaient, feulaient, se faisaient la chasse. Merle était heureuse qu'ils soient là. Qu'ils fassent du bruit. Imke n'avait pas dit un mot depuis le départ du commissaire. Et le silence était le repaire des fantômes…

Trois cent soixante-quinze grammes de farine, un sachet de levure chimique, des œufs. Merle avait mis du miel épais à la place du sucre et elle eut du mal à mélanger le tout pour obtenir une pâte. Elle incorpora les amandes brisées et laissa égoutter les cerises. Tous ces gestes avaient quelque chose d'apaisant…

Mais pas moyen de déconnecter ! Elle pensait à Caro. À son rire. Puis à son visage mort. Elle pensait à Jette et à leur dernière dispute. Elle avait glissé sa lettre dans la poche de son pantalon pour pouvoir la relire à tout moment.

C'est alors que ce Gorg s'interposa. Une pensée sombre et inquiétante, à son image. Vite ! Merle la repoussa.

***

Il devrait peut-être essayer de lui parler... Sans plus attendre. Maintenant ! Il n'avait pas le choix. Il ne pouvait pas continuer à vivre en laissant les choses se faire spontanément.

Mais par où commencer ? Et jusqu'où aller ? Jette ne supporterait pas la vérité. C'était trop tôt !

Il pourrait trouver un prétexte. Lui proposer de partir à l'aventure avec lui...

Non ! Ça ne marcherait pas. Elle ne couperait pas les ponts, elle ne disparaîtrait pas sans en parler avec sa mère et cette Merle. Elle n'était pas comme Caro. Caro aurait pris plaisir à ce genre de jeu...

Le temps lui était compté. Que faire, mais que faire ?

***

Un truc clochait... Les mains de Gorg tremblaient et il roulait trop vite. Je n'osais pas lui demander ce qui se passait. Il avait l'air si différent, sévère et farouche ! Un parfait étranger.

Je n'osais pas non plus allumer la radio. Je restais assise là, à fixer la route. Il me jetait de temps en temps un regard, sans sourire. Où était passée la tendresse dans ses yeux ?

Et comment réagir ? Je n'avais jamais été aussi peu sûre de moi. J'avais à la fois envie de le serrer dans mes bras, et terriblement peur qu'il me repousse.

Redeviens gentil avec moi ! Montre-moi que tu m'aimes toujours...

J'avais souvent éprouvé ce sentiment, enfant. Mon père avait l'habitude de me priver de son amour pour me punir. La plupart du temps, je ne savais même pas ce que j'avais fait pour le mécontenter...

Je me redressai sur mon siège. Après avoir pris une profonde inspiration, je le regardai et lui demandai :

— Gorg, qu'est-ce qui se passe ?

***

Les recherches étaient relancées. La machine tournait à plein régime ! Deux agents en voiture banalisée surveillaient l'auberge où Taban louait une chambre, prêts à l'intercepter. Une auto était également postée devant l'immeuble de Jette et de Merle.

Bert avait faxé en Allemagne du Nord la description de Georg Taban et le numéro minéralogique de sa Fiat Punto, pour contrôle.

Quelques minutes plus tard, un collègue l'appelait. Impossible de rattacher la plaque d'immatriculation à aucun des travailleurs saisonniers figurant sur leurs listes. Il allait immédiatement se charger de vérifier leur signalement.

Bert s'y attendait... Ni la Fiat ni le nom de Georg Taban n'apparaissaient dans le dossier monté autour des saisonniers de Jever et d'Aurich. Peut-être parce qu'il n'avait jamais mis les pieds là-bas, mais peut-être aussi parce qu'il avait utilisé un nom d'emprunt, des faux papiers et un autre véhicule.

Bert alla se chercher un café. À présent, il ne pouvait rien faire d'autre qu'attendre, et espérer qu'il avait pris la bonne décision.

***

Attendre mettait Imke dans un de ces états ! Elle observait, fascinée, la façon dont Merle supportait la situation. La jeune fille avait d'abord fait une tarte aux cerises. Puis elle avait rangé la cuisine. Arrosé les plantes. Nourri les chats. Descendu les poubelles. Sans oublier de leur faire espresso sur espresso.

— Vous avez faim ? s'enquit-elle soudain.

Imke secoua la tête.

— Désolée, Merle, je ne suis pas de très bonne compagnie.

— Cette foutue incertitude ! Il y a de quoi devenir folles.

Merle s'assit, frotta une tache imaginaire sur le plateau de la table et se releva aussitôt.

— Est-ce que tu crois...

Imke remarqua que les larmes lui montaient aux yeux.

— ... tu crois qu'elle va bien ?

— Sûrement ! promit Merle en la prenant dans ses bras. Jette est forte. Elle sait se défendre. Et puis, peut-être qu'on se trompe tous ! Peut-être que ma théorie est complètement stupide, qu'elle se balade tranquillement avec lui et qu'elle serait morte de rire si elle savait qu'on se fait autant de souci.

Morte de rire... Mais quelle idiote !

— Ah, merde ! Enfin, vous voyez ce que je veux dire. Je donnerais n'importe quoi pour qu'elle soit ici !

Imke se rendit enfin compte de l'ironie de la situation. C'était à elle, l'aînée, la femme mûre avec une certaine expérience de la vie, de réconforter Merle. Pas l'inverse ! Hésitante, elle se mit à lui caresser le dos.

— Psch… Psch…

Et Merle s'agrippa à elle.

***

— Il faut vraiment qu'on rentre tout de suite ?

Gorg regarda l'heure. Puis moi. Il se comportait toujours comme un étranger.

— J'aimerais tellement me promener encore un peu !

Je lui passai tendrement la main sur le bras et vis ses poils sombres se redresser.

— Dans une forêt, par exemple… Ça ne te fait pas envie ?

Il ne répondit pas. Pendant un temps si long que je crus qu'il ne m'avait pas entendue. Puis il dit :

— Je prends la prochaine sortie.

Je pouvais entendre mon cœur cogner dans ma poitrine.

***

Au bout d'une heure environ, le collègue d'Allemagne du Nord rappela. Un saisonnier correspondait à la description. Au moment des faits, il travaillait dans la région de Jever, pour un agriculteur vendant des fraises et des framboises. Son nom ? Kurt Walz. Il avait bien une voiture, mais personne ne se rappelait le modèle, encore moins la plaque minéralogique.

Solitaire, Walz ne logeait pas à la ferme avec les autres ouvriers, mais dans une petite location de vacances. Il n'avait eu que des contacts écrits avec les propriétaires, qui n'habitaient pas le village. Il n'avait pas noué d'amitiés, était reparti comme il était venu, sans parler plus que nécessaire.

Les femmes, le trouvant inquiétant, ne l'avaient pas approché. La plupart des saisonniers l'avaient rangé parmi les individualistes et n'avaient pas essayé de faire sa connaissance. À part un homme avec qui Walz sortait, à l'occasion.

Il s'était acquitté de son travail, consciencieusement, sans jamais donner matière à réclamation. Pourtant, aujourd'hui encore, tout le monde se souvenait de lui. À l'époque, il n'avait pas été soupçonné. À l'heure du crime, il faisait la tournée des bars avec son unique pote. Chacun avait fourni un alibi à l'autre.

Comme Georg Taban et Malle Klestof… Le même schéma !

J'ai peut-être sous-estimé ce Malle…, songea Bert.

Il appela Arno Kalmer et convoqua Malle dans son bureau. Assez de salamalecs ! Il voulait la vérité.

Il se mit à la fenêtre et contempla la rue baignée de soleil. Les gens allaient et venaient, s'affairaient. Des hommes. Des femmes. Des enfants. Des couples d'amoureux, main dans la main. Et quelque part, loin de cette agitation, Jette et Georg Taban. Une jeune fille et un meurtrier…

***

La tarte était prête, la cuisine étincelante de propreté, la poubelle vidée. Les chats avaient eu à manger, les plantes à boire. Comment s'occuper, maintenant ? Le téléphone sonnait sans interruption, mais chaque fois, c'était juste un membre de son groupe de protection des animaux…

Les événements se précipitaient. Deux de ses amis avaient été surpris par la police pendant une opération. Combien de temps pourraient-ils tenir sans cracher le morceau ?

Merle envoyait balader les importuns. La ligne devait rester libre ! Pour la police. Pour Jette.

S'il vous plaît ! S'il vous plaît, s'il vous plaît, mon Dieu, faites que Jette appelle ! Faites qu'elle ait oublié quelque chose et qu'elle appelle, s'il vous plaît !

Imke avait allumé son portable.

— Et si Jette appelle au Moulin ? Je n'y avais même pas pensé !

Elle saisit un numéro.

— Tilo ? Écoute, j'ai besoin de ton aide…

Merle alla dans sa chambre pour laisser Imke téléphoner tranquillement. Elle resta un moment debout, indécise. Puis elle s'assit devant son bureau, s'y accouda et enfouit son visage dans ses mains.

Si elle pensait très fort à Jette, elle pourrait peut-être la joindre ? La télépathie était un phénomène démontré depuis longtemps.

Jette… Jette, tu m'entends ?

***

C'était une forêt de livre d'images, ni entièrement domptée par l'homme, ni laissée à l'abandon. Le sol recouvert d'aiguilles de sapin et de mousse formait un tapis moelleux sous mes pieds. Entre les cimes, tout au-dessus de nous, la lumière du soleil ruisselait.

— Ce que c'est beau !

Je lâchai la main de Gorg et courus le long du chemin. Puis je lançai les bras en l'air et poussai un cri sonore. Il s'éleva en haut des arbres, qui l'engloutirent.

— Oui, magnifique…

Gorg, debout derrière moi, embrassa ma nuque.

— … mais arrête de crier, maintenant. On ne doit pas faire de bruit dans la forêt.

Je me retournai et plantai mes yeux dans les siens.

— Quand on est amoureux, on a tous les droits, on peut faire ce qu'on veut !

Il entoura mon visage de ses mains et m'embrassa comme il ne l'avait jamais fait. Ardemment, passionnément. Presque désespérément. Puis il me lâcha brusquement. Il se frotta la figure, comme pour effacer tout sentiment, puis il dit :

— Tu ne voulais pas aller te promener ?

À cet instant précis, je n'aimai pas son intonation. Ce n'était pas la voix de Gorg, mais celle de quelqu'un que je ne connaissais pas.

***

Tilo annula tous ses rendez-vous et se rendit au Moulin pour monter la garde à côté du téléphone. Il n'avait jamais connu Ike dans un tel état ! La peur enrouait sa voix.

Il possédait un double depuis longtemps mais, n'étant jamais venu sans y être invité, il ne s'en était pas encore servi. Cette clé n'en avait pas moins une importance énorme pour lui.

Ike lui avait dédié un roman, l'avait introduit dans son cercle d'amis, il était même devenu partie intégrante de sa famille… mais lui offrir la clé de sa maison était le plus grand cadeau qu'elle puisse lui faire. Elle lui avait donné accès à son intimité et l'idée d'en abuser ne l'aurait jamais effleuré.

En entrant, il ressentit la paix émanant de la demeure, comme chaque fois, et tenta de s'imaginer la vie avec Ike. Le temps était peut-être venu d'oser emménager ensemble ? Il secoua la tête. Il était un peu trop vieux pour ces rêveries romantiques !

Sur la table du jardin d'hiver, il étala les livres et les papiers qu'il avait emportés. Il comptait faire passer le temps en travaillant. À condition de réussir à se concentrer… Il avait fait une place à Jette dans son cœur, et il avait plus peur pour elle qu'il ne l'aurait cru possible.

***

Était-ce une impression ? Elle lui apparaissait différente, plus réservée que d'habitude. Comme une femme dont on venait de faire la connaissance, avec laquelle on ne savait pas encore comment se comporter.

Il attira Jette contre lui et l'embrassa à nouveau. Cette fois, il garda le contrôle et la regarda. Les yeux fermés, elle lui rendait son baiser. Tout allait bien ! Elle n'avait pas changé. Son imagination lui avait joué des tours !

Il passa le bras autour de ses épaules et ils se mirent à flâner.

— Si j'étais… un espion. Si j'étais un espion et que je devais quitter le pays, que ferais-tu ? Tu partirais avec moi ?

— Je m'appelle Bond, James Bond ! déclara-t-elle de manière théâtrale. Et j'ai le permis de tuer.

Elle eut un large sourire.

— J'ai toujours voulu aller dans les mers du Sud. Ou à Tombouctou. Pas de problème !

Il lui pressa l'épaule.

— Tu partirais avec moi ou pas ?

— J'ai souvent joué à ça, petite. Si j'étais un arbre, quel arbre serais-je ? Si j'étais une fleur… Si, si, si !

Elle l'embrassa sur le bout du nez.

— Tu n'es pas James Bond. Tu n'es pas un espion.

— Mais tu partirais avec moi ?

Il s'était arrêté et la fixait.

— Oui, Monsieur, je partirais avec vous ! répondit-elle en l'entraînant plus loin. Mais seulement si on pouvait vivre dans une jolie petite maison, au bord de la mer. J'irais nager tous les matins, j'achèterais des viennoiseries pour le petit déjeuner et je te réveillerais d'un baiser. Et je n'irais plus jamais, jamais à l'école !

Elle éclata de rire.

— Et tu ne serais plus un espion ! Tu peindrais ou tu écrirais sous un faux nom, parce que j'aurais trop peur pour toi, sinon !

— Et on aurait des enfants ! ajouta-t-il, tant les paroles de Jette concordaient avec ses rêves d'avenir. Deux garçons et deux filles.

— Et les garçons te ressembleraient. Ils auraient ton nez et tes yeux.

— Et les filles auraient tes lèvres, tes cheveux et ton rire.

— Et bien sûr, on aurait aussi un chien, un amour de chien tout frisé. Et des chats sur chaque appui de fenêtre.

— Et tu serais ma femme. Pour toujours et à jamais.

— Et je t'aimerais, t'aimerais, t'aimerais !

Elle se libéra de son étreinte et se mit à courir en riant. Heureuse.

Ce n'était qu'un jeu pour elle ! Elle n'avait pas pris sa question au sérieux.

***

Assis sur sa chaise comme un gosse désobéissant qui aurait mauvaise conscience, Malle Klestof tournait et retournait entre ses mains une casquette de base-ball élimée. Il affirmait n'avoir jamais fourni d'alibi à qui que ce soit, pas même à son pote Gorge.

— Le soir que vous dites, on est allés boire des pots. Parole !

Comme si tu avais une parole ! pensa Bert.

— Des témoins ?

— J'saurais pas trop dire… On a traîné à droite et à gauche. On fait ça souvent ! On voit des tas d'gens mais personne le jurerait après coup, pasque la plupart ont un verre dans l'nez.

— Et M. Taban est resté tout le temps avec vous ?

Malle hocha la tête et tritura sa casquette avec ses gros doigts.

358

— Toute la soirée ? Et toute la nuit ?

Malle hocha de nouveau la tête.

— On est rentrés au p'tit jour.

— Ivres ?

— C'te question ! ricana Malle. Quand on sort pour faire la bringue, on met l'paquet !

Belle philosophie !

— Ivres à quel point ?

Malle haussa les épaules.

— Bourrés, quoi ! Tous les deux. Gorge et moi.

— Comment êtes-vous rentrés ?

— Avec la voiture de Gorge.

— Ronds comme des barriques ?

Silence.

— Qui conduisait ?

— Gorge, évidemment ! Y laisse personne d'aut' prendre le volant. Sa voiture, c'est sacré ! Gorge supporte drôlement bien l'alcool. Il peut conduire même quand il a bu.

— Merci. Ce sera tout pour aujourd'hui.

— Pour aujourd'hui ? releva Malle en faisant la grimace. Vous voulez dire que…

— Que d'autres questions pourraient se présenter. Oui.

Malle défroissa sa casquette et l'enfonça jusqu'aux oreilles. Il se dirigea vers la porte, avec la démarche gauche d'un homme qui préférait le grand air aux espaces clos.

— Ah, monsieur Klestof ?

Il se figea, comme pris la main dans le sac, puis se retourna lentement, s'attendant à de nouveaux ennuis.

— Vous ne savez vraiment pas où se trouve votre ami, à l'heure actuelle ?

— Non. Gorge m'a jamais rien confié. J'vous l'dirais si je l'savais !

Il poussa la porte et se hâta de sortir.

Alors seulement, Bert remarqua l'odeur qu'il avait laissée dans son bureau, mélange incommodant de savon de Marseille, de sueur et d'après-rasage bon marché. Il ouvrit grand la fenêtre et inspira l'air frais avec avidité.

Klestof était soûl, la nuit où Caro avait été assassinée… Complètement bourré, comme il l'avait lui-même avoué. Il avait eu un trou de mémoire, à coup sûr ! Ce qui signifiait que l'alibi de Taban tombait à l'eau. Cela avait dû être un jeu d'enfant de baratiner son copain Malle, le lendemain.

Tu es doué, Georg, Gorge ou Gorg ! Mais pas assez pour éviter qu'on te démasque…

Bert avait le sentiment d'être tout près du but. L'exaltation l'envahit. Mais il ne pouvait pas la savourer. Pas tant que Jette ne serait pas en sécurité.

22

Ce jeu ne me plaisait pas. Gorg se montrait si sérieux, brusquement… Si sérieux que ce n'était plus un jeu !

Je chassai mon malaise en riant. Je n'avais pas l'intention de m'inquiéter de son comportement. On ne se connaissait pas depuis longtemps, j'avais encore beaucoup à découvrir sur lui…

Et vice versa. Par exemple, il ne savait pas que j'aspirais tellement à l'harmonie que je ne supportais pas les disputes. Que je me mettais à pleurer pour un rien. Que toute confiance m'abandonnait parfois.

Il en prendrait conscience un jour, et il faudrait qu'il s'en accommode. Comme il fallait que je m'accommode du fait qu'il se comportait bizarrement, de temps en temps.

Il s'arrêta encore et insista :

— C'est important, Jette !

Ombre et lumière dansaient sur son visage.

— Alors ? Tu partirais…

Je l'embrassai pour le faire taire et glissai la main sous son tee-shirt.

Ne dis rien… Sens-moi, tout contre toi !

La forêt était paisible. Le chant des oiseaux assourdi. L'endroit idéal. Le moment idéal. Nous avions assez attendu !

Je chuchotai :

— Laisse-moi te montrer combien tu comptes pour moi…

Il se raidit, avant de me serrer contre lui.

***

Imke ne pouvait s'empêcher de penser à l'époque où Jette était bébé. Elle s'en souvenait comme si c'était hier. Elle sentait encore le parfum du talc, des crèmes et des shampooings pour enfants.

Le soir, elle s'asseyait souvent à côté de son lit pour l'écouter respirer. Ce bébé était un tel miracle ! Sa perfection lui faisait parfois monter les larmes aux yeux.

Elle avait développé un instinct animal, pressentant les besoins de sa fille et les satisfaisant de son mieux. Elle l'aurait défendue comme une lionne, si elle avait été en danger !

Mais aujourd'hui ? La lionne serait-elle vieille et édentée ? Pourquoi rester assise, à attendre, au lieu de faire quelque chose !

Quelque chose… mais quoi ? L'enfant était devenue une adulte qui vivait sa vie. Dieu seul savait où elle se trouvait, en cet instant !

Imke ressentit la nécessité d'appeler son mari, même si ce n'était plus son mari. Il était le seul qui puisse vraiment partager sa peur.

Elle composa le numéro de son bureau. Entendit sa voix et lutta contre le besoin de pleurer. Brièvement, elle le mit au courant.

— … Tu veux bien rester près du téléphone ? Au cas où Jette t'appellerait.

Il sembla suffoquer, puis haleta :

— Mon Dieu ! Mon Dieu…

Après avoir raccroché, Imke fit les cent pas dans la cuisine en se demandant s'ils en seraient arrivés là, si elle avait réussi à empêcher sa famille de voler en éclats. Elle se boucha les oreilles pour faire taire les voix dans sa tête.

***

Il ne voulait pas que ça se passe comme ça… Pas comme ça ! Il ne le voulait vraiment pas. C'était trop tôt. Il n'était pas prêt !

Elle était comme les autres ! Comme les autres ! Comme…

Des larmes coulaient sur son visage. Il ne les essuya pas.

Avec la peine, vint la colère. Violente, ardente et incandescente, comme un brasier.

Elle avait enfoui les doigts dans ses cheveux. Elle murmurait des mots tendres qu'il ne comprenait pas. Il l'aimait… Comment avait-elle pu le poignarder dans le dos ? Le décevoir à ce point ? Souiller ses sentiments, son corps et ses pensées ?

Il entendit un cri, au loin. Un cri chargé de souffrance. Et de rage.

— Jette…, chuchota-t-il. Pourquoi ?

***

Les chats dormaient sur le canapé de la cuisine, blottis l'un contre l'autre. Accoudée à la fenêtre, Imke observait la rue, immobile. Elle n'avait pas bougé depuis si longtemps que Merle avait presque oublié sa présence.

Elle avait débarrassé la table des indices qu'elle y avait étalés. À la place, elle avait disposé la tarte, des assiettes, des tasses. Elle avait même prévu des bougies. Jette n'avait plus qu'à rentrer à la maison !

— Quelle chance qu'on ne soit pas en hiver ! dit soudain Imke. L'attente serait plus pénible encore.

— C'est possible…

Merle ne croyait pas que la saison fasse une quelconque différence, mais cela n'avait aucun sens de la contredire.

— Je me suis toujours fait beaucoup de souci pour Jette, déclara Imke. Le plus souvent, j'avais peur qu'elle suive un étranger…

Elle éclata d'un rire amer.

Et le cauchemar est devenu réalité ! pensa Merle. *Elle a suivi un étranger, sans dire à personne où elle allait.*

— Toutes ces années, il ne s'est rien passé. Et juste au moment où je commence à lâcher prise, où j'essaie de me rentrer dans le crâne que ma fille est maintenant une femme, une adulte, et que je suis ridicule d'avoir peur, elle le fait ! Elle suit un étranger.

— Ce n'est pas un étranger, pour elle, objecta Merle.

Imke se retourna brusquement.

— Mais elle le connaît à peine ! Et elle ne sait manifestement rien de lui. Personne ne sait rien de lui !

— La police va les trouver, assura Merle. Il ne va rien lui arriver, croyez-moi.

Elle s'approcha et regarda par la fenêtre.

C'était l'été. Les passants portaient des vêtements aux couleurs claires et gaies, en harmonie avec cette belle journée. Aucun ne se doutait qu'ils évoluaient sur une couche de glace qui pouvait à tout moment se briser.

**

Son cri chassa les oiseaux des arbres. Il explosa dans le silence et dans ma tête. Ce n'était pas un cri de plaisir ! C'était un cri de désespoir. Et de rage.

Je ne bougeais plus.

— Pourquoi ? Pourquoi ? Pourquoi ?

Je restais sagement allongée, pour éviter de l'irriter encore plus. Je ne comprenais pas ce qu'il me demandait.

La peur rampa hors de ma tête et envahit tout mon corps, le laissant engourdi et pesant.

Que s'était-il passé ?

Gorg pleurait, la figure dans mon cou. Ses larmes roulaient sur ma peau comme si c'étaient les miennes. Il m'injuria. Et se remit à pleurer.

Je ne le touchais pas. Je ne le regardais pas. Mes pensées s'agitaient à une allure folle, dépourvues du moindre sens.

Il me secoua, m'attira contre lui, me repoussa et me serra de nouveau dans ses bras.

J'osai enfin le regarder. Et le regrettai aussitôt. Il allait me tuer. J'ignorais pourquoi, mais il allait me tuer.

***

— Qu'est-ce que c'était ? demanda Heinz Kalbach à sa femme.

Rita Kalbach baissa son journal.

— On aurait dit un cri…

Quand on habitait une maison aussi isolée, on prêtait attention au moindre bruit.

— … Peut-être encore des jeunes gens ?

Pas plus tard que la semaine dernière, un groupe avait fait irruption dans la forêt et fait du pétard pendant des heures. Les jeunes de maintenant appelaient ça *prendre son pied* !

— Tu as probablement raison.

Heinz Kalbach reprit la page des sports. Depuis qu'ils étaient à la retraite, ils avaient enfin le temps de lire tranquillement. Après le journal, il retournerait à son polar.

Avant le repas du soir, ils feraient une belle promenade. Le chien devenait paresseux, exactement comme eux. Paresseux et gras. Heinz Kalbach jeta un coup d'œil au cocker noir et blanc qui dormait, étendu sur sa couverture.

Il n'avait manifestement pas entendu le cri. À moins qu'il n'ait choisi de l'ignorer, tout simplement. C'était un vieux monsieur, quatre-vingt-quatre ans en années de chien ! À un âge aussi avancé, même un chien de garde avait le droit de prendre sa retraite…

Rita Kalbach sourit à son mari. Il lui rendit son sourire. Ils avaient eu tous les trois une vie bien remplie. Ils méritaient leur tranquillité.

**

— Je ne comprends pas que vous n'ayez pas de bombe anti-agression dans votre sac ! s'emporta Imke. Et pour l'amour de Dieu, ça vous dérangerait beaucoup d'allumer votre portable quand vous sortez ?

— On n'a jamais pensé qu'il pouvait nous arriver quelque chose.

— Et le malheur de Caro ? Ça n'a rien changé, pour vous ?

Le malheur… Imke était incapable de prononcer l'autre mot. *Mort.* Elle avait peur qu'il devienne réalité.

— Si…, admit Merle en baissant la tête. Mais le chagrin et la colère faisaient bouclier. On se sentait en sécurité.

Imke avait envie de la secouer. Mais, en même temps, elle la plaignait. Visiblement contrite, Merle semblait déjà plier sous le poids d'une profonde culpabilité.

— Ne fais pas attention ! C'est la peur qui veut ça. Quand les autres se taisent, je me mets à jacasser, je parle à tort et à travers.

Une fois encore, elle composa le numéro du portable de Jette.

… Veuillez laisser un message après le…

Son message était enregistré depuis longtemps.

367

« Jette, s'il te plaît, mon trésor, rappelle-moi, c'est urgent ! Je suis avec Merle, à l'appartement. On attend ton coup de fil. »

Elle n'avait pas voulu donner plus de précisions, pour éviter que l'attitude de Jette rende le tueur nerveux. Ou inquiet. Ou agressif. Avec un psychopathe, tout pouvait déclencher une réaction totalement irréfléchie.

Merle regardait intensément par la fenêtre. Comme si, par magie, elle pouvait matérialiser Jette dans la rue, dans l'entrée de l'immeuble puis dans l'appartement.

***

Je tâtai le tapis de mousse tout autour de moi. Je ne trouvai ni pierre ni bâton, mais ma main droite palpa un objet qui ressemblait à mon téléphone portable. Il avait dû tomber de mon sac…

Gorg s'était tu et ne bougeait plus. Cela me faisait encore plus peur que son déchaînement de violence. Sans réfléchir, je le frappai à la tempe, de toutes mes forces.

Il poussa un gémissement et se prit la tête à deux mains. Je me tournai sur le côté gauche et le poussai violemment pour me dégager. Puis je bondis sur mes pieds et m'enfuis en courant.

Je n'avais pas eu le temps d'enlever ma jupe. Tout était allé si vite ! Légère et ample, elle ne me gênait pas pour courir. Mon chemisier était déchiré à l'avant. Gorg n'avait pas eu la patience de le déboutonner.

Des branches me fouettaient les jambes. Des racines et des cailloux s'enfonçaient dans la plante de mes pieds nus.

… Enfin, le chemin qu'on avait quitté ! Pas le temps de me souvenir de la direction à prendre pour retrouver la route. Je choisis de bifurquer à gauche.

Mon portable n'avait pas survécu au choc. Il était complètement disloqué, mais je continuais à le serrer dans ma main ! Dès que je m'en aperçus, je le jetai.

Ma respiration haletante semblait le seul bruit, dans cette forêt. Appeler au secours ? Cela n'avait aucun sens. Qui pourrait bien m'entendre ? Et puis, je ne pouvais pas me permettre de gaspiller mes forces.

Il ne fallait pas que je continue à suivre le chemin ! Je devais m'enfoncer dans le sous-bois pour que Gorg ne puisse pas m'apercevoir. Je devais avoir suffisamment d'avance pour tenter le coup.

Après m'être éloignée d'une vingtaine de mètres, je me risquai à regarder autour de moi. Rien ! Si seulement il pouvait s'être évanoui…

Je me remis à courir, un peu plus lentement. Ma jupe se prenait sans arrêt dans des arbustes. Et je ne voulais surtout pas me jeter tête baissée dans ses bras.

— Caro… Chère, chère Caro !

Je connaissais son meurtrier. Et je cherchais désespérément à lui échapper.

Je savais maintenant ce qu'elle avait éprouvé, juste avant sa mort. De la panique à l'état pur.

***

Le chien avait levé la tête. Il se redressa péniblement, trotta jusqu'à la porte et s'assit devant.

— Retourne à ta couverture ! lui ordonna affectueusement Heinz Kalbach. Ce ne sont que des jeunes gens qui passent le temps.

Mais le cocker n'obéit pas. Il pencha la tête de côté. Puis il aboya.

— Tu devrais peut-être aller voir, déclara Rita Kalbach. Il a un drôle de comportement.

Parce que c'est un drôle de chien, pensa Heinz Kalbach, *mal élevé et gâté ! Bien qu'il lui arrive d'avoir des accès d'intelligence…*

Il mit sa laisse au cocker et sortit avec lui.

***

Où était-elle ? Il avait mal au crâne. Il y avait du sang sur sa main gauche. Elle l'avait frappé jusqu'au sang !

Quoi qu'il arrive, maintenant, elle ne pourrait s'en prendre qu'à elle-même…

Il courut jusqu'au chemin et regarda autour de lui. Ils s'étaient aventurés loin dans la forêt. Aucun risque qu'elle retrouve la route dans la demi-heure qui venait !

À quelque distance de là, il aperçut un objet noir par terre. Il alla le ramasser. Son téléphone portable ! Ou plutôt, ce qu'il en restait. Bien ! Elle ne pouvait pas téléphoner, au moins…

Convaincu de la retrouver, il pressait juste un peu le pas. Son corps était parfaitement entraîné, il se sentait fort et il était furieux.

Et il avait une bonne vue ! Le minuscule lambeau de tissu qui s'était pris dans un buisson, non loin du chemin, lui sauta aux yeux. Il le détacha délicatement et l'enroula autour de ses doigts.

Un bout de sa jupe !

Ce ne serait plus très long.

***

Le chien se comportait vraiment bizarrement. Il tirait sur sa laisse, il geignait, il grognait. Il y avait peut-être un animal dans les parages ? Il s'était accroché plusieurs fois avec un chat sauvage. Il avait toujours eu le dessous, mais ça ne l'empêchait pas de sauter sur toutes les bêtes qui passaient.

— Allez, Rudi ! Fais ta petite affaire, qu'on rentre.

En attendant que le cocker lève la jambe, Heinz Kalbach contempla leur maison. Elle exerçait toujours le même charme sur lui. Dès la mise en vente de l'ancien domicile du garde forestier, recouvert de vigne sauvage, à l'abri des hêtres, ils avaient saisi la balle au bond. Ils appréciaient de vivre à l'écart, à bonne distance de la première agglomération.

Heinz Kalbach avait toujours aimé la forêt. Il la connaissait et lui faisait confiance. Il s'y sentait protégé, entre de bonnes mains. Le danger venait toujours des hommes. Seulement des hommes.

— C'est bon, Rudi ?

Le chien ne l'écoutait pas. Il émit un grondement sourd, venant du fond de la gorge, puis il se mit à tirer sur sa laisse comme un fou et à aboyer.

***

371

J'avais les pieds en feu, mal aux jambes et des points de côté. J'essayais de respirer de façon régulière pour économiser mon souffle.

Ne t'arrête pas, surtout ne t'arrête pas !

Ma course folle faisait bruire des feuilles et craquer des branches mortes. Ma respiration était trop bruyante. Et s'il m'entendait ? Il pouvait être partout.

Où était-il ?

Ne te retourne pas !

Et s'il était déjà derrière moi ? Tout près ! La peur me paralysa. Je ralentis, puis je trébuchai.

— Caro… Aide-moi !

Je pensai à elle, jusqu'à ce que son nom occupe toute ma tête.

CaroCaroCaroCaro…

Et je me remis à courir.

***

Mais qu'est-ce qui lui prenait ? Il ne faisait pas autant d'histoires, d'habitude ! Heinz Kalbach avait beau raccourcir sa laisse, le cocker s'en moquait royalement. À se demander si l'école de dressage avait servi à quelque chose !

Heinz Kalbach n'avait pas la moindre envie de suivre son chien. S'il avait flairé un chat sauvage, il aurait disparu, le temps qu'ils arrivent sur place.

— Rudi ! Au pied !

Il s'agaçait souvent du nom ridicule qu'ils lui avaient donné. Le moindre ordre perdait de son sérieux.

Le cocker lui grogna après. Il lui grognait après ! Et il se remit à aboyer.

***

Son crâne menaçait d'exploser. La blessure à sa tempe saignait toujours. Du sang lui avait même coulé dans l'œil. La douleur l'avait rendu encore plus furieux.

Sa colère n'était plus ardente et incandescente. Elle était maintenant froide et noire.

Il suivait Jette à travers la forêt. Malgré la douleur et la colère, il pouvait encore réfléchir avec logique et clarté.

D'abord, il allait l'attraper. Ensuite, il la punirait.

***

Rita Kalbach avait fini par sortir. Debout à côté de son mari, elle fouillait la forêt du regard, sans rien remarquer d'extraordinaire.

— Le chien n'aboie jamais comme ça, déclara-t-elle à sa manière douce et posée. Détache-le, Heinz !

Il ne la contredit pas. Elle venait de formuler tout haut ce qu'il ressentait. Il se pencha et décrocha la laisse.

Le cocker détala à toutes jambes et disparut dans le sous-bois. Ses aboiements se firent moins sonores, puis on n'entendit plus rien.

Rita agrippa le bras de son mari.

— On va attendre là, qu'est-ce que tu en penses ?

Il hocha la tête. Que pouvaient-ils faire d'autre ?

***

Brusquement, j'entendis quelque chose. On aurait dit...
des aboiements ! Sans m'arrêter, je tendis l'oreille.

Les aboiements se rapprochaient !

Je me mis à courir en direction du bruit. Là où il y avait
un chien, il y avait des hommes ! Des larmes coulèrent sur
mon visage et vinrent se rassembler sur mon menton.

C'était le plus beau cocker que j'aie jamais vu ! Il bondit
près de moi, aboya et s'éloigna en courant. Puis il s'arrêta
net, se retourna et attendit que je le rejoigne. Avant de se
remettre à courir sur plusieurs mètres.

Il voulait que je le suive, alors je le suivis. Caro me l'avait
peut-être envoyé pour me montrer le chemin ?

***

Le chien ressortit du sous-bois, suivi d'une jeune fille.
Elle était pieds nus et portait un chemisier déchiré et une
jupe en loques. Haletante, elle tenait à peine debout. Son
visage était barbouillé de terre et de larmes.

Elle jeta un regard apeuré par-dessus son épaule et lança,
entre deux sanglots :

— Dans la maison !

Ils comprirent aussitôt et la conduisirent à l'intérieur.
Ils durent la porter à moitié, Heinz Kalbach à droite, sa
femme à gauche.

Heinz verrouilla la porte d'entrée. Puis il alla fermer
les fenêtres, dans chaque pièce. Ce n'est qu'ensuite qu'il
appela la police.

Sa femme avait installé la jeune fille sur le canapé et
l'avait couverte de son étole. Assise à côté d'elle, elle lui
tamponnait la figure avec un gant de toilette humide.

— Regarde un peu ses pieds, fit-elle à voix basse. La chair est à vif !

La jeune fille pleurait. Des pleurs si désespérés qu'ils ne pouvaient rien faire, sinon rester assis en silence à côté d'elle.

Le cocker, qui montait la garde devant la porte, se mit à gronder. La jeune fille sursauta, serra l'étole contre sa poitrine et fixa la porte, les yeux écarquillés.

***

Elle était là-dedans. Il le sentait !

Il entendit un chien aboyer et fut aussitôt sur ses gardes. Silencieusement, il fit le tour de la maison. Il devait bien y avoir une fenêtre ouverte…

Ils s'étaient barricadés à l'intérieur, une vraie forteresse ! Que faire ? Éclater la porte vitrée de la terrasse ?

Georg essaya d'évaluer la taille du chien à ses aboiements. Sa taille, et le danger qu'il pouvait présenter. Difficile à dire… Alors, il chercha dans le jardin un objet qui puisse lui servir d'arme.

Entre la clôture et le garage, il aperçut un petit point d'eau garni de pierres décoratives. Chacune avait la taille d'un melon. Parfait !

Il ne faut jamais désespérer… Il y a toujours une lumière au bout du tunnel.

Sa grand-mère disait peut-être vrai, finalement ! Au moins de temps en temps.

J'aurais dû lui clouer le bec, le jour où je suis devenu plus fort qu'elle et lui réunis !

Personne ne lirait plus la peur dans ses yeux. Personne n'oserait plus le frapper.

Surtout pas la garce qui se planquait là-dedans !

Il contourna la maison et monta sur la terrasse. Puis il prit son élan et lança la pierre contre la porte vitrée, la faisant voler en éclats. C'est alors qu'il vit le cocker.

Il eut un sourire mauvais. Trop petit et trop vieux pour être dangereux !

Mais pénible. Il leva le bras.

23

Le tueur aux colliers sous les verrous

Hier après-midi, au terme d'une opération de grande envergure, la police est parvenue à arrêter le meurtrier en série présumé qui avait terrifié la population, des semaines durant.

Georg T., un travailleur saisonnier, a avoué les meurtres de Carola Steiger (Bröhl) et Simone Redleff (Hohenkirchen), tout comme ceux de Mariella Nauber (Jever) et Nicole Bergmann (Aurich).

Selon le commissaire principal Bert Melzig, il n'est pas exclu que d'autres assassinats lui soient attribués. L'incertitude règne encore quant aux mobiles du présumé coupable.

Ainsi que l'a expliqué Bert Melzig lors de la conférence de presse, une amie de la défunte Carola Steiger a grandement contribué à la réussite de ce coup de filet. C'est grâce *à elle, en définitive, qu'un nouveau meurtre a pu être évité de justesse.*

***

Bert replia le journal et alla se chercher un café. Il revint avec le gobelet fumant, se rassit et posa les pieds sur son bureau. Il était fatigué, épuisé même ! mais très satisfait.

Aussitôt après l'arrestation de Taban, il avait appelé au Moulin. Un homme avait décroché, une voix au ton amical, ferme et assuré. Bert avait fait le numéro du portable d'Imke Thalheim et l'avait finalement jointe dans l'appartement de sa fille. Elle avait pleuré et ri de soulagement.

Leur histoire était terminée avant même d'avoir commencé… Mais c'était mieux ainsi.

Le patron les avait couverts de louanges, sa brigade et lui. Son humeur ne manquerait pas de changer dans le courant de l'après-midi, car Bert n'aurait jamais dû avouer publiquement que le succès de l'opération ne reposait pas exclusivement sur le travail de la police.

Mais ça aussi, c'était mieux ainsi.

Il finit son café et appela chez lui.

— Chérie ? Je voulais juste t'entendre, savoir comment tu allais…

***

Jette dormait toujours. Merle allait et venait dans l'appartement sur la pointe des pieds. Respecter son sommeil, c'était la moindre des choses ! Elles auraient tout le temps de parler après.

La pauvre était rentrée dans un état épouvantable. Elle avait le regard dans le vide et se mettait régulièrement à pleurer. Merle lui avait proposé une part de tarte, Imke avait fait du thé, mais Jette ne voulait ni manger ni boire. Alors, elles avaient soigné ses pieds, lui avaient fait enfiler un pyjama et l'avaient mise au lit.

Merle ouvrit doucement la porte de la chambre de Caro. Elle s'installa au bureau et regarda autour d'elle. Rien n'avait changé. Elle sentait encore la présence de Caro partout.

— Ils l'ont pincé ! dit-elle tout haut. Il ne fera plus jamais de mal à personne. Tu peux être tranquille, maintenant…

Un jour, elles parviendraient peut-être à louer la chambre de Caro à quelqu'un d'autre. Mais pour l'instant, Merle était incapable d'aller au bout de cette pensée. Elles porteraient à jamais Caro dans leur cœur, mais tant que son souvenir habiterait cette pièce, ce serait trop tôt.

Elle alla écouter à la porte de Jette. Aucun bruit. Jette devait toujours dormir à poings fermés.

Qu'elle se repose ! Elles avaient tout le temps du monde devant elles.

***

Imke avait eu le plus grand mal à rentrer au Moulin. Elle aurait tout donné pour s'asseoir à côté du lit de Jette, regarder sa fille dormir et ne plus jamais la quitter. Mais elle s'était rappelé qu'il fallait lâcher prise. Que seuls ceux qu'on laissait partir vous revenaient…

Tilo l'attendait. Il l'avait prise dans ses bras et elle avait senti que le moment était venu. Elle savait enfin qu'elle voulait vivre avec lui.

Il lui avait préparé à manger et avait gardé son assiette au chaud. C'était un piètre cuisinier. Mais elle n'en laissa rien paraître en avalant, au beau milieu de la nuit, les nouilles au jambon pâteuses, noyées dans une sauce à la crème trop salée…

— Je crois que je t'aime vraiment, disait-elle maintenant à son dos.

Tilo n'entendit pas, car il dormait. Elle lui caressa les cheveux et il se retourna, poussa un soupir d'aise dans son sommeil et posa un bras sur sa hanche.

Imke resta allongée, sans bouger, à écouter sa respiration régulière.

***

Heinz Kalbach dormait, lui aussi. Sa femme était assise près de la fenêtre et observait les ombres de leur chambre. Le cocker, étendu sur sa couverture, se léchait les pattes.

Ils étaient parfaitement réveillés tous les deux. Il s'était passé trop de choses !

Rudi s'en tirait avec une plaie ouverte au-dessus de l'œil gauche, son mari avec des hématomes au menton, au cou et aux bras.

Mais la jeune fille était saine et sauve.

Rita Kalbach sourit dans l'obscurité. Elle n'oublierait jamais la stupéfaction sur le visage de son mari, lorsqu'il avait appris à qui ils venaient de porter secours. La fille

380

d'Imke Thalheim, son auteur préféré ! Il avait lu tous ses polars.

Ils apparaîtraient peut-être dans un de ses prochains romans ?

Rita Kalbach secoua la tête. Non… Imke Thalheim n'allait certainement pas exploiter dans un livre le danger qu'avait couru sa fille. Elle avait failli mourir !

Elle se leva silencieusement et sortit. Le chien la suivit.

— Une friandise, Rudi ?

Il frétilla de la queue. Elle descendit à la cuisine avec lui. Il était vieux, et courageux ! Il avait bien mérité un petit extra.

***

Georg était allongé sur le dos, yeux fermés, les mains croisées sous la tête.

Ils lui étaient tombés dessus, de tous les côtés. Ils l'avaient violemment apostrophé.

Il avait lâché le vieil homme et s'était retourné pour leur faire face. Plus personne ne lui criait après. Plus personne !

Le clébard s'était de nouveau acharné sur sa jambe. Il était incroyablement tenace ! Georg lui avait flanqué un autre coup de pied qui l'avait fait valser à travers la pièce.

Accroupie sur le canapé, Jette serrait contre sa poitrine une sorte de couverture en laine. Elle avait des yeux immenses, remplis d'épouvante…

Les policiers l'avaient maîtrisé et lui avaient passé les menottes. Et malgré ses mains attachées dans le dos, il avait encore fallu qu'ils lui maintiennent les deux bras.

— Jette ! Il ne faut pas que tu aies peur de moi !

Ils l'avaient entraîné en dehors du salon, et cet abruti de clebs lui avait couru après sur la terrasse et avait encore essayé de l'attaquer. Un des policiers l'avait attrapé et enfermé dans une pièce.

Sur le chemin de la voiture, Georg n'avait pas cessé de crier son nom…

— Jette ! Jette ! Jette !

La forêt avait englouti sa voix, comme un gros animal tapi dans l'ombre.

***

En ouvrant les yeux, je me sentais triste. Je n'avais pas envie de me lever. J'avais mal partout ! Dehors et dedans.

Je l'entendais encore crier mon nom…

Merle devait guetter mon réveil, de l'autre côté de la porte. Elle entra, s'assit sur mon lit et m'adressa un grand sourire.

— Faim ?

Je bougeai prudemment la tête de gauche à droite.

— Même pas envie de ma super tarte aux cerises ? Avec de la chantilly ?

Je me remis à pleurer.

— Pousse-toi un peu !

Merle s'allongea à côté de moi et me prit dans ses bras. Elle ne posa aucune question, et je lui en fus reconnaissante. J'avais besoin de temps.

Je pensais à Gorg… Où était-il ? Comment allait-il ?

Il avait assassiné Caro.

Et il avait voulu m'assassiner, moi aussi.

Pourquoi ne pouvais-je le haïr ?

J'avais eu peur de lui, une peur atroce ! Maintenant que j'étais en sécurité, je ressentais toujours de l'amour pour lui.

— Ça va passer…, murmura Merle. Ça va passer, tu verras.

Elle parlait d'autre chose, mais elle avait raison. Ça passerait, avec le temps…

Sans doute.

Un jour.

« Pour l'éditeur, le principe est d'utiliser des papiers composés de fibres naturelles, renouvelables, recyclables et fabriquées à partir de bois issus de forêts qui adoptent un système d'aménagement durable. En outre, l'éditeur attend de ses fournisseurs de papier qu'ils s'inscrivent dans une démarche de certification environnementale reconnue. »

Composition réalisée par Datagrafix, Inc.

Achevé d'imprimer en Espagne par LITOGRAFIA ROSÉS S.A.
32.03.2952.3/01 – ISBN : 978-2-01-322952-4
Loi n° 49-956 du 16 juillet 1949 sur les publications destinées à la jeunesse
Dépôt légal : janvier 2011